Dear You - saison 1

EMILY BLAINE

Dear You
saison 1

Roman

ÉDITIONS HARLEQUIN
83-85, boulevard Vincent Auriol, 75646 PARIS CEDEX 13.
Service Lectrices — Tél. : 01 45 82 47 47
www.harlequin.fr

ISBN 978-2-2803-1583-8 – ISSN 2271-0256

Chapitre 1

Cinq…

Cinq… C'est le nombre de marches qui séparent le Peninsula du monde réel. Cinq marches de velours rouge, encadrées de deux statues de lion, rugissant leur plaisir de faire partie de l'élite.

Personne n'entre ici par hasard. Chaque main qui pousse l'immense porte tambour le fait pour une vraie raison. La première fois que j'ai franchi ces cinq ridicules et précieuses marches, je n'étais que Kat Dillon, jeune femme au chômage, cherchant à manger autre chose que des légumes en boîte. J'étais désormais Kat Dillon, employée dévouée à nos richissimes clients.

Chaque soir, un peu avant 20 heures, en passant cette porte, j'oubliais mon appartement miteux et sombre, pour plonger dans le luxe du Peninsula, hôtel cinq étoiles sur la Cinquième Avenue, à deux pas de Central Park. J'étais fascinée par ce lieu : les moulures délicates du plafond, l'éclairage tamisé, le silence à peine troublé par quelques notes de piano qui régnait dans le hall.

Un autre monde.

Tout était toujours parfait, huilé, harmonieux. Rien à voir avec le monde réel, un monde de bruit, de drames et de luttes intestines. La réalité n'était pas douloureuse ici. Et quel que soit le problème, vous trouviez une réponse dans le confinement et le raffinement de cet endroit.

Le sapin trônait dans le petit salon, jouxtant l'espace bar. Nous étions à une semaine de Noël et, malgré la bulle dans laquelle je vivais ici, on sentait dans l'air un mélange inédit d'effervescence, de joie et de bonheur anticipés. Cette année, c'était là que je passerais les fêtes. Maman était partie avec Phil en voyage initiatique en Inde. Et papa… Papa vouait une haine féroce à l'encontre des villes de plus de cinq mille habitants. Je griffonnai son visage dans un coin de mon bloc-notes, me souvenant avec un léger sourire du plissement de ses yeux quand il riait. Papa me manquait.

Un tintement, léger, familier, presque inaudible, me parvint, me donnant instantanément le sourire. Maria avança vers mon pupitre de concierge, le pas énergique et une mine réjouie sur le visage. Ses bracelets fins en argent tintinnabulaient autour de ses poignets frêles. Je l'accueillis avec joie. Voir Maria était une sorte de passerelle vers l'extérieur, une bourrasque fraîche qui vous surprend et que vous appréciez invariablement. Elle déposa mon magazine préféré, tout juste sorti de la presse, devant moi.

— Maria, tu es une fée ! m'exclamai-je en serrant le *New Yorker* contre moi.

— Tu as conscience d'être une espèce en voie de disparition ? sourit mon amie en s'appuyant contre le comptoir en marbre précieux.

— Parfaitement !

Maria était une belle femme de cinquante ans. Ses cheveux poivre et sel et son sourire prévenant lui donnaient un air doux. Je doutais que cette femme ait, un jour, fait le mal autour d'elle. Un sourire bienveillant s'étira sur son visage harmonieux, dévoilant une dentition parfaite. Quoi qu'elle en dise, Maria était séduisante, et pas seulement physiquement. Depuis mon arrivée au Peninsula, Maria était devenue progressivement une mère de substitution. Une maman idéale, sympathique, raisonnable et sur qui on pouvait compter. Tout le contraire de la mienne.

— Les fleurs sont superbes, comme toujours Maria, constatai-je en observant le flot de grooms de l'hôtel les emporter dans les différentes parties du hall.

— Merci. As-tu le planning du week-end ? Lynne devait me le faxer hier…

— Hier ? Tu as parlé à Lynne hier ? m'étonnai-je.

— Oui.

— Avant midi, je présume ?

— Dans la matinée, effectivement. Notre reine de l'organisation aurait-elle un problème ?

— Un diamant de trois carats n'est pas un problème dans le monde de Lynne.

Maria rit doucement et secoua la tête, incrédule.

— Les essayages de la robe ? m'interrogea Maria.

— Elle sera superbe ! assurai-je en me remémorant la journée d'hier.

— Tu donnes parfaitement le change ! J'y croirais presque si je ne te connaissais pas. Je ne comprends vraiment pas pourquoi tu n'aimes pas Philip !

— Lynne ne partage pas mon point de vue, dis-je en haussant les épaules.

— J'imagine. Dans le cas contraire, elle n'aurait jamais dit oui.

Je soupirai lourdement. J'avais déjà eu ce débat avec

Lynne et tout ce que j'avais su répondre était un charabia inintelligible et passablement obscur sur les âmes sœurs et leur capacité à se reconnaître l'une l'autre.

— Ce n'est pas que je ne l'aime pas. C'est juste que… Il n'y a pas de… chimie, ou de… je ne sais pas. Philip ne lui ressemble tellement pas.

— Elle est amoureuse de lui ! contra Maria. Tu sais, le cœur a ses raisons…

— Je sais, je sais. Je dis juste que si elle était sûre d'elle et de sa relation avec lui elle n'aurait pas demandé un délai pour répondre à sa demande en mariage.

— Lynne est du genre… très organisée. La connaissant, elle a dû faire une liste des pour et des contre.

— Elle est angoissée de finir sa vie toute seule et a dit oui sans se concentrer sur l'essentiel, affirmai-je un peu durement.

Lynne menait sa vie amoureuse de la même façon que sa vie professionnelle. Tout devait être carré, organisé, millimétré. Il n'y avait pas de place pour la fantaisie, la chance, ou le destin.

Maria roula des yeux et pointa du doigt le magazine que je serrais toujours contre moi.

— Cette chose-là ne vend que du fantasme, Kat.

— Il s'agit de destin, rectifiai-je en agitant nerveusement des papiers devant moi.

— Nous sommes au XXIe siècle, Kat. Plus personne ne lit ces annonces, tout le monde a un profil Facebook.

— Tu es en train de me vendre un monde virtuel, quand je peux toucher ça ? demandai-je en brandissant le magazine devant moi.

— J'abandonne.

— Maria, tu es la première à croire qu'un homme est là quelque part à t'attendre.

— Certes, et c'est pour ça que je n'attends pas que le destin toque à ma porte, je vais à sa rencontre. Je sors, je vis… Depuis combien de temps n'es-tu pas allée au cinéma ?

— J'y suis allée la semaine dernière !

— Je voulais dire, accompagnée.

— Oh…

Pour toute réponse, je haussai les épaules. Maria soupira et je signai le bon de livraison qu'elle me tendit.

Maria nous fournissait en fleurs, pour tous nos événements et pour la décoration de l'ensemble des chambres et du palace, depuis un peu moins de vingt ans. Elle faisait un peu partie des murs et connaissait chaque recoin de cet hôtel mieux que le directeur lui-même.

Je glissai le *New Yorker* dans ma bannette personnelle, cachée par le rebord du comptoir, et consultai le listing des réservations de salle.

— Une conférence de presse ce soir, et deux mariages samedi, annonçai-je à Maria.

— Et pour les suites ?

— La Peninsula Suite est réservée. Je vais demander à Lynne de te faire un fax de confirmation.

— Sans problème. Je dois filer. J'ai confié la boutique à Irina, et elle est capable d'y mettre le feu. Je livrerai les fleurs pour la conférence en milieu d'après-midi !

Elle s'éloigna avec un sourire sur le visage. Elle salua deux grooms et disparut dans l'immense porte tambour. Je jetai un œil à ma montre. Mon service se terminait dans une heure.

Travailler de nuit n'était pas mon choix. Mais j'y avais

très vite pris goût. Non seulement j'arrivais à profiter d'une partie de mes journées mais, en plus, les demandes des clients étaient nettement plus faisables et abordables à 2 heures du matin qu'en plein milieu de l'après-midi. Le Peninsula était un palace luxueux, sur l'avenue la plus luxueuse du monde. Les boutiques haut de gamme qui jouxtaient l'hôtel y drainaient une clientèle aisée et habituée à voir se réaliser le moindre de leur désir dans la minute.

Des fraises en novembre ? Aucun problème.

Du champagne à 8 heures du matin ? C'est comme si c'était fait.

Une suite préparée à la perfection pour une demande en mariage ? Avec plaisir.

Voilà de quoi était remplie ma vie. Le mot « non » ne faisait pas partie de mon vocabulaire. Au pire, je devais me contenter d'un « Je vais faire de mon mieux, monsieur ». Vivre dans le luxe sans vraiment en profiter. J'étais la petite spectatrice de leur monde parfait et harmonieux. Comme si, devant mon pupitre, il y avait une vitre invisible m'empêchant d'y participer.

— Bonjour, Kat. Comment a été la nuit ? me demanda le directeur de l'hôtel.

— Bonjour, monsieur Perkins. Nuit très calme, répondis-je en lui tendant le cahier de transmission.

Il le parcourut rapidement, faisant glisser son doigt sur ma petite écriture.

— La période des fêtes est toujours plus creuse. Qui vous remplace pendant vos congés ? demanda mon supérieur.

— Je ne prends pas de congés, monsieur.

— Oh… Bien, dit-il en relevant les yeux vers moi. Avant

de partir, pouvez-vous vérifier la Peninsula Suite ? Je veux qu'elle soit parfaite.

— Bien, monsieur.

Il se dirigea vers l'un des salons du hall et passa en revue la propreté des lieux. J'attrapai mon téléphone portable, celui dédié à mes missions professionnelles, et enfilai ma veste. Machinalement, je vérifiai que mon badge était correctement maintenu sur le côté gauche.

Mon passe-partout électronique à la main, je me dirigeai vers les ascenseurs centraux. Je fus interceptée par Joe. Visiblement, quelqu'un m'en voulait là-haut.

— Oui, Joe ! m'exaspérai-je en regardant ma montre. Je finis mon service dans peu de temps, et M. Perkins m'a missionnée pour la Peninsula Suite. Fais vite !

— Angela est malade et Kim est bloquée dans le métro.

— Je vais appeler Angela, dis-je en dégainant mon portable. Concernant Kim, tu me l'expédies dès qu'elle arrive.

L'ascenseur s'ouvrit dans un petit « ding », et je grimpai vivement à l'intérieur. Je retrouvai le numéro d'Angela dans mon répertoire. Les étages s'égrenaient rapidement pendant que la sonnerie résonnait.

— Allôoooo ? fit une voix traînante et faible.

— Angie ?

— Kat ? Je… je… je suis malade, souffla-t-elle avant de partir dans une violente quinte de toux.

— J'entends ça, dis-je en écartant l'appareil de mon oreille. Tu seras là demain ?

— Aucune idée. Je t'appelle ce soir.

— Je vais modifier le planning. Pourquoi as-tu appelé Joe ? m'enquis-je alors que je parvenais au dix-neuvième étage.

— Steven a téléphoné à Joe.

— Dis à Steven d'éviter de donner à ce cher Joe des excuses pour venir me parler !

Elle éclata de rire, et sa respiration sifflante me parvint. Son rire se transforma en toux et je grimaçai. Il y avait peu de chances qu'Angela soit là pour la conférence de presse et les deux mariages. J'allais devoir prendre un extra.

Je glissai le passe dans la porte unique de cet étage. Cette suite était la plus grande et la plus luxueuse de l'hôtel. Y passer une nuit revenait à liquider la moitié de mon salaire annuel. Encore une partie inaccessible du rêve. Je retirai mes chaussures pour m'assurer de ne pas ravager le travail des femmes de ménage, et pénétrai dans l'entrée. Les journaux du jour étaient disposés en éventail sur un guéridon.

Dans la salle à manger, la table était brillante, lustrée, et le couvert avait été mis pour six. Je vérifiai les poussières sur les meubles en y passant le bout de l'index. Le bureau était rangé et la moquette immaculée. Le salon avait été fleuri ce matin. Par acquit de conscience, je regonflai les assises et les coussins. J'inspectai en dernier lieu la chambre, dans les tons écrus et dorés, et finis par la salle de bains.

Les peignoirs manquaient, tout comme le gel douche et le shampooing estampillés au logo de l'hôtel. Le balcon n'avait pas été déneigé. Cela dit, je doutais qu'il soit utilisé dans les prochains jours vu les températures sibériennes qui régnaient sur New York.

Comme à mon habitude, pour cette suite, je laissais un mot de bienvenue replié sur la table basse du salon. C'était une façon discrète de faire savoir aux clients richissimes qui réservaient cette suite que nous leur étions dévoués. Je signai de mon prénom professionnel : Kathleen.

Je ressortis de la suite, jetant de nouveau un œil sur ma montre. Encore quinze minutes… Je redescendis dans le hall. Kim boutonnait à la va-vite son chemisier bleu ciel. Je fonçai sur elle, déterminée à expédier ce dernier problème.

— Mademoiselle, je suis désolée… La neige ralentit toute la circulation.

— Même le métro ? ironisai-je.

Elle eut le mérite de se taire et de baisser la tête, légèrement honteuse de se faire prendre en flagrant délit de mensonge.

— Vous allez finir la Peninsula Suite. Il manque les peignoirs et les produits. Et trouvez une âme charitable pour déneiger le balcon.

— D'accord.

— Quand vous aurez fini, vous irez voir Lynne. Je pense que vous serez chargée de la conférence de presse. Je veux que ce soit impeccable.

— Bien.

Je compulsai l'agenda de réservation des salles, déchiffrant les annotations de Lynne. Elle gérait la partie événementielle de l'hôtel : les réservations de salle, que ce soit pour un mariage, un congrès médical ou un anniversaire, passaient par elle. Autant je me chargeais des demandes instantanées et parfois étranges des clients, autant Lynne listait, cataloguait et classait tous leurs desiderata au moment des réservations.

— « *Blake Medias* », lus-je sur le carnet.

— Wow ! s'exclama Kim près de moi.

Je l'ignorai et glissai mon doigt sur la ligne horizontale, espérant avoir plus de détails. Mais la ligne était vierge. Lynne devait sûrement avoir un dossier épais et détaillé sur ce client pour qu'elle se dispense de commentaires sur l'agenda.

— De toute façon, je suis de service la nuit prochaine, donc je jetterai un œil à votre travail.

— Bien, mademoiselle.

— Allez-y… Et commencez par la Peninsula Suite, ajoutai-je en rangeant l'agenda.

Elle fit deux pas en arrière et s'éclipsa discrètement. Je n'avais pas eu le temps de former les équipes de femmes de chambre. J'avais la chance de pouvoir donner mon avis sur leur recrutement et sur celui des grooms de l'hôtel. Malheureusement, Kim avait été embauchée une semaine avant moi et je devais désormais composer avec sa mythomanie habituelle et bien trop fréquente.

Je soupirai en regardant ma montre. Sam devait me relever pour que je puisse rentrer chez moi. J'avais une confiance aveugle en lui. Il tenait son rôle de concierge à la perfection et il m'avait formée à mon arrivée ici.

— Cappuccino avec un supplément crème pour mademoiselle, l'entendis-je annoncer derrière moi.

— Et pour toi, j'imagine que c'est ton double expresso habituel ? souris-je en me tournant vers lui.

— Triple ce matin ! Mon fils est malade, j'ai passé une partie de la nuit à le bercer ! me répondit-il en me tendant le gobelet brûlant.

— Rien de grave, j'espère ?

— On a réussi à dégoter un rendez-vous en urgence chez le pédiatre.

Nous prîmes une gorgée de nos boissons et je lui tendis le cahier de transmission.

— Nuit calme, comme tu peux le voir.

— Ils sont tous dans la frénésie des fêtes, observa Sam en lisant le cahier.

— J'ai expédié Kim faire la Peninsula Suite, tu pourras revérifier avant midi ?

— Sans faute.

— Et ensuite, elle doit s'occuper de la première salle pour la conférence de presse de ce soir. Il faut refaire un point avec Lynne, car il n'y a pas de détails. Maria livre dans l'après-midi. Angie est malade, il va falloir revoir le planning pour ce week-end.

— Merde ! Tu as demandé un extra ?

— Pas eu le temps. Peux-tu t'en charger ? demandai-je avec un sourire.

— Tu n'as aucune pitié pour un pauvre père de famille épuisé ?

— Désolée ! m'excusai-je. Ça va aller ?

Il reprit de son café et, après une grimace, il fit un mouvement de menton m'autorisant silencieusement à partir. Je lui souris et lui tendis le téléphone portable et le passe-partout. Je le saluai et quittai mon poste, rêvassant vaguement à l'idée de retrouver mon lit et de plonger dans le sommeil pour les prochaines heures.

— Kat ? m'interpella Sam alors que j'allais accéder au petit couloir menant aux vestiaires.

Je me tournai vers lui et le vis en train d'agiter mon magazine en roulant des yeux. Je rougis violemment, connaissant l'avis de Sam sur mon incroyable addiction.

— Pas de commentaires, sifflai-je en le lui arrachant des mains.

— Tu connais ce truc appelé « probabilité » ? Ouvre les yeux, Kat. Tu as plus de chance de trouver l'homme de tes rêves ici que là-dedans, dit-il avec douceur en désignant le magazine.

— Ici ? Ici, je suis transparente, Sam. Juste un objet, au mieux un être vivant qui ne respire que pour faire de leur vie idéale une vie encore plus parfaite.

— Tu te trompes… Gratte le vernis, tu verras qu'ils ne sont pas tous si heureux que ça !

Je haussai les épaules, comme chaque fois que je ne savais pas quoi répondre à un commentaire. Je voulais bien admettre que j'étais un peu folle d'y croire. Je voulais bien admettre que je me voilais la face.

Mais j'y croyais. Je voyais l'espoir, le bonheur, le désir dans toutes ces annonces. Toutes ces choses avec lesquelles je n'étais pas familière.

Et inconsciemment, je devais me l'avouer, j'espérais me reconnaître dans une de ces annonces. Je voulais être la belle inconnue de quelqu'un, ou la jolie brunette endormie au petit matin… Ou la femme qui lisait le *New Yorker*, inconsciente d'être dévorée du regard par un homme. Je voulais être désirée, cherchée, convoitée.

Je voulais une histoire, pas un simple flirt ou une relation adulte et raisonnée. Je voulais un homme qui me ferait toucher les étoiles et qui me comprendrait d'un simple regard.

Je quittai l'hôtel dix minutes plus tard, armée de mes mitaines grises et de mon reste de cappuccino. Le trajet jusqu'à la bouche de métro me parut interminable. L'air était vif, et je dus me montrer extrêmement prudente pour éviter les plaques de verglas persistantes. Je finis ma boisson en attendant ma rame.

Dans le métro qui roulait dans un vacarme infernal, je calai ma tête contre une vitre, les yeux mi-clos. Les stations défilèrent une à une et je fis un dernier effort en voyant mon arrêt.

Après dix nouvelles minutes de marche sur la neige, j'arrivai enfin chez moi. Mon appartement était loin du luxe du Peninsula. A vrai dire, le seul luxe que je pouvais m'offrir était un étage élevé pour profiter de la lumière du jour. Je posai mon sac au sol, retirai mon épais manteau en laine grise et me dirigeai jusqu'à ma chambre minuscule. Après avoir enfilé un bas de jogging et un T-shirt, je tombai dans le sommeil.

Quand je rouvris les yeux, il était presque 15 heures et mon ventre gargouillait. Les cheveux emmêlés et le corps encore engourdi, je me levai et allai jusqu'à ma toute petite cuisine, composée d'un réfrigérateur, d'une plaque de cuisson et d'un recoin libre pour cuisiner.

Alors que mes œufs cuisaient, mon portable sonna et la voix joyeuse de Lynne me parvint.

— Bonjour, Lynne !

— Kat ! Dieu merci, tu es réveillée !

— A peine, murmurai-je la voix encore rauque.

— Peux-tu venir une heure plus tôt ce soir ?

— L'esclavagisme ne fait pas partie de la charte de qualité du Peninsula ! raillai-je.

— Il faut que tu sois là ! J'ai cette maudite conférence de presse à régler, Angie est malade… Et… Il faut que tu viennes !

— Sinon quoi ?

— Tu auras ma mort sur la conscience. J'ai besoin de toi pour tout finaliser, Kim a réussi à saccager la table où étaient disposées les flûtes à champagne, et… S'il te plaît, Kat ! gémit-elle avec une voix traînante.

— J'ai un millier de…

J'entendis un soupir, et imitai mon amie.

— Bien… Si tu veux. Je serai là à 19 heures.

— Génial ! piailla-t-elle. La conférence commence à 18 heures, mais je veux juste que tu t'assures que l'équipe de *Blake Medias* soit bichonnée.

— Nouveau client ?

— Nouveau… Et riche.

— La Peninsula Suite est pour eux alors ? demandai-je en versant mes œufs dans une assiette.

— Surtout pour lui.

— Pourquoi le ton de ta voix ne me rassure-t-il pas ? m'enquis-je en portant mon repas dans le salon.

— Son assistante est une garce. Une bonne partie de jambes en l'air la détendrait sûrement !

— Lynne ! m'offusquai-je.

— Ce n'est que mon avis ! Je dois te laisser, je dois refaire un point téléphonique avec l'avocat de Blake.

— A plus tard, Lili.

Au fil du temps, Lynne était devenue plus qu'une simple collègue. Vu mes horaires, nous ne travaillions que rarement ensemble, mais notre collaboration était agréable et nous étions devenues amies lors d'une semaine où je travaillais exceptionnellement de jour.

C'est en septembre, alors qu'elle revenait de vacances des Caraïbes, qu'elle m'avait appris que Philip l'avait demandée en mariage. J'avais plutôt mal encaissé cette nouvelle. J'avais passé un peu de temps avec son futur mari. Sous l'apparence heureuse de leur couple, et malgré leurs marques d'affection continuelles, je ne parvenais pas à les assimiler à l'image que je me faisais du bonheur.

A 17 h 30, je filai sous la douche et entrepris mes corvées habituelles : séchage et lissage de ma chevelure indomptable. L'expérience aidant, je mis un temps record à être prête et quittai l'appartement en m'assurant d'avoir mon téléphone.

Le froid de ce matin avait laissé place au redoux. La neige fondait et je pus marcher à une cadence normale. Après mon trajet en métro, j'atteignis l'hôtel, saluai rapidement Sam et me changeai.

Mon uniforme — tailleur jupe — ne m'avait jamais emballée. Mais le pire restait encore les talons. Pas très hauts, certes, mais suffisants pour anéantir un éventuel excès de confiance en moi.

A 19 heures tapantes, j'entrai dans la salle de conférences et cherchai Lynne du regard. Cette dernière briefait les serveurs et les barmans. Elle prit le temps de me faire un signe de la main et je repassai en mode professionnel.

J'avais très vite pris l'habitude de faire abstraction de l'événement pour me consacrer à mes missions. Quand j'enfilais ma tenue, j'enfilais aussi un masque. Je n'étais plus Kat, mais Kathleen, la femme chargée de réaliser le moindre de vos caprices.

Rien ne devait me toucher, ou m'émouvoir. Sam m'avait rapidement conseillé de faire comme lui : se construire une carapace inébranlable. Nous n'étions que des pions dans un monde où l'apparence prévalait sur tout.

— Excusez-moi, mademoiselle, m'interrompit une voix masculine alors que j'inspectai une table.

— Monsieur ?

— Pouvez-vous vous assurer que le champagne soit servi dans dix minutes ? demanda-t-il.

Son regard gris acier me fixait intensément. Il passa une

main dans ses cheveux et je devinai un voile de fatigue sur son visage. Il dénoua légèrement sa cravate et passa un doigt dans l'encolure pour l'écarter.

— Bien sûr, monsieur. Autre chose pour vous être agréable ?

— J'ai besoin d'un taxi dans trente minutes.

— Souhaitez-vous que notre personnel vous conduise quelque part ? Nous pouvons mettre un de nos chauffeurs à votre disposition.

— Oh… Evidemment, le luxe a ses avantages, marmonna-t-il en secouant la tête.

Je lui fis un sourire entendu. Il ne devait pas avoir l'habitude de ce genre d'attentions. Je retrouvai ses yeux où brillait une pointe d'amusement. Non seulement il n'avait pas l'habitude mais, visiblement, cela le laissait dubitatif.

— J'ai besoin de prendre un avion.

— Je vais demander qu'on vous conduise à l'aéroport. Avez-vous des bagages ?

— Je m'en occuperai. M. Blake prendra un vol demain matin, pouvez-vous faire le nécessaire ?

— Sans problème, monsieur.

Ses yeux s'illuminèrent et il hocha la tête avant de s'éclipser. Je finis mon inspection, puis me concentrai sur la fin de la conférence.

— Il s'agira d'un magazine masculin, tourné en priorité vers la tranche trente-quarante ans. Nous y aborderons la vie new-yorkaise, ainsi que des sujets d'actualité sous forme de reportages d'investigation.

Je regardai l'homme qui expliquait le contenu de ce magazine. Il semblait à l'aise, souriant aussi. Son regard naviguait sur la foule de journalistes et de photographes face à lui, ne s'arrêtant jamais sur quelqu'un en particulier. Il ne devait pas avoir plus de trente ans, et son sourire était éblouissant. Le haut de sa chemise légèrement ouvert laissait apparaître la pilosité de son torse, son cou et le dessin carré de ses épaules. Les spots au-dessus de l'estrade et le crépitement des flashes ne me permirent pas de deviner la couleur de ses yeux, mais je remarquai qu'il écoutait les questions avec attention, calant son menton dans le creux de sa main.

— Andrew Blake, m'annonça Lynne en se positionnant près de moi. Plutôt pas mal, non ?

— Il est… Oui… En effet, marmonnai-je en poursuivant l'étude de son visage. Il faut prévoir un chauffeur pour un type de son équipe.

— Je vais m'en occuper, affirma ma collègue en notant la prestation sur son bloc-notes. J'ai passé la journée dans cette salle, j'ai hâte que cela se termine.

— Encore quelques minutes. A ce propos, il faut remplir les coupes !

Lynne fit un signe de la main à l'un des serveurs et, aussitôt, celui-ci ouvrit une des bouteilles et commença à en vider le contenu. Je repris ma contemplation, souriant largement en entendant le rire de Blake résonner dans la salle.

— Si ça marche, il reviendra ici régulièrement, reprit Lynne.

Mon cœur fit un petit bon dans ma cage thoracique. Revenir ici ? Donc, je le croiserais ? Ma concentration professionnelle allait être mise à rude épreuve… La plupart des clients du Peninsula avaient l'âge de mon père, mais lui… C'était un peu comme s'il avait appuyé sur le bouton « Fantasmes autorisés » dès que mon regard s'était posé sur lui.

— Je m'assurerai qu'il soit pleinement satisfait de son séjour ici, Lili.

Elle arqua un sourcil et un sourire étrange flotta sur ses lèvres.

— C'est ton cerveau ou tes hormones qui parlent ?

— Mon cerveau, Lynne ! répliquai-je un peu trop vite.

— Il est séduisant… C'est tout ce que je dis. N'importe quelle femme…

— Pitié, Lynne, on parle d'un client !

— Et moi je te parle de sexe… Tu sais, ce truc un peu débridé qui devrait être ton activité principale à ton âge.

— Je bosse la nuit !

— Qui a dit que c'était uniquement nocturne ? plaisanta-t-elle en serrant son bloc-notes contre elle. Je vais finir par te présenter un des collègues de Philip !

J'ouvris la bouche pour répliquer, mais le brouhaha des applaudissements m'en empêcha. Le sourire de Lynne parlait pour elle : elle avait gagné cette manche.

Chapitre 2

Trouver un homme s'apparentait pour moi à trouver une aiguille dans une meule de foin… Une meule de foin de la taille du pays ! Ça n'était pas faute d'avoir essayé mais, la plupart du temps, je tombais dans le gouffre profond creusé entre ce que je désirais ardemment et ce que j'obtenais difficilement. La plupart de mes histoires s'étaient terminées de façon plutôt lamentable.

— Je vais faire le nécessaire pour le chauffeur, annonça Lynne alors que la foule des journalistes et des photographes se dispersait pour mieux se retrouver autour des tables à champagne.

— Bien. J'attends ton retour et j'irai relever Sam ensuite, répondis-je en regardant ma montre.

— Sans problème. Merci de ton aide ! conclut-elle en me faisant un sourire. Oh, et respire, Blake est à moins de cinq mètres de toi !

Je roulai des yeux et, la seconde suivante, je balayai la salle pour le trouver. L'homme aux yeux gris, qui m'avait parlé quelques minutes auparavant, disparut par une porte adjacente. J'eus tout juste le temps de le voir retirer définitivement sa cravate.

Je reculai un peu, m'éloignant des convives. Mon rôle

était juste de m'assurer que tout se passait bien. J'étais, là encore, une spectatrice invisible de leur monde. Je regardais, sans vraiment voir. De petits groupes se formaient, parlant sûrement de ce qu'ils venaient d'apprendre. Au loin, les visuels géants reprenaient le titre du magazine — *Powerfull* — surmontés du logo de *Blake Medias*.

— Mademoiselle Hoffman, je présume ? s'enquit une voix au timbre grave.

— Monsieur Blake… Je… euh… Non… Mademoiselle Hoffman s'est absentée pour finaliser certains détails de votre… séjour, bafouillai-je en rougissant.

Je baissai les yeux et vis que sa main retombait. Merde ! Je venais de snober Andrew Blake, qui était non seulement un client de l'hôtel, mais aussi l'homme le plus… superbe — et encore le mot est faible — que le destin ait bien voulu mettre sur mon chemin.

Je pris trois secondes pour recomposer mon visage professionnel, optant pour le détachement total. Mais à la seconde où je croisais son étincelant regard vert, je réalisai que c'était un peu comme tenter l'apnée profonde sans même savoir nager : un échec cuisant et humiliant.

Je rougis de nouveau, espérant que mes neurones allaient se mettre en mode survie.

— Souhaitez-vous que je transmette un message à Mlle Hoffman ?

Une femme blonde, sublime, lui tendit une coupe de champagne. Il la remercia et je réalisai que je me dandinais d'un pied sur l'autre. Je m'ordonnai de cesser et plaçai mes mains derrière moi, me triturant les doigts. Dieu du ciel, mais était-ce possible que mon estomac fasse des sauts périlleux ? C'était sûrement lié à l'électricité crépitante qui parcourait mon corps.

La jeune femme se pencha légèrement et mon vis-à-vis lui parla à l'oreille. Dans ce mouvement, je remarquai sa main, négligemment posée dans le bas de son dos. Elle lui parla à son tour, et il opina, portant son verre à ses lèvres. La jeune femme blonde lui fit un dernier sourire et le quitta sans même un regard pour moi.

— Excusez-moi, vous disiez ? reprit-il en se penchant vers moi.

— Un message pour Mlle Hoffman ? suggérai-je en tentant de trouver une partie de son corps que je pouvais regarder sans rougir.

Il était grand, élancé, et son pantalon de costume noir révélait la finesse de ses jambes. Je relevai les yeux vers son visage et observai ses mâchoires se serrer. De nouveau, il porta son verre à ses lèvres et son front se plissa de réflexion. Mon regard accrocha ses mains, douces, fines, élégantes et sources d'images obscènes. Je n'avais jamais songé à être réincarnée en flûte à champagne, et pourtant cela me semblait tellement évident maintenant.

Mais brutalement, mon film à fantasmes s'arrêta. Il portait un anneau doré à l'annulaire. Ce type était marié. Sûrement avec cette blonde plantureuse, et depuis son plus jeune âge, histoire d'éviter une mésalliance néfaste pour la descendance Blake.

Ce simple détail eut le mérite de me faire redescendre sur Terre.

— Dites-lui qu'elle a fait un très bon travail, déclara-t-il finalement.

— Je lui transmettrai, monsieur.

Il me lança un dernier regard, mélange d'autorité et de scepticisme, et partit en direction d'un petit groupe derrière lui. La blonde magnifique en faisait partie. On ne pouvait pas dire que j'avais fait la meilleure des impressions.

— Tu peux filer ! chuchota Lynne à mon oreille.

— Super, soufflai-je, soulagée. M. Blake te remercie de ton travail.

— Tu lui as parlé ? s'étonna-t-elle.

— Il m'a prise pour toi.

Je limitai le récit de ma rencontre aux choses avouables, évacuant le fait que j'avais loupé sa poignée de main et que j'avais comme un trou dans l'estomac depuis que j'avais remarqué son alliance. Je sortis de la salle quelques minutes plus tard, rejoignant le hall et Sam. Il me fit les transmissions avec sa célérité habituelle, tandis que je compulsais le cahier.

— J'ai demandé à Kim de nettoyer la piscine dans l'après-midi, tu pourras aller vérifier ? Blake l'a privatisée pour ce soir.

— Je ne veux même pas savoir ce qu'il veut en faire !

Sam me fit un sourire entendu et quitta le poste quelques minutes plus tard. La nuit promettait d'être calme. Généralement, l'hôtel s'agitait aux alentours de 2 heures du matin. Les noctambules invétérés croisaient ceux qu'ils considéraient comme des couche-tôt. Je glissai le portable dans ma poche et affichai la petite pancarte indiquant mon retour dans quelques minutes.

Je récupérai le *New Yorker* au fond de mon vestiaire, le glissai dans ma bannette puis me dirigeai vers le bar. Ce n'est qu'en voyant un homme plutôt grand et tout en muscles que je me souvins qu'Angela était clouée au lit. Il essuyait des verres, le regard fixé sur un point du bar.

— Bonsoir, je suis Kat. La concierge de nuit, précisai-je en tendant ma main vers lui.

— Daniel Cooper. Le remplaçant, ajouta-t-il avec un sourire lumineux en prenant ma main dans la sienne.

— Bienvenue au Peninsula. Peux-tu me faire un thé, s'il te plaît ?

— Je te l'amène.

— Parfait, merci !

Je retournai à mon poste et vis les premiers journalistes participant à la conférence de presse franchir la porte tambour. Je les saluai un à un, avec un sourire poli. Daniel m'apporta mon thé et repartit aussitôt en direction du bar. Il était seul à servir, et même s'il n'y avait pas foule, on ne faisait jamais attendre un client. Je m'installai dans le fauteuil et ouvris mon magazine. Je feuilletai rapidement les premières pages, préférant me consacrer à mon moment favori de la semaine : la découverte des annonces.

Ces annonces étaient une version moderne des bouteilles à la mer. Vous croisiez quelqu'un dans la rue, vous sentiez une alchimie mais, trop tard, cette personne avait déjà disparu. Et vous passiez une annonce dans l'espoir ténu qu'on vous reconnaisse.

Mon espoir à moi était de ME reconnaître dans une d'entre elles. D'être l'inconnue à l'écharpe rouge vif, ou la fille qui était descendue à hauteur de la 46e Rue, près de Broadway. *A contrario* de ma vie au Peninsula, j'avais la sensation que ce rêve-là pouvait être accessible.

Jeudi 2 décembre,
Belle brune au regard mélancolique, Grand Central, ligne 5.

Tu as des larmes dans les yeux et tu joues nerveusement avec ton téléphone. Tu disparais dans la foule à l'arrêt 125e Rue. Veux te revoir et te consoler. Annonce BR4590.

Vendredi 3 décembre,
Beauté asiatique, Classon Av., ligne G. Des regards et des sourires échangés, mais je n'ai pas eu le courage de t'aborder. Ton visage hante mes nuits et envoûte mes journées. Peut-être le début d'une histoire ? Annonce BR4367.

Je sirotai mon thé en rêvassant à ces rencontres fortuites et pourtant tellement puissantes. Le hasard vous met sur le chemin de quelqu'un. Souvent, il manque juste le courage ou l'envie de le voir. Un nouveau flot de journalistes quitta la salle de conférences. Lynne suivait, me faisant un petit signe avant de rejoindre son bureau.

Mercredi 1er décembre
Starbucks, Rockfeller Center. Cappuccino pour toi, Grand Latte pour moi. Quelques regards échangés, ta main a touché la mienne. Tu portais un bonnet en laine rouge. T'offrir un cappuccino ? Annonce BR2387.

— Je rentre, Kat ! me surprit Lynne.

Je refermai vivement le magazine, mais pas assez vite pour l'œil acéré de mon amie.

— Ne me dis pas que tu lis encore ces bêtises ?

— Lynne ! gémis-je.

— Tu es incroyable ! Tu vis dans un autre monde, Kat !

Je pris mon thé et en bus un peu. Je voulais éviter cette énième conversation avec Lynne. Elle ne me comprenait pas. Ces annonces étaient encore la seule chose qui me prouvait que les âmes sœurs existaient et se reconnaissaient.

— Il reste encore du monde dans la salle ? l'interrogeai-je.

— Quelques photographes et l'équipe de Blake.

— Merde, le chauffeur pour demain ! m'exclamai-je en me souvenant subitement de mon entretien avec l'homme aux yeux gris.

Lynne roula des yeux et pointa le magazine devant moi.

— La réalité, Kat… La réalité !

Je grognai pour la forme, consciente que Lynne se moquait ouvertement de mon addiction. Pendant que je consultais le dossier au nom de Blake pour trouver l'horaire de son vol, une nouvelle vague de journalistes quitta l'hôtel. Je devinai la silhouette d'Andrew Blake, longiligne et élégante. Son bras enroulé autour de la taille de sa femme, il riait en serrant des mains. Son vol était à 9 heures, je décidai de lui réserver un chauffeur dès 6 heures. Je croisai furtivement son regard avant qu'il ne reporte son attention sur la blonde à son côté. Malgré moi, je sentis mon cœur s'emballer pendant que je fixais sa nuque et sa chevelure indisciplinée. Passer une main dans ses cheveux ne devait pas être désagréable.

Je secouai la tête, cherchant à limiter le flot de fantasmes que cet homme éveillait en moi. Scruter le moindre de ses mouvements pouvait sûrement s'apparenter à du harcèlement… ou à du masochisme. Je n'arrivais pas à comprendre la réaction de mon corps. Cet homme était marié et mon cerveau aurait dû avoir le pas sur mon organisme perturbé. Au lieu de ça, j'étais inexorablement attirée par lui, par son corps, par ses gestes gracieux, alors que je ne lui avais parlé que deux minutes.

Enfin, si on pouvait appeler ça une discussion. Une véritable idiote !

Je tentai de baisser les yeux et de trouver un semblant d'occupation. Compulser l'agenda, vérifier les réservations, trier les bons de livraison, recharger de papier la photocopieuse cachée sous le meuble… Mais j'avais du mal à coordonner mes mouvements ; dès que je faisais face au hall, mon regard se relevait de lui-même vers Andrew Blake.

Et ce fut pire quand je le vis relâcher la femme près de lui et se diriger vers moi. Mes mains se mirent à trembler et ma gorge se serra douloureusement. Je tentai de respirer calmement et de reprendre le contrôle. J'accrochai le meuble devant moi et, debout face à lui, je plaquai un sourire ultra-professionnel sur mes lèvres.

— Oh… bonsoir, fit-il en me reconnaissant.

— Monsieur Blake. Que puis-je pour vous ?

— Je vais aller nager. Pouvez-vous faire en sorte qu'un dîner me soit servi… disons dans une heure dans ma suite ?

— Sans problème, monsieur, acquiesçai-je.

— Et une bouteille de vin ! Du blanc.

— Bien, monsieur.

Il me fit un sourire et sortit son téléphone de sa poche. De nouveau, je fixai son alliance brillante et lisse. Je pris des notes sur un carnet, prête à exécuter la moindre de ses demandes, aussi exubérantes puissent-elles être. J'étais déterminée à garder une attitude professionnelle, espérant que la carapace ne se fissure pas la seconde suivante.

— Je dois faire livrer des fleurs à San Francisco, reprit-il en fronçant les sourcils.

— Je peux vous recommander notre fleuriste habituelle.

— Je ne veux pas d'un bouquet standard, lança-t-il plus sèchement. C'est une occasion particulière.

— Pour quand vous faut-il ces fleurs ? repris-je en ne relevant pas son ton désagréable.

— Demain midi, à San Francisco. Et je veux une discrétion absolue, ajouta-t-il en posant son téléphone.

— Nous travaillons toujours dans la confidentialité la plus totale, monsieur Blake.

Derrière lui, le petit groupe auquel il parlait précédemment se décomposait. Les journalistes quittaient le hall. La jeune femme blonde jeta un dernier regard vers nous et monta dans l'ascenseur. J'attrapai la carte de visite de Maria et la glissai entre les mains de Blake.

— Je suis certaine que Maria saura répondre à votre demande.

Il prit la carte et consulta de nouveau son téléphone. Il secoua la tête, claquant sa langue d'agacement. Je remis une mèche de cheveux rebelle derrière mon oreille et reposai mes mains sur le meuble nous séparant. Ma nervosité reprenait le dessus. Ce silence tendu m'embarrassait, mais je devais attendre qu'il parte. Le client choisissait toujours quand la conversation était terminée. Ses doigts s'agitèrent sur l'appareil et il soupira plusieurs fois. Pour la première fois de la soirée, je remarquai les traces de fatigue sous ses yeux.

— Vous travaillez toujours de nuit ? demanda-t-il subitement, les yeux toujours rivés sur son écran.

— Euh… oui.

— Depuis longtemps ?

— Trois… ans.

Je virai couleur coquelicot, me pinçant les lèvres pour ne pas rire nerveusement. Finalement, il releva la tête vers moi et un léger sourire moqueur apparut sur son visage.

— Ça faisait longtemps…, dit-il.

Je ne répondis pas, peu envieuse de m'enfoncer dans cette conversation intime et embarrassante.

— Ne soyez pas si nerveuse, dit-il avec prévenance en posant sa main sur la mienne.

Pétrifiée, je n'osai plus bouger. Je me liquéfiai quand son regard se verrouilla au mien. Son sourire s'effaça et un muscle dans sa mâchoire tressauta. L'électricité que j'avais ressentie en le regardant dans la salle n'était rien par rapport à celle qui m'habitait maintenant. L'ensemble de mon corps était en éruption, l'adrénaline, le désir et une pointe de culpabilité parcouraient mes veines, comprimant mon bas-ventre dans une chaude douleur. Il libéra ma main, et je respirai de nouveau.

— Je vous souhaite une bonne nuit.

— Merci, articulai-je avec difficulté. Vous aussi.

Il leva un sourcil, conscient, tout comme moi, que je franchissais la ligne. Rester polie et professionnelle… Ne pas laisser la carapace se fendiller, garder une distance respectable entre l'employée que j'étais et le client qu'était Andrew Blake. Tout cela était en train de voler en éclats.

Il quitta mon poste et se dirigea vers les ascenseurs. Je m'effondrai dans mon fauteuil, tremblant de tout mon corps. Je fermai les yeux une seconde, espérant que mon cœur cesse sa cavalcade infernale. Mes mains agrippèrent les accoudoirs et j'évacuai la panique de mon organisme. Je me redressai brutalement…

La piscine ! Merde !

Je fonçai vers la lingerie, trébuchant sur les marches et récupérai trois épaisses serviettes fraîchement lavées et un peignoir. Kim étant en charge de la piscine, j'étais certaine qu'elle avait oublié le linge. Je repassai devant mon pupitre, mis ma pancarte d'attente et courus jusqu'à la piscine intérieure…

… Avant de me rendre compte que j'avais oublié mon passe d'accès.

Je retournai en vitesse à mon poste et, après une minute de fouille intense sur mon bureau, le retrouvai sous le *New Yorker*. Ma course effrénée reprit et, après avoir traversé un long couloir, j'entrai dans la piscine. De petits spots éclairaient le sol en tek. J'entendis le clapotis régulier de l'eau, signe qu'il nageait déjà. J'avançai un peu, me sermonnant pour ne pas le regarder outrageusement une fois de plus. Mais à la seconde où je perçus la coloration bleutée des murs, reflet de l'eau de la piscine, mes yeux s'égarèrent sur lui. En pleine coulée, et malgré l'eau qui floutait son corps, je distinguai les muscles de son dos, le mouvement parfait de ses jambes et la fluidité de sa nage.

Je posai les serviettes sur un des bains de soleil et accrochai le peignoir à une des patères au-dessus.

— Merci ! lança une voix derrière moi, me faisant sursauter.

Je me retournai avec précaution, presque effrayée de devoir lui faire face. Je venais à peine de me remettre de notre dernière entrevue.

— Je vous en prie, monsieur, murmurai-je.

— Vous aviez raison pour votre fleuriste.

— Oh…

— Donc je dois aussi vous remercier pour ça ! Je tenais beaucoup à ce que ce soit fait.

— Ravie d'avoir pu vous aider, monsieur.

Il installa ses avant-bras sur le rebord et s'y appuya. Je déglutis en voyant son visage quasiment parfait se pencher légèrement pour me scruter.

— Vous ne faites jamais ça, n'est-ce pas ?

— Je vous demande pardon ?

— Parler aux clients. Exister à leurs yeux, je veux dire. Votre embarras est palpable.

— Je vous prie de m'excuser, murmurai-je en esquissant un mouvement vers la sortie.

Je l'entendis rire, puis le clapotis reprit. Je restai là, figée, les poings serrés. Une partie de moi voulait continuer à admirer son corps en mouvement, et une autre partie — la partie professionnelle — savait que je devais sortir d'ici. Je n'eus pas le temps de m'appesantir davantage qu'il émergeait de nouveau et reprit sa position d'attente.

— Quel est votre nom ? demanda-t-il.

— Dillon… Kathleen Dillon, répondis-je d'une voix peu assurée.

— Enchanté, Kathleen.

Je bougeai d'un pied sur l'autre, ma nervosité ayant grimpé de manière exponentielle.

— Je vous souhaite une bonne soirée, monsieur Blake.

Je baissai un peu la tête, de façon à faire une petite courbette, et sortis de la pièce. L'humiliation avait assez duré. De retour à mon poste, je m'assurai qu'un serveur amènerait son dîner à Andrew Blake, sans oublier sa bouteille de vin blanc.

Je passai ma nuit dans un état second. Daniel prit soin de ramener un thé vers 2 heures du matin, alors que je consultai de nouveau les annonces.

Jeudi 2 décembre
Sur le quai de Lexington. Nous nous sommes regardés, je t'ai souri et tu as détourné le regard. Tu avais un sac rouge et les cheveux noués. Ton métro est arrivé, et nous nous sommes fait un signe de la main. Annonce BR1766.

Je souris béatement avant de refermer le magazine et de saisir le cahier de transmission. Il était 5 heures du matin. La nuit n'avait pas été particulièrement mouvementée. A peine avais-je vu deux clients un peu éméchés rentrer vers 3 heures.

A 6 heures, je m'assurai qu'un chauffeur était prêt à conduire Blake à l'aéroport. C'était presque un soulagement pour moi de le savoir bientôt hors de ces murs. Les réactions qu'il provoquait en moi étaient incontrôlables et violentes. Peut-être que Lynne avait raison. Avoir vécu pendant tout ce temps comme un ermite avait maintenant des conséquences. La simple vue d'un homme sublime réveillait une Kat que je ne connaissais pas, percluse de fantasmes inavoués et irréalisables dans le monde réel.

A 7 heures, alors que je remplissais le planning des salles pour la semaine suivante — celle de Noël —, Blake apparut avec sa splendide femme blonde. Dès qu'il me vit, son visage changea imperceptiblement et il se dirigea vers moi.

— Bonjour, Kathleen.

— Monsieur Blake.

— Cela vous dérange-t-il que je vous appelle par votre prénom ? s'enquit-il en se penchant vers le revers de ma veste pour déchiffrer mon nom. Vous préférez peut-être « Mademoiselle Dillon » ?

— Comme vous souhaitez, monsieur Blake.

— Comment vous appellent vos clients généralement ?

— Mademoiselle, soufflai-je en rougissant.

— Parfait. Donc, pour moi, ça sera Kathleen. Nous allons nous revoir régulièrement, autant éviter un formalisme inutile.

Je hochai simplement la tête, remarquant que le formalisme s'appliquait de toute évidence pour moi. Il me salua et s'éloigna légèrement. Ma torture cessait enfin, et son parfum boisé et entêtant ne me tourmenterait plus. Mais il se tourna une dernière fois vers moi et, de nouveau, sous son regard profond, je me statufiai, mon stylo en suspension.

— Et encore merci pour les fleurs, j'ai apprécié votre dévouement, Kathleen.

Mon prénom roula sur sa langue et je frissonnai. C'était encore pire qu'hier soir. La fatigue annihilait toutes mes résistances. Il se détourna de moi avant que je puisse répondre et disparut, comme aspiré par la porte tambour, suivant sa femme.

L'arrivée de Sam me libéra de mon engourdissement. J'avais besoin de quitter cet endroit et de me vider la tête. Les images d'Andrew Blake, pendant sa conférence de presse, dans la piscine, puis devant moi ce matin, tournaient en boucle dans mon esprit. Comment un client pouvait-il me faire autant d'effet ?

Dans le métro, je repris la page d'annonces de mon magazine.

> Samedi 4 décembre
> Tu me vois chaque jour, sans me voir. Tu me parles chaque jour, mais tu ne me remarques pas. Deux ans que nous partageons le même bureau, deux ans que je connais chaque parcelle de ton visage. Bank of America, 4e étage. Annonce BR7709.

Et je me plaignais de souffrir de masochisme ? De toute évidence, j'avais trouvé quelqu'un de plus atteint que moi. Je me couchai directement en arrivant chez moi. Mon sommeil fut serein. Cela me rassura sur mon état mental. Nous étions samedi et je savourais la première de mes deux nuits de repos. Enroulée dans une couverture molletonnée, je pliai le *New Yorker* pour n'avoir que la page d'annonces devant moi.

Samedi 4 décembre
Chaque samedi, je te parle.
Chaque dimanche, je cherche une explication.
Chaque lundi, je promets de passer à autre chose.
Chaque mardi, je murmure ton prénom.
Chaque mercredi, je te demande pardon.
Chaque jeudi, je réalise que j'ai perdu la femme que j'aimais.
Chaque vendredi, j'espère ton retour.
Et maintenant, j'espère retrouver le bonheur et une âme aussi belle que la tienne… Annonce BR9855.

Je relus plusieurs fois l'annonce, cherchant à qui elle s'adressait vraiment. Un amour perdu de toute évidence. Mais la façon dont se mêlaient l'espérance et le désespoir dans ces quelques lignes me déstabilisait. Une boule de tristesse se forma dans ma gorge. Je secouai la tête, espérant fuir ces lignes, mais mes yeux y revenaient, inlassablement.

Je finis par poser le magazine sur la table basse et me décidai à m'habiller pour trouver mes derniers cadeaux de Noël. La neige était retombée pendant la nuit, couvrant la ville d'un épais manteau immaculé. Armée de mon cappuccino, j'errai dans les rayons, remarquant une fois de plus la solitude dans laquelle j'étais. Travailler de nuit fait de vous un marginal. J'étais dans un rythme tout à fait contraire à une vie normale. Mes principaux contacts et amis travaillaient à l'hôtel, mon père était à l'autre bout du pays, et ma mère, à l'autre bout du monde. Voir les couples se tenir amoureusement la main avait quelque chose de douloureux.

Quand je rentrai chez moi, le silence, l'obscurité, l'absence de vie me sautèrent aux yeux. Je n'étais pas une fille particulièrement expansive, mais je n'étais pas non plus une solitaire. A ce rythme, j'allais finir absolument seule, entourée d'exemplaires du *New Yorker*, à nourrir les oiseaux dans Central Park.

Accomplir les rêves des autres était devenu ma vie, et j'en avais oublié les miens. Voyager, vivre, acheter un appartement, trouver mon âme sœur… Comment avais-je pu me renfermer à ce point sur moi-même ?

Au point de ne plus être capable d'avoir une conversation avec un homme… Blake avait dû me prendre pour une idiote écervelée. Kat, tu es absolument pathétique ! Et dire que je réprimandais Lynne pour son mariage. Elle avait raison, je ne vivais pas dans la réalité.

Je passai la matinée de dimanche à marcher dans New York. Malgré le froid et la neige, je m'étais promis de ne pas rester cloîtrée dans cet appartement. Néanmoins, en me couchant le soir, j'emportai avec moi mon exemplaire du *New Yorker*. Cette habitude allait être difficile à quitter.

Je relus l'annonce qui m'avait tant touchée. Cet homme semblait désemparé, comme prisonnier de sa propre vie, relié à jamais à son amour perdu. Le désespoir, le vide, le manque…

Il s'en voulait. C'était sûrement pour ça qu'il se noyait dans son chagrin. Quoi qu'il fasse, il se levait chaque matin en pensant à elle, à ce qu'il lui avait fait. La culpabilité, le regret, l'amertume.

Il avait fait son choix. Il tentait de revenir à la vie, de sortir de sa peine. Il sortait de sa coquille…

J'allais sortir de la mienne.

Le lundi soir, j'arrivai une heure plus tôt que ma prise de service. Sam plaqua un sourire heureux sur son visage en me voyant.

— Ne rêve pas… Tu ne vas pas partir plus tôt !

— Tu es parfois d'une cruauté sans nom ! Je n'avais pas inclus ça dans ta formation !

— Je vais faire le tour des troupes.

Il secoua la tête, son sourire toujours bien en place, et je me dirigeai vers la salle de repos et les vestiaires. Je retrouvai Lynne, sirotant un verre d'eau tout en parlant avec Gregory.

— Tu as laissé tes sbires assurer la sécurité ?

— C'est Noël… L'hôtel est quasiment vide. Donc à moins que la jolie blonde de l'autre jour refasse son apparition, je refuse de m'abîmer les yeux sur ces minuscules écrans de contrôle, répondit Gregory en souriant.

— Quelle blonde ? demanda Lynne.

— Celle de *Blake Medias.*

— Tu te fais du mal, Greg. Blake a déjà mis le grappin sur elle.

Lynne ouvrit des yeux comme des soucoupes et écrasa légèrement son gobelet entre ses doigts.

— Et ton discours sur la confidentialité et la confiance envers les clients ? s'enquit-elle dans un sourire.

— Je dis juste ça pour Gregory ! expliquai-je en haussant les épaules.

— Tu es sûre de toi ? m'interrogea-t-il en fronçant les sourcils.

— Absolument. Certains gestes ne trompent pas.

— Merde ! pesta-t-il.

Je pris un gobelet et le remplis d'eau. Nous discutâmes

des fêtes à venir, et Lynne, sans le vouloir, me ruina le moral en deux secondes.

— Philip et moi allons dans le Vermont.

— Ça sent le week-end cochon ! ironisa Gregory en haussant de manière suggestive les sourcils. Genre, il va jouer à Papa Noël dans ta cheminée ?

— Gregory ! geignis-je en lui frappant l'avant-bras.

— Désolée d'avoir une vie sexuelle, riposta Lynne à notre attention.

— J'en aurais une si Blake n'avait pas mis la main sur ce fabuleux et sexy petit lot ! claqua Gregory dans un sourire.

— Aucune chance qu'elle te regarde !

— Est-ce que tu mets en doute mon sex-appeal ?

— Gregory, quel genre de femme normalement constituée quitterait Andrew Blake pour… toi ? lui demandai-je.

— Il n'est pas si beau que ça ! répliqua-t-il, un peu vexé.

— Il est riche, contra Lynne.

Et il est beau… Evidemment, songeai-je en repensant à son corps glissant dans l'eau de la piscine dans un geste élégant. Cette fille serait absolument folle de le laisser. Gregory soupira et rendit les armes. Même s'il était chef de la sécurité, son salaire mensuel devait avoisiner ce que Blake gagnait avant d'avoir pris son petit déjeuner.

— En fait, j'ai une bonne nouvelle ! lançai-je pour changer de sujet. J'ai décidé d'acheter un appartement.

— Vraiment ? s'étonna Lynne. J'ai cru que tu ne quitterais jamais ce truc lugubre.

— Ce n'est pas lugubre ! râlai-je.

— Ça l'est, crois-moi. Mais c'est en effet une bonne nouvelle. Veux-tu que j'en parle à Philip ?

— Ce n'est pas urgent. Ça peut attendre la fin des fêtes.

Et le retour de ton week-end outrageusement scandaleux dans le Vermont !

Le téléphone de Gregory sonna et, après avoir avalé son verre d'eau d'un trait, il s'éclipsa. Lynne m'entraîna vers son bureau et nous discutâmes de son prochain départ en week-end. Avant de prendre mon service et d'enfiler ma tenue réglementaire, je passai par les cuisines pour saluer la brigade de soirée.

Je récupérai une pomme au passage et croquai dedans en allant vers mon vestiaire. Je me changeai rapidement et, après une longue bataille contre ma chevelure, je décidai, pour la première fois en trois ans, de la laisser libre. Je me dirigeai vers mon pupitre et Sam me détailla de la tête aux pieds.

— Il s'appelle comment ? plaisanta-t-il en désignant mes cheveux.

— Oh… Ce n'est pas… réglementaire ? hésitai-je soudain.

— C'est très bien, Kat. Je te trouve juste… différente. En bien…, ajouta-t-il alors que je baissais la tête, embarrassée.

— Comment s'est passée la journée ? demandai-je pour cacher ma gêne.

— C'était calme… J'ai fait les statistiques de fin de mois pour M. Perkins.

— Merci, soupirai-je, heureuse que Sam m'ait exemptée de ce pénible exercice de maths.

— Ne me remercie pas, je t'ai laissé les réservations à valider ! sourit-il.

— Ça me va, je te rassure.

Je pris le cahier de transmission et le parcourus rapidement. En effet, la journée avait été calme. Les débuts de semaine étaient traditionnellement moins fréquentés de toute façon.

— Comment va ton fils ?

— Mieux… Tu connais les gosses, ils sont rapidement sur pied !

— Je sais… Tu devrais y aller, la neige recommence à tomber, ajoutai-je en regardant par l'immense baie vitrée.

Sam me tendit le téléphone et s'éclipsa rapidement. Je m'installai dans le fauteuil et lançai le logiciel de réservation. Même si tout était automatisé, je devais m'assurer qu'il n'y avait ni erreurs ni doublons. Ce travail était un peu rébarbatif finalement, mais nettement moins sujet à migraine que les statistiques pour moi.

J'épluchai la liste et m'arrêtai net en voyant le nom de Blake. Fébrile, je suivis la ligne, espérant que je serais miraculeusement absente lors de son prochain séjour. Jeudi et vendredi ! Et merde ! Je soupirai lourdement, songeant que je devrais m'entraîner à l'affronter. Il l'avait dit lui-même, nous allions nous voir fréquemment.

Après avoir validé sa réservation, je poursuivis la liste, refoulant les images de Blake dans la piscine. Au milieu de la nuit, j'eus la bonne surprise de voir Daniel devant mon comptoir.

— Je t'ai ramené un thé, s'excusa-t-il en me tendant un petit plateau avec ma boisson.

— Merci. C'est très gentil d'y avoir pensé.

— Jolis… Enfin, je veux dire… Tes cheveux, balbutia-t-il en les désignant.

— Oh ! je voulais changer, répondis-je en triturant une mèche entre mes doigts. Combien de temps dure ton remplacement ? Je ne pensais pas te revoir.

— Angela est malade et ensuite en congés, donc je suis là jusqu'au début du mois de janvier.

— Oh ! d'accord. Je… je n'ai pas de congés.

— Voilà enfin une bonne nouvelle ! Pour moi, je veux dire, rajouta-t-il en me voyant froncer les sourcils. C'est toujours plus agréable de partager ses nuits avec quelqu'un, déclara-t-il alors qu'un rire m'échappa.

Daniel me lança un regard d'incompréhension, puis réalisa.

— Ce n'est pas ce que je voulais dire ! s'affola-t-il.

— Ce n'est rien, je te rassure. J'ai compris ce que tu voulais dire, dis-je en prenant une gorgée de mon thé.

— Vraiment ? Parce que là, j'ai juste la sensation de ressembler à un parfait crétin !

— Tout va bien, je t'assure.

— A quelle heure finis-tu ?

— 8 heures.

— Est-ce que… enfin… Tu voudrais prendre un petit déjeuner ensuite ? Je connais un restaurant fabuleux…

— Daniel…, commençai-je.

— Dan, me coupa-t-il avec un sourire lumineux.

— Dan, je ne sais pas si… Je risque d'être fatiguée.

— Juste un petit déjeuner. Histoire de savoir si la légende est vraie !

— Quelle légende ? l'interrogeai-jc.

— Ton surnom. Tu savais qu'on t'appelait l'Iceberg ?

— Quoi ? hurlai-je presque.

— Des rumeurs… Des trucs que j'ai entendus dans les vestiaires du personnel.

— Qui balance des horreurs pareilles ? m'enquis-je en serrant ma tasse entre mes doigts.

— Pour le savoir, il va falloir petit-déjeuner avec moi ! chantonna-t-il en se détachant du comptoir.

Génial ! Dans quoi étais-je embarquée ? L'Iceberg ? Cette

histoire de carapace avait un peu trop bien fonctionné visiblement.

A 8 h 02, Daniel était devant mon comptoir, souriant largement pendant que je faisais les transmissions à Sam. Je me changeai rapidement dans les vestiaires, me faisant intercepter au passage par Lynne.

— Tu as le temps pour un café ?

— Désolée, Lynne… On m'attend, m'excusai-je en sortant avec précipitation de la salle de pause.

Elle haussa les épaules et se tourna vers la fontaine à eau. Je rejoignis Daniel qui m'attendait devant la porte tambour. Sur le trottoir, j'enfilai mes mitaines et mon bonnet, suivant Dan qui marchait devant moi.

— Alors, c'est quoi cette histoire d'iceberg ? lui demandai-je alors que nous entrions dans un minuscule restaurant.

— Asseyons-nous.

J'obtempérai, un peu furieuse de me faire mener par le bout du nez.

— John, deux petits déjeuners, hurla mon collègue à l'attention d'un homme baraqué derrière le bar. Tu ne veux pas retirer ton bonnet ?

— Hum… si… Si, si, bien sûr, soufflai-je en retirant mon attirail contre le froid.

— Kim dit que…

— Kim ? J'aurais dû m'en douter !

— Oh… Donc c'est faux ?

— Tu ne devrais pas te fier à une fille dont le QI ne dépasse pas celui d'une huître, sifflai-je.

— Elle ne t'aime pas ! C'est un fait !

— Je suis sa patronne. Qui aime son patron au juste ?

— Moi ! claironna-t-il en dévoilant ses dents parfaitement blanches.

Je fronçai les sourcils. Techniquement, pendant la nuit, j'étais effectivement sa supérieure. Mais il s'agissait juste de pallier un éventuel problème pendant le service. Le grand brun nous amena deux jus d'oranges pressées et deux cafés.

— Cette fille me déteste parce que j'ai le malheur de lui remonter les bretelles chaque jour !

— Elle a dit que tu étais une pimbêche frigide, rigola Dan en portant son verre de jus de fruits à ses lèvres.

— Je ne suis ni l'une ni l'autre ! m'écriai-je.

Dan rit doucement et deux assiettes fumantes emplies d'œufs, de pommes de terre et de bacon furent posées sur notre table.

— Je savais que ce petit déjeuner dépasserait toutes mes espérances ! se réjouit-il en piochant dans ses œufs.

— Désolée… Cette fille m'agace. Je ne suis pas… un iceberg, marmottai-je.

— Je vois ça ! Et j'aime ça, ajouta-t-il en levant les yeux vers moi.

Je me réfugiai dans mon assiette, fuyant son regard. Discuter avec des hommes, je savais le faire… Discuter avec un seul d'entre eux était nettement plus compliqué à gérer.

— Merci pour l'invitation, murmurai-je.

— Le plaisir est pour moi. Je ne savais pas si tu étais adepte de ce genre de choses !

— Ce genre de choses ? répétai-je sans comprendre.

— Mélanger le travail et… la vie privée.

— A vrai dire, je n'ai jamais eu à me poser la question.

— Jamais ?

— Jamais.

Il secoua la tête, stupéfait. J'observai son regard brillant et noir ébène. Ses cheveux très courts laissaient apparaître un cou épais et des épaules musclées. Il était grand.

Il mangea un peu de ses œufs, et je regardai, presque fascinée, ses mains puissantes et monstrueuses tenir cette ridicule fourchette.

— Ça doit rassurer ton petit ami, dit-il en plongeant son regard dans le mien.

— Encore un sujet qui ne me concerne pas ! avouai-je.

— Je sais que ça va te paraître cruel, mais je suis ravi de l'apprendre, sourit-il en buvant un peu de son café.

— Tu fais le coup du petit déjeuner à toutes les filles que tu croises ?

— En toute franchise, généralement, le petit déjeuner n'est pas… une étape. C'est plutôt… la finalité !

— Tu es abject !

— Je trouve pourtant que la franchise est une qualité appréciable.

— Pas le mauvais goût ! ripostai-je.

Il rit de nouveau et je repris ma contemplation. Sa chemise blanche — chemise de travail, je présumai — cachait à peine ses biceps gonflés. Mon regard se redirigea vers ses mains viriles. Chez lui, pas d'alliance.

Le flot de mes réflexions s'arrêta net.

Pourquoi je pensais à ça maintenant ? Et pourquoi je pensais à Andrew Blake ? S'il existait au monde deux concepts clairement opposés l'un à l'autre, c'étaient définitivement Dan et Blake.

— Un problème ? me demanda Dan alors qu'il sortait son portefeuille pour régler.

— Non… non. Je pensais juste… au travail, finis-je avec consternation.

— Ton service est fini depuis une heure, tu devrais apprendre à laisser ton boulot à l'hôtel.

— Je travaille sur ce sujet, répondis-je en repensant à mon week-end de remise en question.

Quelques minutes plus tard, nous sortions du restaurant et je me retrouvai un peu mal à l'aise devant Dan. Il eut le mérite de sentir mon embarras et me souhaita simplement une bonne journée.

— Merci pour le petit déjeuner, dis-je en enfilant mon bonnet.

— Merci de ne pas avoir été un iceberg. Je dois filer ! A ce soir !

— A ce soir !

Je partis dans la direction opposée, espérant que la neige ne viendrait pas troubler ma séance d'exercice. Dan n'était pas désagréable. En récupérant finalement le métro trois pâtés de maisons plus tard, je m'interrogeai sur ma relation avec lui. Techniquement, il n'était pas un employé de l'hôtel, juste un remplaçant. Je n'étais pas contre l'idée d'envisager quelque chose avec quelqu'un de l'hôtel — tant que ce n'était pas un client —, mais je ne me voyais pas travailler avec ce quelqu'un. Ça m'aurait semblé… étrange ou fusionnel. Et je ne suis pas fusionnelle. Ma liberté est primordiale.

Je jetai mes clés sur ma table basse. Ma liberté… Et ma solitude aussi ! J'avais pris des résolutions, il fallait que je m'y tienne. Je retrouvai le *New Yorker* et relus pour la dixième fois l'annonce de cet homme esseulé. Je repoussai la revue et allai me coucher. Je ne devais plus vivre dans mon imagination. Je ne pouvais pas gérer deux solitudes…

La mienne me pesait suffisamment. A mon réveil, en milieu d'après-midi, le *New Yorker* me narguait.

Cette annonce, encore et toujours… Cette peine si visible qui en tenaillait l'auteur. Qu'attendait-il ? Que quelqu'un le rassure sur l'existence d'une autre âme solitaire — la mienne par exemple ? Qu'on s'appesantisse sur son chagrin d'amour ? Qu'on lui dise que la vie n'est pas faite pour être remplie de regrets ou de culpabilité ?

Ma conscience de bonne samaritaine eut raison de ma raison hurlante. J'arrachai la page d'annonces de mon magazine, m'installai sur mon ridicule bureau, face à la fenêtre et, après une seconde de dernière hésitation, je laissai mon stylo courir.

« Cher inconnu,

Je n'ai pas pour habitude de répondre à des annonces… Mais j'imagine que c'est ce que la plupart des lettres que vous recevrez diront.

J'ai passé les dernières 24 heures à lire et à relire votre annonce. Certains diraient qu'il s'agit d'une étrange fascination, moi je dirais juste qu'elle m'a émue. Elle m'a fait ouvrir les yeux sur la personne que je suis et celle que je voudrais être.

Celle que je suis vous écrit en regardant la neige tomber sur New York, seule. Celle que j'aimerais être… peut-être regarderait-elle la neige avec quelqu'un. Avec une âme aussi importante pour moi que semble l'être pour vous votre amour perdu. Bien que je ne sache pas réellement ce qu'est ce genre de douleur, je suis certaine qu'elle finira par s'estomper un jour.

Un matin, vous vous lèverez, vous tendrez la main et quelqu'un sera là pour la prendre dans la sienne. C'est ainsi que la vie fonctionne. Tout bouge, tout évolue, les choses les plus difficiles le sont moins au bout d'un moment. La solitude que vous ressentez, au détour d'une rencontre, d'un café ou d'un simple regard, vous semblera finalement moins pesante.

Regardez autour de vous, écoutez les gens rire, savourez la douceur d'un morceau de chocolat, sentez l'odeur de la neige fraîche, effleurez les pages d'un livre… Revenir à la vie, c'est aussi ça. Qui sait si le destin ne mettra pas alors quelqu'un sur votre chemin ? Ce quelqu'un, qui, j'en suis certaine, vous attend déjà en vous tendant la main.

Soyez heureux,

Avec toutes mes pensées,

Une inconnue new-yorkaise. »

Après cette lettre, j'eus la sensation qu'un poids immense avait été retiré de mes épaules. Devant la boîte aux lettres en face du Peninsula, j'eus un instant d'hésitation. Cette lettre m'avait fait du bien. Et je trouvai mon geste presque égoïste. Je n'avais pas écrit à cet homme pour qu'il se sente mieux, mais pour que moi, je me sente en paix.

Je regardai la lettre adressée au *New Yorker* avec le numéro de l'annonce. Il était probable que cet homme ne me lise même pas… Ou peut-être au mieux parcourrait-il mon courrier avant de le rouler en boule. Je pris une profonde inspiration et postai la lettre. Le destin ferait son œuvre bien assez vite.

Les deux jours suivants furent mouvementés. Une réunion de famille, programmée dans la plus grande salle de réception, vira au pugilat. Je dus faire intervenir la police pour calmer les esprits. Le jeudi matin, avant-veille de Noël, je glissai sur une plaque de verglas et me blessai au poignet. A la fin de cette même journée, Lynne m'appela et laissa un message apocalyptique sur mon répondeur. D'après elle, je ne répondais pas vraiment à la fiche de poste concernant mon rôle de demoiselle d'honneur. J'étais évidemment flattée d'œuvrer au bonheur de Lynne… mais j'avais encore cette sensation inexplicable de cautionner une monstruosité. Prise dans mes réflexions, j'en avais oublié l'essentiel.

— Andrew Blake arrivera vers 21 h 30, débita Sam alors que je déchiffrais le cahier de transmission.

— Super ! sifflai-je.

— Un problème avec lui ?

— Non… non, rien. C'est juste que… Il me met mal à l'aise.

Je frissonnai légèrement, chassant les images de mes échanges désastreux avec lui. Deux nuits consécutives avec cet homme, ma carapace allait devoir tenir.

— La piscine est pour lui de 22 heures à minuit. Ensuite petit déjeuner dans sa suite à 7 heures. Journaux du matin et tu dois confirmer sa réservation au restaurant…

— Dieu du ciel, ce type a besoin d'une armée pour lui tout seul ! coupai-je Sam avec désespoir.

— Euh… ouais. Ses costumes doivent être nettoyés cette nuit et ramenés demain matin en même temps que son petit déjeuner.

Je fronçai les sourcils, écoutant Sam énumérer la longue liste des desiderata de Blake. Je récupérai le planning et maudis l'humanité entière.

— Tu as mis Kim sur la Peninsula Suite ? m'alarmai-je.

— Je sais ce que tu penses d'elle, mais elle est une des rares qui travaille demain.

— Et elle est une des rares à tout pouvoir foirer en deux minutes ! Lynne tient à ce client !

— Je suis au courant, me coupa-t-il. Mais je n'ai pas eu le choix. Elle sera ici à 6 heures, briefe-la !

Je soupirai lourdement en jetant un œil à Sam. A la fin

des transmissions, il me surprit en me prenant dans ses bras et en me souhaitant un joyeux Noël. J'eus juste le temps de marmonner des remerciements avant qu'il ne s'éclipse. Quelques instants après avoir validé toutes les réservations, je fus interrompue par un raclement de gorge.

— Dan !

— Bonsoir, Kat. Je t'ai ramené ton thé, sourit-il en posant un petit plateau sur le comptoir de réception.

— Merci ! Comment s'est passée ta journée ?

— J'ai dormi… Et ensuite j'ai tenté de survivre à une excursion dans les grands magasins pour les cadeaux de dernière minute.

— Oh… Tu fêtes Noël en famille, je présume.

— Mon père vient. Ça sera un tout petit comité !

Son sourire s'élargit et je devinai sa joie à l'idée de réveillonner en famille. Mon humeur vira légèrement et j'en voulus à mes parents de ne pas agir comme tels. Ou peut-être étais-je une mauvaise fille, trop exigeante.

— Je travaille demain, annonçai-je avec mélancolie.

— Je suis désolé.

Je balayai ses excuses et sa pitié d'un revers de la main. C'était mon choix.

— Mes parents ne sont pas là… Et je sais que la nuit sera calme de toute façon.

— Tu peux nous rejoindre plus tard, si tu veux.

Il saisit le bloc-notes devant lui et nota son adresse.

— Je serais ravi de t'accueillir dans mon minuscule appartement, proposa-t-il en me tendant le papier en souriant.

— Dan…

— Kat… Tu m'as prouvé ce matin que tu n'étais pas un iceberg !

— Tu seras en famille, et…

— Et rien du tout ! Tu vas me gâcher les fêtes si je te sais seule chez toi le jour de Noël.

— Bien, abdiquai-je en saisissant son adresse. Je viendrai en fin d'après-midi.

— Génial !

Il abattit le plat de sa main sur le comptoir, apparemment ravi de me voir céder. Son visage s'illumina d'excitation et son sourire remonta jusqu'à ses oreilles. Le voir si heureux me ragaillardit, et mon humeur sombre disparut.

J'observai Dan s'éloigner, sautillant presque dans le hall en marbre. Je ris doucement alors qu'il exécutait un petit pas chassé façon Gene Kelly au sommet de sa forme. Il tourna son visage radieux vers moi, et je me mordis la lèvre pour ne pas rire à gorge déployée. Cet homme avait sûrement des pouvoirs magiques : je n'avais pas souri ainsi depuis une éternité, et je me sentais bien.

Je murmurai *Jingle Bells* en rangeant mon petit coin de bureau. A chaque nouvelle année, je me promettais de ne plus rien entasser dans mon minuscule tiroir privé. Cette résolution tenait une semaine, avant que le naturel ne revienne au galop. En vrac, je retrouvai des stylos — pas forcément en état —, des cartes de visite, un livre et des coupures du *New Yorker* noyés dans les notes de service de l'hôtel. Le dos tourné à la porte, je chantonnai doucement, me morigénant gentiment de mon incapacité à me défaire du passé.

— Vous assurez l'ambiance musicale ? demanda une voix masculine derrière moi.

Je m'arrêtai net et fourrai dans la poubelle le tas de papier que j'avais dans la main. Je me tournai doucement, honteuse.

— Bonsoir, monsieur Blake, le saluai-je poliment.

— Kathleen.

— Voici le passe de votre suite, soufflai-je en posant la clé électronique sur le comptoir.

Il s'en saisit immédiatement et nos doigts se frôlèrent. Durant ce trop court contact, je remarquai le froid de sa peau. Je fuis son regard, espérant survivre à cette entrevue.

— La piscine vous est réservée. Avez-vous besoin d'autre chose ?

— Je suis certain que tout est parfait. Comme la dernière fois.

— Je vous souhaite un bon séjour, monsieur Blake.

Son téléphone sonna, coupant court à notre conversation. Il décrocha et son visage jovial se transforma subitement pour se couvrir d'inquiétude.

— Et tu vas bien ? As-tu été à l'hôpital ?

Il s'éloigna doucement, me saluant d'un hochement de tête. Il reprit sa conversation, son corps se détendant légèrement. Je restai un instant à le fixer, observant sa démarche fluide et le mouvement des muscles de son dos au travers de sa chemise. Il portait son long manteau en laine, de toute évidence hors de prix, replié sur son avant-bras.

Sa silhouette disparut dans l'ascenseur. Il releva un instant le regard vers mon pupitre, mais je ne fus pas certaine qu'il me regardait vraiment. Son téléphone toujours vissé à l'oreille, il semblait absorbé. Je lâchai mon rangement et me dirigeai vers la lingerie. Je récupérai des serviettes de bain et un peignoir et les déposai à la piscine. Cette fois, j'échappai à l'« inquisition Blake ». Je récupérai ensuite ses costumes, pendus dans l'entrée de sa suite, et les déposai au nettoyage. Le reste de la nuit fut calme et Dan vint discuter avec moi, essentiellement de ses souvenirs de Noël avec son père.

Chapitre 3

Le lendemain matin, je pris la ferme résolution d'envoyer Kim à l'autre bout de la planète. De façon douloureuse, si possible. A 6 h 30, ne la voyant pas arriver, je l'appelai. En vain. Encore une fois, je constatais que je ne pouvais avoir aucune confiance en elle. Je filai en cuisine, m'assurant que le petit déjeuner d'Andrew Blake soit prêt, et me décidai à le lui porter moi-même. Au passage, je récupérai ses costumes, protégés d'une housse en tissu, et grimpai au dix-neuvième étage.

Un léger coup à la porte et la voix profonde de Blake résonna :

— Entrez !

J'ouvris la porte lentement, et fis rouler le plateau dans le petit salon. Je suspendis les costumes et versai le café dans une tasse. J'entendis un tapotement régulier, typique d'un bruit de clavier d'ordinateur. Le bruit cessa et Andrew Blake, vêtu simplement du peignoir moelleux de l'hôtel, apparut dans l'encadrement de la porte.

— Kathleen ? s'étonna-t-il.

— Monsieur Blake. Vos costumes sont suspendus dans l'entrée.

— Je ne savais pas que vous assuriez aussi le service en chambre.

— Je pallie un défaut de personnel. J'espère que cela vous convient.

Il lorgna sur le plateau de petit déjeuner et grimaça.

— Meghan a encore fait du zèle. Elle sait pourtant que je ne prends qu'un café le matin.

— Votre fiche disait…

— Meghan a dû remplir cette fiche. Peu importe.

Il sembla soudain en colère et je reculai d'un pas.

— Ce n'est pas contre vous, Kathleen. Corrigez donc la fiche et rayez l'option petit déjeuner, reprit-il avec apaisement.

— Bien, monsieur Blake.

— Vous pouvez annuler mon déjeuner de ce midi. Par contre, j'aimerais profiter de la piscine vers 14 heures.

— Je vais faire le nécessaire.

Il quitta la pièce et je compris que la discussion était terminée. Je sortis du salon, fière de ma résistance.

— Kathleen ?

— Oui ? répondis-je en me tournant vers lui.

— Je n'aurai pas la chance de vous voir ce soir, je vous souhaite donc un joyeux Noël.

— Euh… Merci…, marmonnai-je. Vous aussi, monsieur Blake, ajoutai-je sans oser avouer qu'il me verrait effectivement ce soir.

— Noël n'est pas ma tasse de thé. C'est pour ça que je travaille généralement. Etre seul dans un hôtel ne doit pas constituer le réveillon idéal pour une personne normale.

Il secoua la tête, avec un sourire amer sur les lèvres, et je souris malgré moi. En effet, ce n'était pas le réveillon idéal ! Il passa une main dans sa chevelure indomptable et je pris conscience à quel point il était beau. Bien trop beau même. Mais quelque chose flottait autour de lui. Au-delà du charisme évident qu'il dégageait, on le sentait surtout tourmenté. Comme s'il était prisonnier d'un secret invisible et douloureux qu'il tentait de masquer coûte que coûte.

— Bonne journée, monsieur Blake, le saluai-je poliment.

— Rentrez bien, Kathleen. Couvrez-vous, la neige retombe.

Je jetai un œil vers la baie vitrée, constatant que la terrasse de la suite était en train de se couvrir d'un manteau immaculé.

Après avoir dormi une grande partie de la journée, je rejoignis Dan en milieu d'après-midi, à son appartement. Il m'étreignit avec force et me présenta à son père.

— La fameuse Kat ! se réjouit-il en m'embrassant avec chaleur.

— Papa ! le morigéna Daniel en baissant le regard.

— Mon fils n'a cessé de me parler de vous depuis que je suis arrivé, poursuivit-il en ignorant les regards furieux que lui lançait mon ami.

— Oh… En bien, j'espère ? l'interrogeai-je en jetant un regard médusé à Dan.

— Evidemment. Laissez-moi vous débarrasser.

Immédiatement, il me contourna et m'aida à retirer mon manteau. Je me débarrassai de mon bonnet et de mon écharpe, et Jim, le père de Dan, fila dans le couloir.

— Désolé… pour ça, s'excusa Dan. Mon père a une tendance pathologique à me mettre mal à l'aise ! C'est très gênant !

— Ne t'inquiète pas, le rassurai-je en riant. Mon père fait ça aussi !

— Je t'offre un thé ? Ça compensera celui que je ne t'offrirai pas à 2 heures du matin !

— Avec plaisir.

Je le suivis dans la cuisine, à peine plus grande que la mienne, et Jim revint vers nous.

— Resterez-vous dîner avec nous ? me demanda-t-il.

— Non... Je travaille. L'hôtel ne ferme jamais, vous savez.

— Le bar est fermé pourtant, remarqua Dan.

— Exceptionnellement, oui. Au pire, je pourrais assurer un service minimum. De toute façon, le seul client d'importance ne fréquente pas le bar.

— Qui est-ce ? me questionna Jim.

— Andrew Blake.

— Blake ? Comme dans *Blake Medias* ?

— Lui-même. Il a réservé la plus grande des suites, et je doute de le voir.

Dan posa un mug fumant de thé devant moi et s'installa à mes côtés. Nous échangeâmes un sourire et je fus soudain heureuse d'avoir accepté son invitation. Quelque chose chez lui me faisait me sentir bien.

— Il va donc passer Noël tout seul ? reprit le père de Dan.

— Il dit qu'il n'aime pas Noël, lâchai-je en haussant les épaules. Il n'est pas désagréable, juste exigeant.

Et étonnamment prévenant, pensai-je en me rappelant sa recommandation de ce matin. Je sirotai doucement mon thé, échangeant des plaisanteries avec les Cooper.

— Ce type ne m'inspire pas, lança Jim pendant que Dan approuvait en opinant. Tout cet argent...

— J'ai eu bien pire comme client. Au moins lui, il mérite son argent... Ce n'est pas comme ces héritières pourries gâtées ou ces filles qui profitent du manque d'affection d'hommes bien plus vieux qu'elles.

— C'est vrai… Mais…

— Papa ! le coupa Dan en lui lançant un regard sombre.

— Je dis juste que je le trouve étrange ! Il est là sans être là, il limite ses apparitions publiques, sa vie privée est un vrai mystère…

Il est marié… Cela me suffisait comme information. Ça avait le mérite de couper court à mes rêves de gamine romantique et aussi à mes fantasmes débridés.

— Peut-être parce qu'il n'a pas un père qui passe son temps à radoter et à l'embarrasser devant tout le monde ! ironisa Dan.

— Cet homme n'est pas réel, renchérit Jim tout en souriant à son fils.

— Je vous assure qu'il l'est ! Et il n'est pas si… glacial.

— Ah oui… Dan m'a aussi parlé de cette histoire d'iceberg !

Je manquai presque de recracher ma gorgée de thé, avant de rouler des yeux vers Daniel. Il rit doucement, secouant la tête de consternation. Deux heures plus tard, je les quittai à regret, après les avoir aidés à préparer leur petite dinde de réveillon. Dan et son père s'entendaient comme larrons en foire. Il était difficile de ne pas être à l'aise en leur compagnie. Alors que j'enfilais mon bonnet et mon écharpe, Dan me tendit un petit sac.

— Joyeux Noël, Kat.

— Oh… Euh…

— C'est trois fois rien. Mais l'idée de te savoir à l'hôtel pendant que tout le monde sera en famille est juste insupportable.

— Et tu reproches à ton père de provoquer des moments gênants ? répliquai-je en souriant. Je n'ai rien pour toi, ajoutai-je en voyant qu'il ne comprenait pas où je voulais en venir.

— Tu l'ouvriras cette nuit.

J'attrapai mon cadeau et pris Dan dans mes bras. Son étreinte chaude effaça ma gêne et je me sentis immédiatement en paix. Nous restâmes collés l'un à l'autre un peu trop longtemps… Du moins, c'est ce que je compris en entendant Jim se racler la gorge bruyamment pour nous interrompre.

— Je t'appelle demain, promis-je à Dan en quittant son appartement.

— Avec plaisir !

En sortant de son immeuble, je courus jusqu'au métro, espérant éviter la neige qui tombait à gros flocons. Avant de retrouver l'hôtel, je m'arrêtai au kiosque et achetai mon exemplaire hebdomadaire du *New Yorker.* Voilà ce qui allait me tenir compagnie durant cette longue nuit. Je retrouvai le Peninsula, désert et magnifique. Le sapin avait été illuminé et Lynne avait fait en sorte que la tradition soit respectée : chacun des employés travaillant ce soir trouverait un cadeau sous l'arbre.

Après m'être changée, je me concentrai sur les transmissions de Sam. Comme je m'y attendais, la nuit allait sûrement être calme : très peu de clients, et tous étaient sortis réveillonner. J'appris au passage que Kim avait la grippe. J'émis quelques doutes sur la véracité de cette information, souhaitant ironiquement la voir revenir en forme pour que je puisse la virer !

— Tous, sauf Andrew Blake, me corrigea Sam sans le savoir.

— Oh ! a-t-il laissé des instructions particulières ?

— Aucune.

Je soupirai de soulagement. Un problème de moins à gérer ! Sam me salua et quitta l'hôtel, son petit cadeau sous le bras. Je glissai le cadeau de Dan sous mon pupitre, me promettant de l'ouvrir à minuit.

Je lisais le premier article du *New Yorker* quand une silhouette se posta devant moi. Je fermai le magazine avec précipitation et le planquai sous un dossier cartonné beige.

— Kathleen ?

— Monsieur Blake.

— Vous me faites des cachotteries ? sourit-il en révélant du bout de son index la couverture de ma revue.

— Euh... Non... non, balbutiai-je en rougissant violemment.

Il posa le bout de ses doigts sur les miens, me faisant me sentir encore plus mal. Mes jambes se mirent à trembler pendant que je cherchais un moyen de sortir de ce guêpier.

— Calmez-vous. Je n'irai pas vous dénoncer à M. Perkins.

— C'est juste que...

— Kathleen, respirez, m'intima-t-il en plongeant ses yeux dans les miens.

Il me fit un sourire rassurant et je tentai de reprendre mon souffle. Son regard profond m'aida à me calmer et je le fixai intensément, tout en reprenant contenance. Il relâcha mes doigts et se saisit de son téléphone portable.

— Que puis-je pour vous ? éludai-je.

— Votre fleuriste ! J'ai perdu son numéro et j'aurais une commande à passer en urgence.

— Oh... Bien sûr, dis-je en prenant une des cartes de visite de Maria pour la lui tendre.

— Vous croyez qu'elle répondra ?

— Cette ligne est dédiée à notre hôtel, je suis certaine qu'elle va répondre.

Il acquiesça et composa le numéro sur son appareil. Il s'éloigna de mon pupitre et je me rassis sur ma chaise, encore secouée par mes émotions. Je distinguai le son de sa voix, chaude, douce, aimable, mais rien ne filtra du contenu de sa conversation. Après quelques minutes, j'entendis un très clair « Merci » et il revint vers moi.

— Le bar est fermé ? demanda-t-il les yeux rivés sur son téléphone.

— Pour la nuit, monsieur. Peut-être puis-je vous aider ?

— J'aimerais un bourbon.

Sans un sourire ni un regard vers moi, il me suivit vers le bar. Je passai derrière le comptoir, me saisissant d'un verre et d'une de nos meilleures bouteilles. Du coin de l'œil, je vis Andrew Blake s'installer dans un des cabriolets en cuir marron. Le visage tourné vers la baie vitrée, il regardait l'extérieur, perdu dans ses pensées.

Je posai le verre sur le petit guéridon près de lui et retournai à mon poste. De ma place, je distinguai son profil. Le bar était faiblement éclairé et la lampe, à côté de lui, illuminait à peine les contours de sa mâchoire. A plusieurs reprises, je le vis saisir son verre et boire de petites gorgées de sa boisson ambrée. Plusieurs fois, ses yeux se voilèrent. Et comme pour réprimer un cauchemar récurrent, il secouait la tête, regardait autour de lui, avant de rediriger son attention sur la neige.

Je l'observai de longues minutes, devinant l'alliance dorée à son annulaire. Après avoir bu son verre, il joua quelques secondes avec et finit par se relever.

— Bonne nuit, Kathleen, me lança-t-il en se dirigeant vers les ascenseurs.

Je hochai la tête pour le saluer. Les portes se fermèrent

derrière lui, et j'eus le temps de voir ses yeux se voiler. Encore une fois.

A minuit, j'ouvris le cadeau de Dan, découvrant une écharpe noire duveteuse. Je l'enroulai immédiatement autour de mon cou, tout en respirant le tissu. J'allais devoir courir les magasins dès que possible pour lui offrir à mon tour un cadeau.

Le lendemain matin, alors que j'allais entamer la lecture des annonces que j'avais exceptionnellement mises de côté pour le week-end, la voix d'Andrew Blake me sortit de ma torpeur :

— Kathleen, pouvez-vous m'apporter mon café, je vous prie ?

— Je vous le fais monter immédiatement.

— Non… J'aimerais que *vous* me l'ameniez.

— Je… euh… Bien. Comme vous voulez.

A peine avais-je raccroché que je fonçai vers les cuisines et préparai un café digne de ce nom. Je versai le tout dans une cafetière en porcelaine, et y joignis une tasse. Mon plateau à la main, j'empruntai l'ascenseur en direction du dix-neuvième étage.

Je pris une profonde inspiration avant de toquer à la porte de la suite. La plupart des clients ne prenaient pas la peine de nous ouvrir. Au mieux, ils hurlaient qu'on pouvait entrer et, avec notre passe, nous pénétrions dans leur intimité. Aussi, quand Andrew Blake m'ouvrit la porte avec un petit sourire sur les lèvres, je restai figée, les mains cramponnées à son petit déjeuner.

— Je vous en prie, dit-il en me désignant le couloir qui menait dans le salon.

Tremblante, je m'y dirigeai. Je posai le tout sur la table, espérant échapper à une nouvelle conversation embarrassante.

— J'espère que votre nuit n'a pas été trop longue.

— Tout s'est bien passé. Merci.

— Pouvez-vous m'attendre un instant ? demanda-t-il poliment.

Je baissai le regard et il s'éclipsa vers sa chambre. Il en revint avec deux enveloppes en papier kraft. Il les étudia un instant, puis m'en tendit une. Je relevai les yeux vers lui, un peu interdite.

— Joyeux Noël, Kathleen.

— Je… Euh…, balbutiai-je.

— Je sais. Accepter un cadeau de la part d'un client ne fait pas partie de vos attributions.

— En effet. Je suis…

— Epargnez-moi vos excuses, et prenez cette enveloppe, me coupa-t-il en l'agitant devant moi.

— C'est interdit par notre règlement.

— Je ne dirai rien. Allez-vous faire un mémo à M. Perkins pour l'avertir de cette monstrueuse faute professionnelle ?

J'ignorai le ton ironique de sa voix et frottai mes mains nerveusement contre ma jupe. J'étais tiraillée entre curiosité et respect du règlement. Je sentais qu'en présence de cet homme ma carapace s'amenuisait de plus en plus vite. Je soupirai de lassitude et saisis l'enveloppe avec prudence. Elle était plus lourde qu'il n'y paraissait.

— Vous pouvez l'ouvrir, sourit-il en voyant que je la tournais en tous sens entre mes mains.

Je la décachetai avec précaution et en tirai un magazine avec une couverture en papier glacé. *Powerfull.*

— C'est le numéro zéro, expliqua-t-il alors que je fronçais les sourcils. J'aimerais que vous le lisiez.

— Je… C'est… Merci, lâchai-je finalement.

— Ne me remerciez pas. Je reviens ici dans dix jours, je veux votre avis là-dessus, m'intima-t-il en tapotant la revue du bout de son index.

— Monsieur Blake…

— Et voici votre vrai cadeau, m'interrompit-il de nouveau en posant la seconde enveloppe sur le magazine.

— Je ne peux pas.

— Bien sûr que si !

Je reposai le magazine sur la table près de moi et gardai la seconde enveloppe. Avec la même précaution, toujours sous les yeux scrutateurs de ce drôle de client, je l'ouvris. J'en sortis une petite note de papier.

— C'est pour la librairie au coin de la rue.

— Des livres ? murmurai-je.

— Vous m'avez pris de court… Si seulement vous m'aviez dit que vous seriez ici pour le réveillon, j'aurais demandé à mon assistante de prévoir un vrai cadeau. Seulement, tout est fermé et c'est la seule idée que j'ai eue. Je ferai appeler la boutique demain pour prévenir de votre arrivée.

— C'est très généreux, mais, vraiment, je ne peux accepter, articulai-je péniblement en lui rendant le papier.

— Kathleen !

— Monsieur Blake, j'apprécie votre geste, mais je souhaite que notre relation reste strictement professionnelle, débitai-je rapidement.

Je croisai son regard, soudain plus terne, et il récupéra son cadeau pour le fourrer dans sa poche. Son sourire s'effaça et il recula légèrement. Le silence tendu persista quelques secondes. Remarquant la crispation de ses mâchoires, je fis un pas en arrière pour me rapprocher de la porte.

— Je vous souhaite une bonne journée, monsieur Blake, murmurai-je en sortant de la suite.

Je courus presque dans le couloir pour rejoindre l'ascenseur. Je craignais qu'il cherche à me rattraper. Les portes de l'ascenseur s'ouvrirent et je m'y engouffrai. J'appuyai mon dos contre la paroi, reprenant une respiration normale. Plus que la scène surréaliste de me voir offrir un cadeau de Noël par un client, c'était surtout sa colère, froide, contenue et fulgurante qui m'avait stupéfiée. Je revoyais les traits de son visage, figé dans sa fureur, l'éclat sombre de son regard et ses poings fermés.

Dans un calme encore relatif, je regagnai mon pupitre, scrutant l'arrivée de Sam. Encore trente minutes de service, il fallait juste que je me montre patiente. Je notai les transmissions sur le cahier, priant pour fuir indemne de cet endroit. Mais quand j'entendis le bruit presque imperceptible des portes d'ascenseur qui s'ouvraient, je compris que ma prière ne serait pas exaucée.

J'osai à peine lever la tête, effrayée à l'idée de revoir la colère habiter son visage. Il se posta devant mon comptoir et posa son passe.

— J'ai besoin d'un taxi, lâcha-t-il sèchement.

— Bien, monsieur, murmurai-je en faisant un signe à un des grooms dans l'entrée.

— Et j'aimerais vraiment que vous lisiez ceci, ajouta-t-il d'une voix plus douce.

Il posa son magazine devant moi et j'osai enfin relever

mon visage vers le sien. Ses yeux verts étincelaient et un sourire presque invisible flottait sur ses lèvres.

— Monsieur…

— Kathleen, il me semblait acquis que notre relation est, et restera, purement professionnelle.

Je plongeai mon regard dans le sien et deux évidences me percutèrent simultanément. La première était que je n'appartenais pas à son monde. La seconde était qu'il était marié.

— En effet, soufflai-je, honteuse.

— Votre rôle ici est bien de faire en sorte que mon séjour soit agréable ?

— C'est mon rôle, oui, admis-je en ne voyant pas où il voulait en venir.

— J'apprécie votre professionnalisme. Et je sais que vous saurez le mettre à profit pour me donner votre avis sur ça.

— Mais…

— Je suis à peu près certain que vous traitez régulièrement des exigences particulières.

Je hochai la tête, incapable de formuler une réponse décente.

— Voyez ça comme une demande hors norme de ma part.

J'effleurai la couverture lisse et brillante du bout des doigts. Quelque part, je ne faisais qu'obéir à ce qu'on me demandait. Si lire ce magazine constituait sa seule demande, c'était mon rôle — professionnel — de m'exécuter.

— Bien. Je le ferai, abdiquai-je finalement.

— Enfin une réponse raisonnable. Pour une personne devant être à mon service, vous êtes incroyablement butée.

Je souris doucement, notant la lueur d'amusement dans son regard.

— Et ce n’est pas un compliment, ajouta-t-il alors que son téléphone vibrait.

Il le sortit de sa poche et, accoudé à mon comptoir, se concentra sur l’écran. Il fronça les sourcils, déchiffrant un message. Je fixai ses doigts qui tapaient une réponse à une vitesse hallucinante. Mes yeux accrochèrent son alliance et je songeai à la femme chanceuse qui partageait sa vie. Malgré tout cet argent et tout ce pouvoir, Andrew Blake n’avait rien d’un client arrogant et pédant. Mais cette normalité dans ce monde d’apparences trompeuses et d’argent-roi était déstabilisante.

— Ils savent pourtant que je déteste ça ! marmonna-t-il.

Il rangea son téléphone et pianota des doigts sur le comptoir.

— Je reviens le 5. Gardez-moi la suite, et faites accorder le piano.

— Sans problème, monsieur. Combien de temps resterez-vous ?

— Deux nuits. Mais je vais demander à Lauren, mon assistante, d’envoyer une confirmation.

— Aucun souci, monsieur. Je vous garde la suite.

Il m’adressa un sourire, plein et entier.

— Parfois, vous êtes tellement docile, Kathleen.

J’écarquillai les yeux, rougissant jusqu’à la racine des cheveux.

— Pardon… Je voulais dire « professionnelle », corrigea-t-il sans se départir de son sourire.

— Désirez-vous autre chose ?

— Lauren vous transmettra un planning détaillé.

— Bien noté. La Peninsula vous est réservée.

Le groom avança vers nous et attrapa la petite valise à roulettes que traînait Andrew Blake.

— Votre taxi est arrivé, annonçai-je aimablement.

— Bien. A bientôt, Kathleen.

Il s'éloigna en direction de la porte et je secouai la tête, incrédule d'avoir eu une conversation aussi singulière avec un client. Pour la première fois depuis une éternité, j'avais la sensation de ne pas être invisible. Je jetai un œil au magazine, souriant presque en songeant au privilège que j'avais de le lire.

— Kathleen ? m'interpella Blake en s'arrêtant net au milieu du hall.

— Monsieur ?

— A la réflexion, accordez-moi une faveur pour mon retour : passez la nuit avec moi !

— Je... je... vous demande pardon ? hoquetai-je en voyant le visage de certains de mes collègues se tourner vers moi.

— Dans le contexte d'une relation strictement professionnelle évidemment, sourit-il.

La seconde suivante, il disparut dans la porte tambour et je retrouvai ma respiration.

Sam arriva quelques instants plus tard et je lui fis un compte rendu de la nuit. Compte rendu qui n'incluait évidemment pas ma séance d'humiliation dans la suite.

Je récupérai mes deux magazines — l'habituel et mon cadeau empoisonné — et m'engouffrai dans la première bouche de métro pour rentrer chez moi.

Chapitre 4

J'avais le week-end de libre, mais à mon réveil, vers 15 heures, je n'avais pas envie de rester seule. J'appelai Dan et nous prîmes rendez-vous dans un cinéma près de chez moi, exceptionnellement ouvert. Pour la première fois en deux ans, je me surpris à faire un effort vestimentaire pour une sortie. La phrase acerbe de Maria me revint en tête : c'est vrai, je n'avais pas été avec quelqu'un au cinéma depuis une éternité. Avec un homme, depuis au moins deux éternités.

Je retrouvai Dan devant le cinéma, souriant avec chaleur avant de m'étreindre dans ses bras puissants.

— Bonsoir, beauté !

— Bonsoir, Dan.

Il me libéra et plaça sa main dans le bas de mon dos, m'entraînant vers le guichet du cinéma. Ce simple contact m'aida à me libérer. J'étais soudainement décidée à lâcher prise, à quitter ma vie triste et monotone pour quelque chose de plus stimulant.

Dans le cinéma, Dan m'aida à retirer mon manteau et nous discutâmes de sa journée passée avec son père. Visiblement, Jim n'avait cessé de titiller son fils à mon propos.

— Il a radoté toute la journée… Je vais me faire une raison : je crois que tu as tapé dans l'œil de mon père !

— Vraiment ?

La foule était plutôt éparse en ce soir de Noël. A croire que tout le monde tentait de digérer la dinde de la veille.

— Il te trouve sensationnelle ! Tu n'imagines pas les efforts et la ruse qu'il m'a fallu pour qu'il ne m'accompagne pas ici, plaisanta-t-il.

— Ton père est charmant…

— Il te plaît ? me coupa-t-il, anxieux.

— Pas autant que son fils, murmurai-je à son oreille alors que le noir se faisait progressivement autour de nous.

L'écran s'illumina et je devinai le sourire géant de Dan. Il laissa son avant-bras reposer sur l'accoudoir, main ouverte, silencieuse invitation pour rentrer dans sa vie. Réellement.

Je tentai de me concentrer sur le film, mais mon regard était happé soit par le visage de Dan, rivé sur l'écran, soit par sa main.

Dan me plaisait. Sa chaleur, son sourire, sa faculté à me faire sentir bien rien qu'avec son regard sombre et pourtant rassurant, tout cela me gonflait de joie. Comme si je le connaissais depuis longtemps, alors qu'il n'était dans ma vie que depuis une semaine.

Je souris à l'idée de me sentir importante aux yeux de quelqu'un. Exactement ce que je voulais : être convoitée et aimée sans craindre de me perdre dans un océan de mensonges et de secrets. Comme si le destin mettait enfin quelqu'un sur ma route, comme si la part de rêve que je cherchais en vain se révélait enfin à moi.

Un nouveau sourire idiot s'empara de mes lèvres et ne les quitta plus pendant le reste du film. Au même instant, mes doigts trouvèrent ceux de Dan et il serra doucement ma main. Les yeux toujours rivés sur l'écran, je le vis sourire légèrement avant de porter le dos de ma main à ses lèvres pour l'embrasser doucement.

Après la séance, il me raccompagna à mon appartement, ne lâchant pas une seconde ma main. Devant ma porte, il y eut tout de même cet instant gênant où on ne savait pas vraiment comment se quitter lui et moi.

— Je bosse la semaine prochaine, dit-il après un long silence tendu.

— Moi aussi. Mais… Enfin… J'aimerais que ça — je désignai l'espace restreint entre lui et moi — ne se voie pas à l'hôtel.

— Ça ? répéta-t-il en réprimant un sourire.

— Tu sais ce que je veux dire. *Ça* !

— Est-ce qu'on se cache pour une bonne raison ? Genre un point du règlement de l'hôtel que je ne connaîtrais pas ?

— Non… Juste, je n'aime pas être la cible des on-dit. Je veux que *ça* reste entre toi et moi.

Il me fit un sourire que j'interprétai comme un « oui ». Je me soulevai sur la pointe des pieds, effleurant ses lèvres pleines. Aussitôt, son bras s'enroula autour de ma taille et il me maintint contre lui, retrouvant ma bouche. Je reculai légèrement, me heurtant à la porte derrière moi et Dan en profita pour insinuer sa langue entre mes lèvres. Je le laissai faire, me laissant emporter par la sensation de son corps chaud contre le mien. Il attira mon corps frêle contre le sien et je m'agrippai à ses bras, enfonçant mes ongles dans la laine de son manteau.

Après quelques minutes, il rompit le baiser, souriant sur mes lèvres, son front contre le mien. Ses mains, toujours sur mes hanches, me tenaient fermement contre lui.

— Tu devrais rentrer avant que je ne fasse quelque chose de vraiment malhonnête, murmura-t-il.

— Malhonnête à quel point ?

— Tu ne veux vraiment pas savoir.

— Bonne nuit alors.

Il ferma les yeux une courte seconde avant de s'écarter de moi.

— On se voit demain ? demanda-t-il, plein d'espoir.

— Sans problème. Appelle-moi.

— Je le ferai.

J'observai sa silhouette massive s'éloigner en direction des ascenseurs de l'immeuble. Je rentrai chez moi et me glissai dans mon lit. En repensant à cette soirée, je songeai à quel point j'avais fait le bon choix. Toute cette vie que j'avais inconsciemment chassée revenait enfin doucement.

Je passai les deux jours suivants avec Dan. Cela acheva de me convaincre que quelque chose de fort et de puissant se construisait entre lui et moi. Il était attentionné et prévenant. Pour la première fois depuis deux ans, on prenait soin de moi, sans rien me demander en retour.

Nous parlions de tout, et très facilement. Nos goûts en musique et en littérature différaient, mais nous nous retrouvions lorsque nous parlions cinéma et grâce à un sens de l'humour identique.

Le lundi soir, je repris mon service de nuit au Peninsula. Cette semaine devait être courte et, ayant travaillé pour le réveillon de Noël, j'étais libérée le soir du nouvel an. Daniel avait un planning similaire au mien.

Chaque nuit, aux environs de 2 heures du matin, Dan m'apportait mon thé, avec, sous la tasse, un petit mot qu'il rédigeait.

« Je vais tenter de ne pas passer mon temps à te regarder. D. »

« Je persiste à croire que tu devrais te détacher les cheveux plus souvent. D. »

Cela me faisait sourire, et je répondais à ses remarques en écrivant moi-même un mot au dos de son papier.

« Le harcèlement est puni par la loi et par la direction de cet hôtel. K. »

Nous quittions l'hôtel ensemble chaque matin, en direction du restaurant dans lequel il m'avait emmenée petit-déjeuner. Après ce rituel nocturne, nous retournions vers nos appartements respectifs. Les baisers que nous échangions avant de nous quitter étaient toujours plus profonds et me laissaient dans un état de manque intense.

« Mes cheveux seront tout à toi ce week-end. K. »

Ce dernier mot datait de jeudi et ne laissait que peu de doute sur mes intentions du week-end. Le sourire lumineux de Dan et ses yeux sombres ne laissèrent, eux, aucun doute sur sa compréhension du message. Aussi, le vendredi soir, après avoir dîné au restaurant en guise de réveillon, je laissai Dan découvrir mon petit appartement.

Après avoir fait le tour du propriétaire, se régalant de mes commentaires idiots sur les habitudes horribles et bruyantes de mon voisin, il s'installa sur le canapé. Je m'assis près de lui, nos genoux se frottant involontairement l'un contre l'autre. Après un moment d'embarras, il se tourna vers moi et, après avoir posé sa main sur ma joue, il effleura doucement mes lèvres.

Qu'il me demande ainsi la permission d'aller plus loin,

après une semaine de relation idyllique et rassurante, me conquit totalement. Je retrouvai ses lèvres, encadrai son visage de mes mains et l'attirai contre moi. Je basculai en arrière, m'allongeant sur le canapé. Le corps de Dan, moulé contre le mien, suivit mon geste et il se retrouva au-dessus de moi, se maintenant sur ses avant-bras. Du bout des doigts, il repoussa mes cheveux. Ma respiration devint lourde et, très vite, Dan se redressa puis quitta le canapé. Je le regardai, surprise, et il me tendit la main.

— Pour une première, il faut au moins un lit.

— Tu es si pragmatique, remarquai-je en prenant sa main pour me lever à mon tour.

Brusquement, il glissa une main derrière mes genoux et j'eus tout juste le réflexe d'enrouler mes bras autour de son cou.

— Depuis quand sommes-nous mariés ? plaisantai-je.

— Juste une question de temps, murmura-t-il.

Il nous dirigea jusqu'à ma chambre et me posa avec délicatesse sur le lit. Il ôta son pull noir, retira ses chaussures et s'allongea sur moi.

— Rien qu'une question de temps, répéta-t-il en nichant sa tête dans mon cou.

Ses mains glissèrent sous mon pull, réchauffant ma peau. Très vite, il m'en débarrassa et son regard parcourut mon corps.

— Tu es magnifique, Kat.

Son index traça un chemin brûlant de mon cou jusqu'à mon nombril, en passant par le sillon de peau entre mes seins. Il descendit plus bas, quémandant du regard une nouvelle autorisation d'accès. Les yeux clos, je respirai lourdement avant d'ouvrir moi-même les boutons de mon jean. Je le jetai au sol et Dan grogna. Je le repoussai doucement et nous nous fîmes face, allongés tous les deux sur le lit. Avec ses pectoraux saillants, ses épaules fortes et ses biceps ciselés, Dan aurait pu faire peur à n'importe qui. Mais dans son regard caressant je retrouvai l'homme rassurant et protecteur qu'il était.

J'approchai de nouveau de lui, accaparant ses lèvres. Il enroula son bras autour de ma taille, frottant son bassin contre le mien. Je gémis en sentant son excitation qui faisait déjà écho à la mienne. J'attaquai l'ouverture des boutons de son jean, le lui ôtant rapidement. Son boxer suivit le même chemin et ma main se mit à le caresser. Son sexe se tendit un peu plus dans ma paume et, à son tour, il me rebascula sur le lit.

Il repoussa mon soutien-gorge, appréciant en souriant le clip situé à l'avant. Ses mains larges et douces caressèrent mes seins, très vite suivies par ses lèvres. Je me cambrai contre lui, me laissant envahir par la douce sensation de chaleur et de joie qui se diffusait dans mon corps. Sa langue titilla longuement les pointes de mes seins. Je soupirai d'aise, mon cœur s'accélérant de plus en plus. Mon amant glissa le long de mon corps, ses mains traînant sur ma peau.

Avec douceur, il repoussa mon dernier sous-vêtement et posa sa main sur mon sexe. Il allait et venait sur moi. Les yeux mi-clos, je voyais les traits de son visage changer doucement. La douceur s'estompait peu à peu pour laisser place à l'envie et au désir brut et violent. Allongé sur le côté, il observait les réactions de mon corps à sa caresse.

Je me cambrai de nouveau, gémissant lourdement.

— S'il te plaît, gémis-je.

— Dis-moi, souffla-t-il en poussant son doigt en avant.

Je criai de plaisir avant de geindre de frustration. Dan

retira son doigt et couvrit son sexe d'un préservatif. La seconde suivante, il se positionna sur moi et son membre effleura mon entrée.

— Dan, s'il te plaît, grondai-je en remuant des hanches.

Il saisit mes poignets et, d'une main, les retint au-dessus de ma tête. Son regard me brûla littéralement et, pendant une courte seconde, l'association de son corps musclé, de sa main ferme et de ses yeux noirs m'effraya presque. Puis, il m'embrassa doucement et s'enfonça en moi avec lenteur.

J'immobilisai mes hanches, appréciant sa poussée. Je relevai les genoux, me cambrai et tentai de garder mon corps le plus possible au contact du sien. Sa tête dans mon cou, son souffle s'accéléra en rythme avec son bassin. J'allais à sa rencontre, sentant ma délivrance proche. Ma peau me brûlait et chacune de mes terminaisons nerveuses palpitait de désir trop contenu.

Je tentai de libérer mes mains, mais Dan me maintint fermement prisonnière, cette lueur de défi toujours présente dans son regard. J'abdiquai. Mon corps se tendit fermement alors que Dan me faisait l'amour frénétiquement, dans un rythme quasi inhumain. Je l'encourageai en bougeant contre lui, en gémissant de plaisir tout en murmurant son prénom. Il donna deux puissants coups de reins, m'arrachant des cris et j'explosai autour de lui.

Les yeux clos, je sentis Dan bouger au-dessus de moi. Il lâcha mes mains et s'effondra sur moi avant de glisser sur le flanc en me calant contre son torse. Sa poitrine se soulevait spasmodiquement. Je posai ma main sur son torse, calquant ma respiration sur la sienne.

— Je peux passer la nuit ici ? demanda-t-il en fixant le plafond.

— Je ne voyais pas les choses autrement, répondis-je.

Il se débarrassa du préservatif et me reprit dans ses bras. J'étouffai presque dans son étreinte mais finis par trouver une position confortable.

— Dors bien, beauté. Je suis là.

Je fermai les yeux, sombrant doucement dans le sommeil.

A mon réveil, il n'était plus là, mais un mot trônait sur l'oreiller.

« Ma bonne résolution pour cette nouvelle année : ne pas te dire à quel point tu es importante pour moi. D. »

Je tournai le petit papier, souriant largement.

« Trop tard. »

J'éclatai de rire et m'enfonçai dans mon oreiller. Je pouvais encore dormir un peu.

Le début de la semaine passa dans un souffle. La fin de la période des fêtes marquait aussi la reprise de l'activité à l'hôtel. Le lundi, je passai en revue l'ensemble des réservations du mois, à la recherche de noms familiers.

Blake Medias.

Dans l'euphorie de ma relation avec Dan, j'en avais oublié les tourments que provoquait Andrew Blake en moi. Je repris le dossier que Lynne m'avait laissé avant son départ et vérifiai que tout avait été prévu pour le piano.

Depuis que je travaillais ici, aucun client ne s'était jamais soucié de ce piano. Il était au mieux un élément de décoration, au pire — et j'avais pu le constater moi-même — un endroit un peu saugrenu pour faire l'amour.

Lynne avait heureusement fait le nécessaire et un accordeur devait passer dans la matinée. La salle de conférences avait été réservée, et Blake ne restait finalement pas deux jours, mais cinq. Heureusement, je n'étais de service que pour ses trois premières nuits. Soudain, je repensai à son magazine. Je n'avais même pas encore ouvert *Powerfull*… Et, contrairement à moi, Andrew Blake n'était pas du genre à oublier les détails.

Le mail détaillant son planning des prochains jours avait été imprimé par Lynne. Je retrouvais ses annotations manuscrites : deux réservations au restaurant asiatique de l'hôtel et une table pour le soir de son arrivée au *Five*, la brasserie située au troisième étage. Pour son séjour, il avait même réservé un soin au spa et la piscine avait été privatisée tous les soirs, hormis le soir de son arrivée, après 22 heures.

Après avoir tout vérifié, je refermai le dossier Blake, le laissant en haut de la pile.

Comme toutes les nuits, Dan m'amena un thé vers 2 heures et nous discutâmes quelques minutes. Sa vacation finissait vendredi soir, et je savais que sa présence ici allait me manquer. Il avait cette incroyable capacité à me rendre heureuse et légère. Ses yeux sombres s'illuminaient et il m'attirait dans l'étreinte chaude et rassurante de ses bras. Et j'aimais ça… J'aimais me sentir aimée.

La nuit de mardi à mercredi fut particulièrement studieuse. Je fis, pour une fois, une infidélité à mon magazine préféré — lâchement mis de côté depuis que Dan partageait mon lit — pour lire *Powerfull*. Armée de mon carnet de notes et d'un stylo, je déchiffrai scrupuleusement chaque article, annotant, ajoutant, commentant les rubriques et la mise en page.

Je m'octroyai une pause pour le thé.

— Qu'est-ce que tu lis ? me demanda Dan alors que je surlignais un article.

— *Powerfull.*

— Le truc de Blake ? Mais je croyais que ça ne sortait que le mois prochain ?

— Il m'a demandé de lire le numéro zéro et de lui donner mon avis.

Dan m'arracha le magazine des mains, le feuilletant furieusement. Estomaquée, je remarquai ses yeux qui se voilaient de colère.

— Je n'arrive pas à y croire…, murmura-t-il entre ses mâchoires serrées.

— Dan…

— Ce type se sert de toi ! explosa-t-il soudain en secouant la revue.

Je reculai légèrement, presque apeurée par cette rage. Dan soupira et reposa le magazine sur mon petit bureau. Il chassa la tension de son visage et posa ses mains à plat sur le comptoir.

— Pardon… C'est juste que… Blake…

— Dan, c'est mon job ! le coupai-je. On me demande de faire en sorte que leur séjour soit idyllique, on me demande de les faire revenir. Alors quand Blake me demande de lire ce magazine, je le fais !

— Il te plaît ?

— Au cas où tu l'aurais oublié, je suis avec toi.

Je repris le magazine et l'ouvris à la page où je m'étais arrêtée. Un silence tendu et glacial s'installa, mais je restai les yeux rivés sur ma lecture.

— Kat, regarde-moi s'il te plaît, murmura mon petit ami.

— Tu n'as pas à être jaloux. Je ne fais pas ce genre de

choses… Je ne couche pas avec un client, ajoutai-je en plantant mon regard dans le sien.

— Tu es en colère ?

— Non… Je suis juste… déçue, soupirai-je.

— O.K., Kat, m'interrompit-il avec un faible sourire. J'ai juste… réagi de façon excessive. Je… je tiens beaucoup à toi, Kat, et…

— C'est bon, Dan. Fais juste en sorte de me faire confiance.

— Promis.

— De toute façon, Andrew Blake est marié ! plaisantai-je en haussant les épaules.

— Tu vois qu'il te plaît ! rit Dan, de nouveau détendu.

— Le seul qui me plaît est en ce moment en face de moi, chuchotai-je en posant ma main sur la sienne en signe d'apaisement.

Je sentais toujours une légère crispation, mais Dan me sourit avant de retirer sa main. Il retourna à son poste au bar et je replongeai dans ma lecture. Quelques heures plus tard, alors que le soleil pointait à peine, je reposai le magazine et relut mes remarques. Blake débarquait ce soir et j'avais certainement pris trop de notes. En tout cas, certainement trop par rapport au temps qu'il m'accorderait.

Sam et Lynne arrivèrent en même temps en discutant et mon collègue de jour me tendit un gobelet fumant.

— Alors ces vacances ? demandai-je à Sam.

— Trop de dinde et trop de monde. Ma belle-famille a une tendance manifeste à l'envahissement. Dieu merci, je les ai déposés ce matin à l'aéroport, et normalement, ce soir, je serai enfin tranquille !

— Tu vas reprendre doucement. C'est calme ici.

— Tu as fait les réservations pour Blake ? demanda Lynne.

— Toutes, oui. Par contre, Sam, tu pourras vérifier la Peninsula Suite ? Et n'y affecte pas Kim ! le prévins-je.

— Pas de problème !

Du coin de l'œil, je vis Daniel quitter l'hôtel. Je lui fis un sourire, le rassurant sur mon intention de le rejoindre, avant de me tourner vers Lynne et Sam.

— Le dossier Blake est là, indiquai-je à Sam en ramassant *Powerfull* et mon bloc-notes.

— O.K. A ce soir !

Je quittai mon pupitre et Lynne me suivit jusqu'aux vestiaires.

— J'ai une dégustation de gâteaux pour le mariage, cet après-midi. Tu pourras venir ?

— Bien sûr, Lynne. A quelle heure précisément ?

— 16 heures… Et je me disais qu'on pourrait aussi aller essayer ta robe, ajouta-t-elle avec prudence.

— Oh… Je…

— S'il te plaît, Kat.

Je retirai ma veste et soupirai. A chaque événement, à chaque étape de la préparation du mariage de Lynne, j'avais la sensation désagréable de cautionner une erreur. Je participais à cette immense machine, œuvrant pour le bonheur de Lynne, et pourtant, quelque chose manquait. Certes, je ne faisais aucune confiance à Philip, mais ce que je craignais encore plus, c'était de faire du mal à ma meilleure amie.

— D'accord.

Son visage s'illumina d'un sourire immense et elle me prit dans ses bras. Maladroitement, je la serrai contre moi, heureuse de lui faire plaisir.

— Je te rejoins ici ? proposai-je.

— Oui, le pâtissier est à deux blocs.

— Bien. A ce soir alors !

Je quittai l'hôtel quelques minutes plus tard, *Powerfull* et mes notes sous le bras, avant de rejoindre Dan.

— Petit déjeuner ?

— Pas ce matin, Dan. Je…

— C'est à cause de cette nuit ? me coupa-t-il vivement.

— Non, non… Je… je dois relire ça, expliquai-je en montrant mes notes, et je dois rejoindre Lynne dans l'après-midi.

— Tu es certaine que ce n'est pas à cause de moi ?

— Dan, soufflai-je en collant mon corps au sien, je t'ai dit que tu pouvais me faire confiance. Je veux juste aller dormir maintenant, car je ne pourrai pas le faire plus tard.

— D'accord.

Il posa ses lèvres doucement sur les miennes et m'embrassa. Pour lui prouver que je ne lui en voulais pas, j'agrippai ses avant-bras et appuyai fermement mes lèvres contre les siennes. Il sembla surpris, mais très vite, sa main trouva ma nuque et nous échangeâmes un baiser passionné.

— A ce soir, dis-je doucement, mes mains toujours sur ses bras.

— A ce soir. Ce sera mon avant-dernière nuit !

— Il va falloir fêter ça alors, rétorquai-je, joueuse.

— Tout ce que tu veux, beauté. Tout ce que tu veux !

Nous nous séparâmes en direction de nos métros respectifs. Après un long sommeil réparateur, je regagnai l'hôtel en début d'après-midi, relisant mes notes dans la rame. Je ne voulais pas être prise au dépourvu, et, pour l'instant, toutes mes conversations avec Andrew Blake avaient été déconcertantes.

Je rejoignis Lynne à l'hôtel et nous partîmes ensemble en direction de sa dégustation.

— Celui-ci est à la crème, avec un fourrage aux fruits rouges, annonça la vendeuse en posant une assiette devant nous.

Lynne me lança un regard perdu. Nous en étions à notre cinquième gâteau et je risquais l'overdose de sucre. Lynne hésitait, tentant de concilier ses goûts avec ceux de Philip.

— Lynne, c'est le dernier… Je ne peux plus rien avaler ! l'avisai-je.

— Tu es censée m'aider !

— Je fais de mon mieux, je t'assure. Mais tout ce sucre m'écœure.

— Le premier, au chocolat, était bien, non ?

— Ils sont tous bons, Lynne. Tous ! Et à ce rythme, je ne rentrerai plus dans ma robe !

— Bien, bien… Je vais finir par me décider.

Nous goûtâmes l'échantillon minuscule devant nous. Lynne le mastiqua longuement, tentant sûrement de s'octroyer un sursis avant la décision finale. Elle posa sa fourchette et se perdit dans sa réflexion. Je demandai un verre d'eau à la vendeuse et me rinçai la bouche de cet amas de sucrerie.

— Nous prendrons le premier, affirma-t-elle soudain.

— Vous en êtes certaine ? demanda la serveuse en prenant note de la commande.

Lynne me jeta un regard, de nouveau, complètement perdue et hésitante.

— Oh ! non… ne me demande rien. Tu m'as demandé de venir goûter, je suis venue ! me défendis-je en levant les mains devant moi.

— Et tu te dis mon amie ?

— Je te laisse libre de tes choix !

— Bien. Le premier, répéta-t-elle dans un souffle.

— Combien de personnes ?

— Cent cinquante… Euh, non… Prévoyez pour deux cents !

— Bien, mademoiselle.

La vendeuse prit le détail de la commande et Lynne versa un substantiel acompte. La famille de Philip était riche, très riche même. Le mariage n'avait pas vraiment été budgétisé, et Philip n'avait de cesse de me le rappeler dès que nous nous croisions. Cet homme avait un rapport à l'argent qui me dépassait. Il en voulait toujours plus. Mais ce qui était dérangeant, c'était qu'il voulait le montrer.

Une heure plus tard, j'étais perchée sur un podium, bras en l'air pendant qu'une jeune fille prenait les mesures nécessaires aux retouches de ma robe. Le bustier me gênait un peu, mais dans l'ensemble, la robe était jolie. J'avais craint de ressembler à une meringue informe, mais Lynne, contre toute attente, avait respecté mon choix.

Cette dernière commentait les retouches, précisant qu'elle voulait que la robe soit ajustée au niveau de la taille.

— Comment te sens-tu ? me demanda-t-elle après vingt minutes de torture.

— Encombrée !

— Tu es très jolie… Philip a un frère célibataire, tu sais ! ajouta-t-elle en levant un sourcil entendu à mon attention.

— Laisse-moi deviner, il est lui aussi riche à millions et passe son temps à les compter ! rétorquai-je sèchement.

— Kat !

— Pardon. C'est… Non, rien. Laisse tomber.

— Aimerais-tu Philip s'il n'avait pas autant d'argent ?

— Parce que tu t'empresserais de lui demander de se délester de son patrimoine pour me plaire peut-être ?

— J'aimerais juste comprendre pourquoi tu es si sévère avec lui !

— Je ne suis pas sévère avec lui. Je cherche juste à comprendre pourquoi tu veux te marier avec lui !

— Parce que je l'aime. Et parce qu'il m'aime, expliqua-t-elle avant de s'intéresser de nouveau à la robe.

Je secouai la tête, incrédule. Elle avait réussi à se convaincre de faire sa vie avec lui. Elle avait réussi à se convaincre qu'elle était amoureuse de lui.

— Parlons plutôt de toi, suggéra-t-elle.

— Rien à dire, mentis-je alors que je ne parvenais pas à retenir mon sourire.

— Toi, tu me caches un truc, déclara Lynne, les poings sur les hanches. Comment il s'appelle ?

— Daniel.

— Daniel qui ? Je le connais ?

— L'intérimaire qui remplace Angie.

— Wow… Et qu'est devenue ta règle d'or : « Ne jamais sortir avec quelqu'un de l'hôtel » ?

— Techniquement, il n'est pas vraiment de l'hôtel.

— Comme c'est pratique ! Sexe ?

— Humm…

— Sexe donc ! Sur une échelle de 1 à 10 ?

— Lynne ! m'écriai-je, choquée.

— Tu ne veux pas répondre ?

— Non ! C'est… personnel. Aïe ! criai-je en sentant une épingle piquer ma hanche.

— Pardon, mademoiselle, s'excusa la jeune couturière.

Lynne s'installa dans le fauteuil face à moi et prit un

magazine. Je reconnus le *New Yorker.* J'envisageai un court instant de lui faire lire les annonces mais renonçai. Lynne ne comprenait pas mon addiction et je n'avais pas le cœur à tenter de la convaincre.

Sur mon podium, je commençais à trouver le temps long. Très long. La couturière se pencha et je devinai qu'elle attaquait l'ourlet de la robe.

Près de vingt minutes plus tard, nous sortions de la boutique. J'étais légèrement endolorie d'être restée presque une heure statique, les bras relevés. Sur le chemin de l'hôtel, je m'arrêtai au kiosque, achetant le *New Yorker* pour passer la nuit.

— Tu as une vie sexuelle et tu lis quand même ce truc !

— Une part de rêve ne fait jamais de mal !

— Oh… Donc, il n'a pas 10 sur 10, sourit-elle.

— Je n'ai pas dit ça !

— Tu n'as pas dit le contraire !

Nous passâmes la porte tambour et en attendant le début de mon service, trente minutes plus tard, je me dirigeai vers son bureau. J'ouvris le *New Yorker,* tout en suivant Lynne qui s'agitait devant moi.

— Philip va m'attendre, râla-t-elle en constatant l'heure, tout en rassemblant ses affaires.

— Tu n'as pas la permission de 20 heures ? ironisai-je en nouant mes cheveux.

— Très drôle ! Nous avons un dîner ce soir avec ses parents.

— Oh… Ça a l'air… fun ! dis-je avec maladresse.

— Un enfer, oui ! clama-t-elle en s'installant derrière son ordinateur. Sa mère est une coincée qui n'ose même pas prendre un taxi de peur de se faire détrousser. Et son père passe son temps dans son bureau à travailler comme un…

Sa voix s'éteignit et elle releva les yeux vers moi. Leur éclat brillant s'estompa et, à la place, la stupéfaction et une pointe de colère apparurent.

— Tu as quelque chose à me dire ? m'interrogea-t-elle brutalement en me fixant droit dans les yeux.

— Non… Mais de quoi parles-tu ?

— Tu es certaine ? Rien ?

— Mais, évidemment ! Que se passe-t-il, Lynne ?

— Je dois te remplacer pour ton début de service.

— Quoi ? m'écriai-je en me relevant de ma chaise vivement.

Je contournai son bureau pour regarder l'écran : un mail du directeur demandait à Lynne de rester deux heures de plus, pour me remplacer.

— Tu avais prévu de t'absenter ? s'enquit mon amie, un peu plus calme.

— Non. Je ne sais absolument pas de quoi il s'agit !

— Un entretien avec Perkins ? proposa-t-elle. Il précise qu'il viendra te voir à ta prise de service.

— Peut-être.

Je fronçai les sourcils, à la recherche d'une explication rationnelle. Une multitude de raisons se fracassèrent dans mon esprit au même moment : ma liaison avec Dan, Kim et notre dernière conversation, le refus du cadeau d'Andrew Blake. Dans tous les cas, je redoutais ces deux heures.

Après avoir ramassé ma revue, je quittai le bureau de Lynne, l'esprit embrumé. Je me dirigeai vers mon vestiaire, réfléchissant à toute vitesse à ce qui pouvait m'attendre. Je gardai le magazine de Blake, le *New Yorker* et mon bloc-notes avec moi. Je me postai près de Sam, écoutant d'une oreille distraite les informations qu'il devait me transmettre.

— Tout va bien, Kat ?

— Je... Euh... Est-ce que M. Perkins t'a parlé... de moi ? l'interrogeai-je.

— Ce matin. Il voulait mon avis sur ton travail. Je lui ai dit que tout était parfait.

— Oh... Il veut me voir apparemment.

— C'est sûrement pour te féliciter, me rassura-t-il. Je ne vois pas quel genre de reproche il pourrait te faire !

— Humm... Merci.

— Je vais y aller. Prends soin de toi. Oh... Et tant que j'y pense, Blake est arrivé !

Super ! Je posai mes affaires dans la bannette devant moi. Comme si ma soirée n'allait déjà pas être assez compliquée, il fallait encore que je supporte Andrew Blake et ses remarques déstabilisantes.

Il fallait que je m'occupe, que je pense à autre chose. Sam avait raison, je n'avais certainement rien à me reprocher.

Sauf Dan... Et Blake... Et Kim... Si jamais j'apprenais que cette petite peste était derrière cette histoire, je promettais dc la tuer !

Cherchant à me concentrer, j'imprimai les factures du lendemain matin — tâche normalement dédiée à Sam — et vérifiai les réservations de salle pour le week-end à venir. Le hall bourdonnait à cause des allers et venues mais je parvins à faire abstraction du bruit tandis que j'entreprenais de classer les archives.

— Bonsoir, Kathleen.

Cette voix. Cette intonation. Je relevai la tête et trouvai le regard... d'Andrew Blake.

Chapitre 5

— Monsieur Blake, le saluai-je poliment.

— Comment allez-vous ?

— Très bien, je vous remercie. Que puis-je pour vous ?

Je voulais évacuer Andrew Blake et cette conversation dérangeante au plus vite. J'étais suffisamment tourmentée par mon entretien avec M. Perkins.

— Pouvez-vous me dire quelle table m'est réservée ?

— Nous vous avons réservé une table au *Five*. Souhaitez-vous que quelqu'un vous accompagne ?

— Annulez-la. Je vais dîner au bar ce soir.

— Bien, monsieur. Toujours pour deux personnes ?

— J'espère, sourit-il.

J'appelai le restaurant au troisième étage, annulant sa réservation, puis pris contact avec Daniel pour qu'il me garde une table. Quelques minutes plus tard, je vis sa silhouette se déplacer et je compris qu'il avait fait le nécessaire.

— Votre table est prête, monsieur.

— Parfait. Vous m'accompagnez ?

— Je… euh… Oui. Bien sûr, balbutiai-je.

Il sortit son téléphone et sa conversation dura à peine quelques secondes.

— Vous pouvez faire le nécessaire. Merci.

Nous entrâmes dans le bar et Dan me désigna l'espace réservé du menton. J'indiquai l'emplacement à Blake. A ma grande surprise, il me devança de deux pas et tira une chaise.

— Installez-vous, Kathleen.

— Je… Monsieur… Je dois retourner…

— Toujours aussi professionnelle. Rassurez-vous, vos clients ne sont pas totalement abandonnés.

Il se tourna vers mon pupitre et j'imitai son geste. Lynne se tenait debout, droite comme un « i », les yeux écarquillés. Je déglutis violemment, comprenant enfin la machination. Je croisai le regard rieur de Blake et m'installai avec précaution sur la chaise.

Blake contourna la table et s'assit face à moi.

— M. Perkins a accepté de vous libérer pendant deux heures.

— C'est… inattendu, avouai-je.

— Il me semblait avoir été plutôt clair lors de ma dernière visite.

En un instant, le souvenir de son départ du palace me revint à la mémoire.

« La nuit ensemble… »

Je le fixai, stupéfaite par son aplomb.

— Evidemment, je me doutais de votre potentiel refus. Je savais que vous n'accepteriez pas de sortir de la droite ligne de vos obligations. J'ai donc pris les devants.

— C'est extrêmement cavalier, sifflai-je, pas franchement heureuse de me faire manipuler.

— La fin justifie les moyens. Ceci étant dit, je prendrai soin de vous solliciter directement la prochaine fois.

La prochaine fois ? Je ricanai en songeant que jamais je

n'accepterais quoi que ce soit de la part de cet homme. Je lui lançai un regard sévère.

— Que désirez-vous boire ? s'enquit-il.

— Rien. Je vous remercie, assénai-je, très tendue.

Il reposa la carte sur la table et cala son menton sur ses poings joints. Son regard brillant me tétanisa et mon cœur s'alourdit dans ma poitrine.

— N'êtes-vous pas censée acquiescer à toutes mes demandes ?

— Pas si elles me semblent inappropriées.

— C'est parce que je suis un client que vous êtes mal à l'aise ?

— En effet, avouai-je.

— Bien. Dans ce cas, je vais aller réserver une suite au *Four Seasons*, et vous ne verrez plus en moi qu'un *ancien* client.

— Je…

— Je suis certain que M. Perkins sera ravi d'apprendre cet arrangement, enchaîna-t-il en composant un numéro sur son portable.

Je me crispai encore plus. Faire perdre un client de ce standing au Peninsula allait sûrement me coûter ma place et ma réputation dans toute l'hôtellerie.

— Attendez ! m'exclamai-je vivement en posant ma main sur son téléphone.

Blake me fit un sourire victorieux.

— Je présume que vous voulez boire quelque chose maintenant ?

— Je… Un jus de fruits sera parfait.

— Voilà que je retrouve ce fameux professionnalisme.

Il jeta un regard en direction de Dan. Ce dernier se propulsa à une vitesse hallucinante à notre table.

— Un jus de fruits pour mademoiselle. Vous avez une préférence ? s'enquit-il avec un sourire.

— Je... Pomme. Pomme, ça sera parfait, balbutiai-je en osant à peine regarder Dan.

— Jus de pomme donc. Et pour moi, un verre de cabernet.

Dan acquiesça et me fit un faible sourire. Je repensai à sa crise de jalousie de la veille. J'espérais qu'il ne fasse pas d'esclandre ce soir.

— Je vous remercie pour le piano. Il a désormais un son décent.

— Oh... Je vous en prie.

— Avez-vous lu *Powerfull* ?

— Oui. J'ai... Je l'ai parcouru avec beaucoup d'attention.

Il opina, satisfait, et Dan revint vers nous pour poser nos boissons sur la table.

— Avez-vous faim ? m'interrogea-t-il en prenant la carte devant lui.

— Non, merci. J'ai mangé avant le début de mon service.

— Je prendrai un hamburger, saignant. Avec des légumes.

— Bien, monsieur, répondit Dan en inclinant la tête.

Il s'éclipsa quelques secondes plus tard. Je tentai de me détendre et me réfugiai dans mon verre à la recherche d'une contenance. Blake s'affaissa dans son fauteuil, faisant rouler le sien entre ses mains.

— Je vous écoute. Qu'en avez-vous pensé ?

— J'ai trouvé ça bien. Complet. Le graphisme est intéressant et les articles sont...

— Kathleen, je ne vous demande pas d'être politiquement correcte avec moi.

— Mais…

— Je sais que vous avez fait des études de journalisme. Je sais que vous êtes une fille brillante. Pour l'instant, vous ne m'avez pas déçu, faisons en sorte que notre « relation professionnelle » perdure dans les mêmes conditions.

Je me figeai sur ma chaise, estomaquée par sa confiance, et me léchai nerveusement les lèvres. Je voulais en finir au plus vite avec cette entrevue, mais il ne semblait pas l'entendre ainsi…

— Maintenant, dites-moi vraiment ce que vous en pensez.

— J'ai pris des notes. Si vous voulez bien m'excuser un instant.

— Faites donc.

Je me levai de ma chaise et il m'imita par pure galanterie. J'allais vers mon pupitre à grandes enjambées. Lynne feuilletait le *New Yorker* et, en me voyant approcher, elle bondit de sa place.

— C'est quoi cette histoire ? demanda-t-elle, les nerfs à vif.

— Je ne sais pas, Lynne. Donne-moi mon bloc-notes.

— Tu as intérêt à me raconter !

— Plus tard.

Elle me tendit mes notes et je retournai à ma place. De nouveau, Blake se leva quand je m'installai. Prenant une profonde inspiration, j'ouvris mon bloc, avant de rediriger mon attention sur Blake qui me fixait intensément.

— Soyez franche.

— Je trouve l'organisation du magazine trop brouillon. On lit un article de fond, puis on a les pages mode, puis de nouveau un article de fond…

Je levai les yeux vers lui, cherchant une réaction. Il opina doucement et porta son verre à ses lèvres.

— Le graphisme est… minimaliste.

— C'est un parti pris, me coupa-t-il en s'accoudant à la table.

Je me tus, ne sachant si je devais poursuivre ou non.

— Je veux faire un bon magazine, pas une œuvre d'art.

— Le visuel est pourtant ce qui déterminera l'achat, contrai-je.

— Donc, pour vous, seule l'apparence importe ?

— Pas pour moi. Pour la majorité des gens… A choisir entre deux magazines, le lecteur lambda choisira la jolie couverture à autre chose de plus…

— … minimaliste ? finit-il pour moi.

— Oui.

Il y eut un silence tendu. Les yeux rivés sur mes notes, je relevai timidement le regard. Blake avait les mâchoires crispées et son regard brillant s'assombrissait.

— Poursuivez, m'intima-t-il.

— Vous devriez étoffer la partie culturelle. Vous êtes à New York, c'est important.

— Et vous y verriez quoi ?

— Du théâtre… Ou peut-être une forme de rencontre avec quelqu'un du domaine artistique.

Dan apporta son assiette à Blake et celui-ci recula pour se faire servir. De nouveau, je croisai son regard. La bienveillance du début de soirée avait laissé place à l'inquiétude. Je lui fis un petit sourire, presque invisible, avant qu'il ne reprenne sa place derrière le bar.

Blake mordit généreusement dans son hamburger. Je

l'observai mastiquer son repas, me demandant si je devais continuer. Il avala sa bouchée et s'essuya la bouche.

— Votre point de vue est… effrayant, sourit-il.

— Vous m'avez demandé d'être franche, ripostai-je.

— C'est justement ce qui m'effraie. Quand je dis ça, la plupart des gens se contentent de sortir la brosse à reluire.

Je rougis violemment, inquiète d'avoir franchi la ligne rouge.

— Votre petit ami nous fixe depuis le début du repas, annonça-t-il.

— Ce n'est pas…

— Ne finissez pas cette phrase, Kathleen. Je n'apprécie que très modérément le mensonge. Surtout après un tel élan de franchise !

Il reprit une gorgée de son verre. Mon corps, légèrement détendu depuis quelques instants, se crispa instantanément. Je voulais quitter cette table. Je voulais quitter son regard inquisiteur et méfiant. Je voulais… reprendre ma place de concierge et qu'il reste un simple client.

— Y a-t-il au moins quelque chose de récupérable dans ce que vous avez l'air de considérer comme un échec total ? Et gardez à la mémoire ce que je viens de vous dire au sujet du mensonge.

— Les articles sont bien écrits, arguai-je en ignorant sa dernière remarque. Les sujets sont originaux.

— Vous avez aimé ?

— Beaucoup, admis-je avec sincérité.

Nouveau silence. Blake reprit une bouchée de son repas. Le regarder manger était à la fois gênant et… intéressant.

— Vous avez terminé ?

— Je… oui.

Je me relevai de ma chaise, prête à quitter la table avec mes notes sous le bras.

— Que faites-vous ?

— Je vous laisse finir votre dîner, monsieur.

— M. Perkins m'a octroyé deux heures. Je ne compte pas vous libérer plus tôt. Finissez votre jus de pomme.

Je me rassis sur-le-champ même si je mourais d'envie de disparaître et de reprendre le cours normal de ma vie.

Blake se tamponna les lèvres avec sa serviette et repoussa son assiette, à demi terminée.

Il attrapa mon bloc-notes et le parcourut, un air concentré sur le visage. Mal à l'aise, je cherchai à fixer autre chose que son visage. Mais une force étrange réorientait toujours mes yeux vers lui. Je le surpris à sourire.

— Ma fonction de rédacteur en chef ne vous convient pas ? me demanda-t-il en pointant mon bloc.

— C'est… paradoxal, soufflai-je.

Il eut un nouveau sourire et, d'un mouvement de main, m'encouragea à poursuivre.

— Je veux dire… Cela n'est pas cohérent avec votre personnalité.

— Vous avez un avis sur ma personnalité ?

— Pas un avis. Juste… J'écoute ce qu'on me dit à votre sujet.

— Et que dit-on ?

— Que vous êtes un véritable secret, avouai-je en rougissant.

— Ma vie privée est secrète. Pas le reste. Tout le monde sait exactement ce que je fais et pourquoi je le fais.

— On vous craint, ajoutai-je.

— Vous me craignez ?

— Vous êtes un client.

— C'est donc un « oui » ?

— Monsieur Blake, puis-je vous débarrasser ? nous interrompit Dan.

Il hocha la tête avec agacement et Dan repartit avec l'assiette. Malgré la rapidité de son intervention, je retrouvai ce regard sombre et féroce.

— La plupart des gens sont nerveux en ma présence. Vous appelez ça de la crainte, j'appelle ça du charisme.

— Je…

— Je suis un homme normal, Kathleen. Comme tout le monde, j'ai des rêves, des espoirs, des déceptions.

— Je suis certaine que vos rêves sont réalisables.

— Vous croyez ?

— L'argent aide à cela.

— Oubliez l'argent. Et oubliez qui je suis. Je n'ai compris que trop récemment à quel point cette façade me desservait.

Dan vint remplir son verre et Blake lui ordonna de me resservir un jus de fruits. Je n'eus pas la force de protester.

— L'apparence, Kathleen, ce n'est pas important.

— Ça l'est dans ce monde, que vous le vouliez ou non. Vous fréquentez un hôtel de luxe. Tout ici n'est que façade, apparence et faux-semblants.

— Tout sauf vous.

Je haussai les sourcils, vexée de sa remarque.

— Ne vous méprenez pas sur mes intentions. J'ai juste envie de vous comprendre.

— Dans quel but ? demandai-je, curieuse.

— La franchise est une valeur éculée, tout comme la politesse et l'honnêteté. Vous êtes surprenante. Vous m'appelez « Monsieur », alors que je ne me gêne aucunement pour vous appeler par votre prénom. Vous restez aimable alors que j'agis comme un parfait goujat avec vous…

— Vous appelez ça de la politesse, j'appelle ça du *professionnalisme*, le coupai-je en reprenant ses mots.

— Touché, sourit-il.

— Vous entretenez votre propre mythe, conclus-je.

Il s'enfonça dans son siège et je repris un peu contenance. La seule façon de survivre à cet entretien, c'était de le mener. Il voulait mon avis sur lui, je pouvais le lui donner. S'il appréciait la franchise, il devrait l'encaisser.

— Je ne suis pas un mythe.

— Bien sûr que si… Vous avez de l'argent, vous réussissez et vous conservez le secret sur votre vie privée. Vous fascinez. Et la fascination rend curieux. Vous entretenez ce cercle vicieux.

— Que voulez-vous savoir ? demanda-t-il en se penchant vers moi.

Je tentai de reculer, de retrouver une distance respectable, mais il posa sa main sur la mienne et accrocha mon regard. Mon cœur remonta dans ma gorge et mon corps fut secoué de tremblements.

— Dites-moi, Kathleen.

— Rien.

— Dans ce cas, accepteriez-vous de me dire pourquoi vous êtes si pâle ?

— Je n'ai pas… l'habitude.

— Des hommes ?

— De parler de cette façon avec les clients.

— Donc, je vous déstabilise. Soyez rassurée, votre petit ami veille au grain.

Son regard se dirigea en direction de Dan. Je tournai la

tête à mon tour. Dan nous fusillait du regard, nettoyant le bar déjà étincelant. Je sentis brutalement la tension entre nous trois. Je retournai mon regard sur Blake, puis sur nos mains, l'une sur l'autre.

— Les apparences, Kathleen. Elles sont toujours trompeuses.

— Ce… ce n'est pas ce que vous croyez.

— Vraiment ? Vous voulez que je vous dise ce que n'importe qui pourrait croire en rentrant ici ?

Je jetai un œil vers Dan, toujours en colère. Son regard noir et son visage tendu ne laissaient pas de doute sur la rage qui l'habitait.

— Les gens penseraient que nous avons un rendez-vous. Ou peut-être même que c'est *moi* votre petit ami. Ils penseraient aussi que le barman est furieux parce que j'ai été désagréable avec lui.

— Et ensuite, ces fameuses personnes verraient votre alliance.

— Oh… Evidemment. Peut-être alors serions-nous mariés ? s'amusa-t-il.

— Je n'ai pas d'alliance, contrai-je en retirant rageusement ma main.

Je m'adossai à ma chaise et croisai mes bras.

— Qu'attendez-vous de moi ? l'interrogeai-je, en colère.

— Rien. Vous avez déjà été bien au-delà de mes attentes avec ça ! souligna-t-il en pointant mes notes.

— Bien. Je vais donc reprendre mon poste, grommelai-je en me relevant vivement.

Blake me saisit le poignet pour me forcer à me tourner vers lui.

— Restez, murmura-t-il d'une voix rauque.

— J'ai du travail.

— Toujours aussi butée, sourit-il. Et il me reste une heure.

Je tirai sur mon bras, tentant de m'échapper, mais il me tenait fermement. Dan apparut à mes côtés en un éclair, s'interposant entre Blake et moi.

— Un problème, Kat ?

— Tout va bien, murmurai-je avec apaisement.

La soirée était déjà assez compliquée, inutile de rajouter un affrontement.

— Kathleen allait commander deux cafés pour finir notre entretien, expliqua Blake.

— C'est bien ça, Kat ? s'enquit mon petit ami.

— Je…

Ma voix s'éteignit et mon regard passa de Dan à Blake. D'un regard sombre et colérique à des yeux brillants et lumineux. Je tremblai un peu sur mes jambes avant de me rasseoir sur ma chaise. Blake me libéra dans l'instant et Dan se pencha sur moi :

— S'il t'importune, je peux appeler la sécurité.

— Ça ira, répliquai-je sèchement.

— Kat…

— Ça ira, Dan. Maintenant, amène son café à M. Blake.

Après une seconde d'hésitation, Dan repartit et un silence tendu s'installa entre nous. Je le toisai méchamment, espérant qu'il comprenne que je n'étais en aucun cas prête à lui pardonner ce geste.

— Excusez-moi, Kathleen. Je… je veux juste que vous compreniez que…

— Que vous avez créé un tel vide autour de vous que vous êtes contraint d'utiliser votre pouvoir pour me parler ?

— Vous avez une image si négative de moi.

— Pourquoi moi ? demandai-je de nouveau.

— Parce que vous, comme moi, n'agissons pas comme tout le monde. Avez-vous un secret, Kathleen ?

— Tout le monde a des secrets.

— Pourquoi travaillez-vous de nuit ?

— Le hasard ! répondis-je en haussant les épaules.

— Je dirais la fuite. Cette même fuite qui explique que vous avez renoncé au journalisme pour vous contenter de satisfaire les lubies de riches clients capricieux comme moi.

— Je ne fuis rien ! m'exclamai-je avec force.

— Vraiment ?

— Absolument.

— Donc même si je vous proposais de doubler votre salaire pour travailler pour moi, vous accepteriez ?

— Non, évidemment.

Il secoua la tête, un sourire apparaissant sur ses lèvres. Je posai mes mains sur la table, consciente qu'il était de nouveau en train de mener le jeu.

— Barman ! cria-t-il à l'attention de Dan. Apportez-nous du chocolat, demanda-t-il sans quitter son regard du mien. Je sens que cette conversation va devenir passionnante.

Quelques instants plus tard, le bruit d'une petite assiette à dégustation posée entre nous vint troubler le silence.

— Servez-vous, me proposa Blake en repoussant l'assiette vers moi.

— Merci, soufflai-je en prenant un chocolat fourré.

Blake croqua dans le sien et ferma les yeux pour le savourer.

— Un plaisir que je m'octroie de nouveau depuis peu, indiqua-t-il en riant.

Il desserra sa cravate, et soudain c'était comme s'il avait

perdu sa stature d'homme puissant, médiatique et nébuleux. Il était devenu un homme ordinaire, se perdant dans un plaisir simple comme du chocolat. Je souris doucement et remuai la tête pour détendre ma nuque.

— Je ne fais pas ça pour coucher avec vous, Kathleen. D'une part parce que votre petit ami ne me laisserait sûrement pas faire ; et d'autre part parce que…

— … vous êtes marié, finis-je pour lui.

Il loucha vers son alliance et son visage perdit de sa lumière.

— Je… Oui… J'aime profondément ma femme.

— Pourquoi ne pas lui avoir demandé son avis sur votre magazine ? l'interrogeai-je.

— Je vous l'ai dit. La franchise est une valeur rare et éculée de nos jours.

— Comment savoir si vous pouvez me faire confiance, vous me connaissez à peine !

— Je sais. J'ai récemment pris conscience du fait que les personnes qui me connaissaient le moins étaient aussi les plus honnêtes. L'honnêteté… voilà ce que j'attends des gens qui m'entourent.

— Je comprends, admis-je.

— Et vous comprendrez aussi alors que je tiens à garder ce genre de personnes autour de moi.

— C'est difficile, remarquai-je.

— Mais pas impossible… J'attends de voir ce que l'avenir me réserve.

— Vous savez ce qu'on dit… Le meilleur reste à venir, soufflai-je en m'emparant d'un second chocolat.

— J'aime à le croire en effet.

Il se tut et, pour la première fois depuis le début de

notre conversation, ce silence n'était ni gênant ni tendu. Au contraire, il était confortable et bienvenu.

Dan nous servit nos cafés, le visage fermé. Il n'osa même pas relever les yeux vers moi, et je dus me faire violence pour ne pas me lever et le retenir.

— Je donne une réception à la fin de mon séjour. J'aimerais vous y voir.

— Monsieur Blake, je suis dans l'obligation de décliner.

— Et je suis dans l'obligation d'insister.

— Vous êtes un client.

— Je vous invite à une réception. Dois-je vous refaire ma fameuse démonstration sur mes caprices idiots mais nécessaires ?

Je relevai les yeux vers lui, scrutant son visage. Ses lèvres se soulevaient dans un demi-sourire. Difficile de savoir s'il plaisantait ou non.

— Si cela peut vous rassurer, vous pouvez venir avec votre chien de garde, ajouta-t-il en désignant Dan du menton.

— Je n'ai pas besoin d'être protégée. Ni de vous ni de personne.

— Parfait. J'aime autant que vous veniez seule de toute façon. D'ici là, le fameux futur dont nous parlions aura peut-être évolué.

Il sourit, toujours énigmatique, et but son café d'un trait. Je le regardai faire, observant son alliance luire à la lumière de l'éclairage ambiant.

Quel genre de femme pouvait supporter son arrogance ?

Il se leva, me distrayant de mes pensées, et se plaça derrière moi. Je me figeai, mes muscles transis et la gorge soudainement sèche. Ses mains se posèrent sur mes accoudoirs et je sentis son parfum boisé flotter autour de moi. Mon pouls s'accéléra. Il dépassait les limites de la bienséance.

De toute façon, au cours des deux dernières heures, je venais de franchir une à une toutes les limites que je m'étais fixées.

— Merci d'avoir passé la soirée avec moi, Kathleen, murmura-t-il.

Ma gorge se serra et une boule d'angoisse, mêlée à un soupçon d'excitation, se forma dans mon ventre. Sa voix, chaude et puissante pendant notre entretien, devenait apaisante et douce.

— Je vais vous laisser vaquer à vos occupations habituelles.

— Je… Euh…, balbutiai-je.

Je me levai maladroitement et Blake tira ma chaise pour l'écarter. Je remis ma jupe en place et finalement retrouvai son regard brillant.

— Merci encore de votre travail, Kathleen.

— Je… je vous en prie.

— Nous aurons l'occasion de nous revoir d'ici la réception.

Je hochai simplement la tête, le remerciant ainsi de son invitation. Je fis un pas en avant, prête à cavaler jusqu'à mon poste.

— Je vous raccompagne, proposa-t-il en posant sa main dans le bas de mon dos.

Je m'immobilisai, comprenant que cela n'avait rien d'une proposition. Il avait choisi de m'escorter et cela ne souffrait aucune forme de refus. Il avança, m'entraînant avec lui, et nous traversâmes le bar. Sur ma droite, je vis Dan nous suivre du regard, furieux et inquiet.

Nous traversâmes le hall, lumineux et silencieux, et nous arrêtâmes devant une Lynne éberluée. Le bras de

Blake retomba le long de son corps et, au même instant, ma respiration reprit un rythme normal.

— Merci encore, Kathleen, pour m'avoir accordé de votre temps.

De nouveau, je hochai imperceptiblement la tête, me souvenant tout juste qu'il ne m'avait pas franchement donné la chance de le lui refuser. Soudain, il prit ma main, la porta à hauteur de sa bouche et m'offrit le premier véritable baisemain de toute ma vie.

Je me crispai un peu plus, hypnotisée par son regard, avant d'observer sa bouche si proche de ma peau.

— Bonne nuit, murmura-t-il avant de relâcher ma main.

Il salua Lynne d'un simple mouvement de tête.

Les yeux toujours ronds comme des soucoupes, elle en relâcha le stylo qu'elle tenait.

Mon bras retomba mollement pendant que mes joues me brûlaient toujours.

Chapitre 6

Dans le brouillard cotonneux qui m'entourait, je distinguai le « ding » de l'ascenseur. Ma tête bourdonnait. Je frottai mes mains l'une contre l'autre, espérant ainsi chasser l'amas de nervosité, de stress et de gêne que cet homme avait réussi à créer en moi.

— Toi, tu me dois une explication. Et crois-moi, elle a intérêt à être sacrément bonne ! s'exclama Lynne en contournant le comptoir.

— Je… Rien… Lynne… Rien du tout, fuis-je en prenant sa place.

Je remuai des papiers, évitant d'observer mes mains tremblantes. Ma vue était brouillée, mais je parvins à m'asseoir et à me saisir du dossier Blake.

— Qu'est-ce que tu fiches ? me demanda Lynne.

— Je rajoute à sa note son dîner de ce soir, répondis-je automatiquement.

La main de Lynne referma violemment le dossier et mon stylo vola quelque part derrière moi. Je relevai les yeux vers elle, hébétée.

— Une explication. Maintenant ! m'ordonna-t-elle en fronçant les sourcils. Nous sommes amies, je peux aussi entendre les détails scabreux !

Je soupirai avant de lui raconter la version courte de mon entrevue avec Blake. Je m'arrêtai aux détails strictement professionnels : son magazine et ma critique.

— Et le baisemain ? m'interrogea Lynne avec suspicion.

— Je… je ne sais pas, Lynne. Peut-être juste une façon de me saluer.

— Bah voyons ! Je croyais qu'il était marié ?

— Il l'est. Et je cite : il aime profondément sa femme !

— Ne te frotte pas à lui, Kat.

Sa dernière remarque me piqua au vif. Je ne savais pas si je devais être vexée ou flattée.

— Je ne me frotte pas à lui, Lynne. C'est un client ! m'écriai-je durement.

— Oui, un sacré gros client ! Et je tiens à le garder ! répliqua-t-elle aussi sèchement.

— Lynne, je sais pertinemment où est ma place. Tu n'as aucune raison de t'inquiéter sur le sujet.

— Vraiment ? Alors pourquoi tu es couleur coquelicot et les mains tremblantes ? m'interrogea-t-elle.

— Ça, j'aimerais vraiment le savoir aussi ! hurla soudain Dan en venant à grandes enjambées vers nous.

Je reculai instinctivement contre le mur et Lynne se décala sur la droite pour lui laisser de la place.

— C'était quoi ce cirque ? Monsieur se pavane avec le personnel ?

— OK… Dan, ce n'est pas ce que tu crois. Je n'étais même pas au courant de cette soirée, expliquai-je rapidement.

— Et tu le laisses te traiter de la sorte ? cria-t-il. Tu le laisses faire ?

— Dan, elle n'était vraiment pas au courant, certifia

Lynne en s'approchant de lui. Et Blake ne lui a pas laissé d'alternative. C'est un client important !

— Je sais. Je sais que c'est un client ! Je… Bon sang, ça me rend dingue de voir que ce type peut faire tout ce qu'il veut avec son argent !

Je me décollai du mur et allai vers Dan.

— Je comprends que tu sois furieux, mais je t'assure que je n'ai pas prémédité cette soirée. Sinon, je te l'aurais dit !

— Je ne veux plus que ce type t'approche ! m'ordonna-t-il en pointant son index rageur sur moi.

— Il reste au Peninsula pendant quatre jours ! s'exclama Lynne.

— Bien. Dans ce cas, préviens-le que votre relation est professionnelle. Uniquement. Je ne supporterai pas un nouveau geste déplacé.

— Quel geste déplacé ? m'interrogea Lynne en me jetant un regard.

— Rien de grave, éludai-je en frottant mon poignet au souvenir de son geste. Dan, cet homme est juste… seul… et je ne sais pas… sûrement mégalo. Il a besoin de se sentir puissant, et pour l'instant, je suis…

— … son jouet… Voilà ce que tu es : un simple jouet ! C'est ainsi que les types dans son genre agissent, gronda-t-il.

Il baissa la tête et je croisai le regard inquiet de Lynne. Sur ses lèvres, je lus un simple « Et tu sors avec ce type ? » J'avançai prudemment vers Dan et posai ma main sur sa joue.

— Ne t'en fais pas… Je maîtrise la situation, murmurai-je.

— Je n'en suis pas certaine, argua Lynne.

Je la fusillai du regard et elle leva les mains devant elle en signe de défense.

— Dan ?

— Je hais ce type !

— Je me tiendrai à distance, assurai-je.

Il releva la tête vers moi. La fureur était toujours bien présente sur ses traits, mais la peur y était aussi apparue.

— Ne te laisse pas embobiner par lui, murmura-t-il.

— C'est promis.

Il m'ouvrit les bras et je l'étreignis quelques instants. Il me serra fort contre lui, me coupant presque la respiration. Comme s'il craignait que Blake ne vienne me ravir.

Je me détachai de lui et constatai qu'il répondit à peine au faible sourire que je lui adressai. Il s'excusa avant de traverser le hall, les épaules voûtées.

— Un brin possessif, non ? remarqua Lynne en l'observant pendant que je rejoignais ma chaise.

— Il m'a observée pendant deux heures en tête à tête avec un autre homme. Je pense qu'on puisse lui laisser le bénéfice du doute.

— Ceci dit, il a raison. Fais attention à toi.

— Aucune raison d'avoir peur de cet homme. Il est juste malheureux.

— Et marié ! ajouta Lynne, le regard pétillant.

— Et marié. Et c'est un client. Ce qui fait un paquet de bonnes raisons pour que tu rentres chez toi pour retrouver ta délicieuse belle-mère.

— C'est ça, moque-toi !

Nous rîmes doucement et mon corps se détendit. Gérer l'affrontement avec Blake, puis avec Dan, n'avait pas été de tout repos. Je n'avais pas besoin de nouvelles émotions fortes ce soir. Je me contenterais d'un bon thé et de ma lecture préférée — au moins, les annonces sont inoffensives — avant de rejoindre Dan au petit matin pour notre repas habituel.

— Passe une bonne nuit, me lança Lynne en nouant son écharpe.

— Merci, Lynne. Bonne soirée à toi aussi.

Elle sortit de l'hôtel et je m'assis sur ma chaise. Soudain, toute la pression, tout le stress que j'avais ressentis depuis le début de la soirée s'évaporèrent. Des bribes de ma conversation avec Blake me revenaient. Sa façon de me tester, de me défier, de franchir la ligne invisible qui nous séparait. J'étais employée de l'hôtel et lui, client. Nos routes se devaient d'être parallèles, pas entrelacées.

Forte de ma conviction, j'éclusai les réservations à valider en moins de vingt minutes, avant de me pencher sur le planning de Blake. Je validai sa réservation au spa du lendemain, puis sa table au restaurant asiatique. Une table pour trois, ce qui me rassura sur ma prochaine nuit.

Vers minuit, je rangeai le tout et me saisis de ma revue. J'épluchai rapidement les articles de fond, souhaitant me consacrer au plus vite à mon hypnotisante passion : les annonces.

Toi, bonnet noir et mitaines grises. Dans la file du cinéma sur la 53e. Tu parlais avec un autre homme, mais tu m'as souri. Annonce BR. 9800.

Dans le train à destination du Vermont. Avons échangé plusieurs regards, plusieurs sourires et même un numéro de téléphone. Mais impossible de te joindre. Annonce BR. 5623.

Le téléphone de mon bureau sonna, me faisant sursauter. Evacuant mon magazine, je jetai un œil sur le numéro de la suite qui s'affichait : Blake.

Encore !

— Monsieur Blake ?

— Kathleen, je dois être à un rendez-vous aux aurores demain matin. *Wake-up call* à 6 heures, et il me faut un chauffeur à disposition pour la journée.

— C'est noté, monsieur, répondis-je en notant ses demandes. Devons-nous prévoir un petit déjeuner ?

— Vous, mieux que quiconque, savez ce que je prends pour le petit déjeuner.

J'entendis la trace d'un sourire et, malgré moi, mes lèvres s'étirèrent aussi.

Arrogant.

Irrésistible.

— C'est entendu, monsieur.

— Bonne nuit, Kathleen, dit-il d'une voix douce.

— Bonne nuit, monsieur Blake.

Après avoir réservé la voiture et prévenu le service en chambre du café matinal de Blake, je me réinstallai dans mon fauteuil et repris ma lecture.

Vous aviez raison. La plupart des lettres ont commencé comme la vôtre. Mais c'était le seul point commun. Aimerais regarder la neige avec vous. Annonce BR. 5875.

Je me redressai prestement, le cœur battant à une vitesse hallucinante. Je sentis mon souffle se raréfier. J'étouffais. Je posai les mains à plat sur mon bureau et tentai de calmer ma respiration. J'inspirai et expirai profondément à plusieurs reprises. La sensation de suffocation disparut progressivement.

Reprenant mes esprits, je jetai un coup d'œil vers le magazine que j'avais lancé au sol. Cette revue que j'affectionnais tant m'angoissait maintenant. Je la regardais comme on regarderait une bombe sur le point d'exploser.

Après quelques instants, je la ramassai et me rassis.

Vous aviez raison. La plupart des lettres ont commencé comme la vôtre.

Ma lettre pour l'inconnu. L'annonce qui m'avait tellement perturbée, les quelques mots qui avaient déclenché une tempête violente dans ma vie. Il l'avait lue. Inlassablement, je relus cette phrase. J'étais en plein paradoxe. Finalement, mon rêve, mon fantasme — me reconnaître un jour dans une annonce —, se réalisait. Mais ce n'avait pas l'effet que j'avais espéré. Cela m'effrayait, alors que cela aurait dû me réjouir.

Aimerais regarder la neige avec vous.

Généralement, le hasard n'était pas très généreux avec moi. Evidemment, je croyais au destin, à la somme des choses inexplicables qui faisaient que vous rencontriez quelqu'un et pas un autre.

Mais maintenant… maintenant, tout cela était réel. J'étais dans une de ces annonces que je passais mon temps à dévorer. J'étais la femme que l'on cherchait, celle qu'on désespérait de revoir. Sauf qu'il ignorait à quoi je ressemblais et que c'étaient de simples mots qui avaient lié nos vies.

Un peu étourdie par la violence de ma découverte, je songeai aux conséquences qu'avait eues cette annonce dans ma vie.

Je secouai la tête, cherchant à me remettre les idées en place. Je pouvais tout aussi bien ne pas en tenir compte. Faire comme si tout cela n'existait pas. Si je ne répondais pas, cet homme m'oublierait. Parce que c'est ainsi que les choses se passent : on oublie.

Je repoussai mon magazine sous une pile de dossiers, le cachant ainsi de toute vue directe.

Ma nuit fut longue. Très longue. Daniel m'amena un thé vers 3 heures, mais se montra extrêmement silencieux. De toute évidence, sa crise de jalousie passagère l'avait secoué. J'espérais que les choses rentrent dans l'ordre pour notre petit déjeuner. Régulièrement, je regardai furtivement le *New Yorker.* Du moins, ce que je pouvais en distinguer.

Je n'arrivais toujours pas à croire qu'une chose pareille pouvait m'arriver. Et ce que je comprenais encore moins, c'était pourquoi je réagissais aussi violemment. Je ne voulais pas de cette annonce, je ne voulais pas de l'intérêt de cet homme et pourtant, quelque chose m'avait attirée dans ce qu'il avait écrit. Quelque chose de beau, de juste, qui allait bien plus loin qu'une simple annonce.

A 6 heures, j'entamai le marathon Blake. J'appelai dans sa suite pour le réveiller. Une voix rauque et encore enveloppée de limbes de sommeil me répondit.

— Bonjour, monsieur Blake. *Wake-up call*, dis-je doucement.

— Merci… Kathleen, balbutia-t-il à voix basse.

— Votre voiture vous attendra à 7 heures.

J'entendis du mouvement, puis il s'éclaircit la gorge et murmura un bref « O.K. ».

— Bonne journée, monsieur ! lançai-je de ma voix la plus dynamique possible.

— Kathleen… Mon café ! grommela-t-il.

— Tout de suite, monsieur.

Il raccrocha immédiatement et j'appelai le service en

chambre pour lui faire amener un café chaud dans sa suite. Mon soulagement ne dura pas plus d'une minute. Alors que je me rasseyais dans ma chaise, préparant consciencieusement la presse du jour pour les clients, j'entendis la voix nasillarde de Kim.

Je relevai les yeux vers les ascenseurs. Aucun doute possible, elle allait chez Blake. Malheureusement, le temps que je réagisse, les portes se refermaient sur elle. Je n'avais plus qu'à prier pour qu'elle sache se tenir et pour qu'elle ne fasse pas une énorme erreur. Je me promis que cela serait la dernière le cas échéant.

Elle réapparut cinq minutes plus tard, écarlate. Merde ! Kim disparut en cuisine, et, armée de mon stock de journaux, j'en entamai la distribution que j'expédiai aussi vite que possible. Vingt minutes plus tard, je me réinstallai derrière mon pupitre. J'exhumai le *New Yorker* de sa cachette et relus l'annonce. Aucun doute possible, le message m'était bien destiné.

J'avais le choix maintenant. Je passais mon temps à me seriner que je croyais au destin, que je voulais être choisie.

Dorénavant, cela ne dépendait plus que de moi : soit je répondais à cette lettre et j'acceptais de voir où cela mènerait, soit je l'oubliais.

A l'instant où je formulais ce choix, ma décision fut prise. J'avais tenté d'ignorer cette annonce pendant toute une partie de la nuit, comment pouvais-je penser réussir à l'oublier ? Cet homme avait juste besoin qu'on lui parle et qu'on lui dise que tout irait bien. Il ne m'avait jamais vue, ne m'avait jamais croisée dans le secret espoir de nouer une relation avec moi.

Juste une lettre… Peut-être deux, et l'affaire serait close.

— Bonjour, Kathleen, résonna la voix de Blake devant moi.

— Monsieur Blake, le saluai-je poliment.

Je relevai les yeux vers lui avec un sourire poli. Si j'avais déjà eu l'occasion de remarquer qu'Andrew Blake, le soir, après une journée bien remplie, était extrêmement beau, force était de constater que le matin il était à couper le souffle.

Il était rasé de près, révélant ainsi le parfait dessin de ses mâchoires. Le col de sa chemise, légèrement ouvert, laissait découvrir l'espace entre ses clavicules. Je devinai le parfum de son after-shave lorsqu'il se mit en mouvement pour enfiler sa veste.

— Votre voiture sera là dans quelques minutes, annonçai-je.

— Très bien. Ceci dit, je dois avouer que vous m'avez vraiment déçu ce matin, dit-il en ajustant les boutons de manchette de sa chemise.

— Je... Oh... A quel sujet, monsieur ?

— Mon petit déjeuner.

Je réfléchis à toute vitesse. J'étais pourtant certaine de mon choix : juste un café. Je pris le dossier reprenant toutes les informations à son sujet et compulsai mes notes : effectivement, juste un café.

— Un problème avec votre café, monsieur ?

— Disons que le problème était ce qui accompagnait le café.

— Le *room service* n'a pas été à la hauteur ? Si c'est le cas, je vous présente, au nom de l'hôtel, mes plus...

— Kathleen, me coupa doucement Blake en posant sa main sur la mienne pour me rassurer, reprenez votre dossier. Je n'ai rien à redire concernant le café, mais c'est *vous* que j'attendais ce matin.

Je figeai mon geste. Son dossier entre les mains, je baissai les yeux, cherchant une parade. Mais, évidemment, je me retrouvai coincée. Il savait pertinemment qu'il avait le pouvoir et que je ne pouvais pas réellement le contredire. Péniblement, je redressai la tête, plantant mes yeux dans les siens.

— Quand vous êtes de service, je veux que mon café soit apporté par vos soins.

— Bien, je…

— Notez-le, intima-t-il en désignant le dossier. Et par pitié, ne me faites pas recroiser le chemin de la jeune femme de ce matin.

Sa voix et son regard m'hypnotisaient et, consciencieusement, je pris note de sa remarque.

« Café par KD. »

— Parfait. Aurais-je la chance de vous croiser ce soir ?

— Oui, monsieur. Je suis de service.

— J'aime les bonnes nouvelles au réveil.

Il vérifia le bouton de manchette de son autre manche puis ajusta sa montre, un peu clinquante à mon goût, et finit par resserrer sa cravate. Je l'observai, fascinée par cette confiance en lui, par la souplesse de ses gestes. Il n'y avait pas une pointe de maladresse ou de nervosité dans tout son corps. C'était harmonieux, facile. Comme si les vêtements, à l'instar des humains qu'il côtoyait, exécutaient sans broncher le moindre de ses ordres.

— Comment suis-je ? demanda-t-il.

— Je… Euh…

Je levai la main à hauteur de ma gorge et désignai mon encolure, cherchant à me faire comprendre. Je me fustigeai d'être aussi gourde avec lui. Il suffisait d'aligner deux mots et de coordonner ma bouche, ma main et mon cerveau. Tout cela aurait dû être simple.

— Votre col, monsieur, articulai-je péniblement.

— Pouvez-vous m'aider ?

Sans attendre ma réponse, il se pencha au-dessus de mon pupitre et leva la tête. Son cou ainsi dégagé, il attendit quelques instants avant de baisser les yeux sur moi. J'hésitai une seconde avant de porter mes mains à hauteur de son cou.

Je réajustai sa cravate et les revers de son col, parvenant à canaliser le tremblement de mes doigts. Pour éviter de me perdre de nouveau, je fixai intensément le nœud de sa cravate noire. Je lissai les pans de sa veste — réflexe lié à mes années de vie commune avec mon père — avant de me reculer.

— Merci, Kathleen.

Il me fixa quelques secondes. Quelques longues secondes. Je finis par baisser les yeux. Pour chasser mon embarras, je me concentrai sur mon travail.

— Votre soin est réservé pour 16 heures, et votre dîner pour 20 heures.

— Le soin n'est pas pour moi. Je demanderai à Meghan de venir se présenter.

— Très bien. Mme Blake dînera-t-elle avec vous ? demandai-je en notant son nom face au soin.

— Mme Blake ? s'étonna-t-il.

— Le soin au spa doit durer environ deux heures, mais…

Il éclata d'un rire joyeux et cristallin tandis que je rougissais violemment.

— Meghan… Meghan n'est pas ma femme, articula-t-il entre deux rires.

— Je vous prie de m'excuser, murmurai-je au comble de la honte.

— Je vous en prie, sourit-il. Meghan est… une amie, clarifia-t-il après un instant de réflexion. Une très bonne amie. Et son nom est Stanton.

Prestement, je rayai le nom « Blake » dans le dossier et le remplaçais par son véritable nom de famille.

— Pouvez-vous vérifier qu'une chambre a été réservée pour elle ?

Je pianotai rapidement sur l'ordinateur, vérifiant qu'une seconde chambre avait bien été réservée. Seconde chambre, au nom de Blake. Evidemment. Je corrigeai l'information, me fustigeant encore de ma bourde.

— Evidemment, ça reste sur mon compte, sourit-il.

Le portier apparut dans mon champ de vision. Il hocha la tête, me signifiant ainsi que la voiture de mon client était en place.

— Votre véhicule est prêt, monsieur.

— Parfait. Bonne journée, Kathleen.

Je souris largement, appréciant sa gentillesse. Certains clients pouvaient s'offusquer d'un rien. Le soin n'était pas pour sa femme, juste pour une amie. Je secouai la tête, chassant l'idée saugrenue qui germait dans mon esprit. Cet homme… Se pouvait-il qu'il trompe sa femme ?

C'était impossible. Il ne pouvait pas me tenir un discours sur l'honnêteté et la franchise et agir de la sorte. Juste une amie. Je regroupai les papiers éparpillés sur le bureau, posai mon magazine et mon bloc-notes dans un coin et lançai l'édition des factures. Je n'osai pas imaginer celle de Blake. Astronomique pour moi ; pour lui, c'était une goutte d'eau dans l'océan de son patrimoine.

J'accueillis Sam avec un sourire de soulagement. Il me tendit mon cappuccino avant de se saisir des transmissions.

— Quelque chose à signaler ? me demanda-t-il.

— Rien, répondis-je en occultant mon dîner avec Blake, l'annonce du *New Yorker* et la crise de jalousie de Dan. Meghan Stanton va venir se présenter. C'est une amie de Blake. Ne t'étonne pas.

— Pas de souci. Et ton entretien avec Perkins ?

— Oh… Euh… Il a annulé, mentis-je de nouveau en baissant les yeux.

— On t'attend, m'indiqua mon collègue en dirigeant son regard derrière moi.

Dan était là. Il n'était pas souriant, mais il ne semblait pas fâché non plus. Je risquai un sourire auquel il répondit à peine. Je quittai Sam quelques secondes plus tard, il fallait que je passe aux vestiaires avant de rejoindre Dan. Nous avions des choses à mettre au point.

— Hey ! Kat ! m'interpella Sam.

— Quoi ? m'agaçai-je sans raison.

— Ton magazine ! cria-t-il en agitant la revue.

Je rebroussai chemin et lui arrachai le magazine des mains. Maintenant, je savais pourquoi j'étais énervée. J'étais fatiguée et la perspective de discuter avec Dan me mettait les nerfs à vif. Je fourrai ma revue dans mon sac et rejoignis Dan à l'extérieur. A peine mon regard eut-il croisé le sien qu'il se précipita vers moi et me prit dans ses bras.

— Je suis désolé, Kat, murmura-t-il. J'ai réagi comme un idiot. Je… je tiens beaucoup à toi et ce type…

— Tout va bien, Dan. Je t'assure. Blake est juste un sale type arrogant.

Il s'écarta de moi, mais nos corps restèrent à proximité l'un de l'autre. Il posa ses lèvres sur les miennes et m'embrassa doucement. C'était doux et tendre, et j'oubliai instantanément sa réaction disproportionnée de la veille. Tout cela était la faute de Blake. Je voulais préserver ma vie. Les décisions que j'avais prises pendant la nuit — garder une distance professionnelle et ne pas répondre à ses sollicitations hasardeuses — étaient les bonnes.

— On va petit-déjeuner ? proposai-je avec douceur.

— Mieux que ça. On va chez moi.

Je me réveillai bien plus tard, nue dans le lit de mon petit ami. Dan me tenait contre lui, son bras fermement coincé contre ma taille. Je bougeai doucement, espérant ne pas le réveiller complètement.

— Qu'est-ce que tu fais ? marmonna-t-il alors que je repoussais son bras.

— Je vais rentrer, j'ai besoin de dormir.

— Ce n'était pas ce que tu étais en train de faire ?

— Dan, soupirai-je en enfilant mon jean.

Il saisit ma main et me fit tomber sur le lit, me réceptionnant dans ses bras.

— Je crois que je vais avoir du mal à vous laisser partir, mademoiselle Dillon.

Il prit mon visage entre ses mains et m'embrassa avec ferveur. J'étouffai un gémissement contre sa bouche avant qu'il ne me fasse basculer sur le lit pour mieux me dominer. Il quitta mes lèvres et planta son regard sombre dans le mien.

— J'aimerais que tu restes.

— Il faut que je rentre. Je bosse cette nuit et j'ai besoin de récupérer.

— Tu peux récupérer ici !

— Dan, s'il te plaît, soufflai-je en me dégageant.

Je me relevai et finis de m'habiller. Le regard de Dan avait changé, se voilant d'une tristesse non dissimulée. J'optai pour le compromis.

— Quand j'aurai fait ma dernière nuit, je resterai… Enfin, si tu en as toujours envie, ajoutai-je. Il m'en reste deux.

A son tour, Dan se redressa, glorieusement nu et se mit à genoux sur le lit. Il me fit un sourire heureux.

— Je vais faire de cet endroit un lieu digne de t'accueillir, promit-il.

Je rassemblais mes cheveux en une queue-de-cheval lâche et pris mon sac. Curieusement, une force étrange me poussait à quitter cet endroit. Dan et moi avions petit-déjeuné, puis nous avions fait l'amour, mais je voulais retrouver mon appartement et mon indépendance.

Je voulais digérer ma nuit. Et surtout, j'avais besoin de solitude. Malgré toute sa bonne volonté et ses sourires lumineux, Dan ne me laissait pas le temps de penser. Dès que je m'offrais un moment de silence et de réflexion, il se faisait un devoir de découvrir le contenu de mes pensées.

— On se voit demain ?

— Euh… ouais. Plutôt en fin de journée, j'ai des tonnes de choses à faire.

Je fuis son regard, espérant qu'il ne cherche pas à me faire plier. Je l'entendis soupirer, puis il saisit de nouveau ma main. Je portai mes yeux sur lui tandis qu'il approchait ma main de ses lèvres pour l'embrasser. Instantanément, je repensai à Andrew Blake et à son baisemain de la veille.

— A demain alors, souffla Daniel sur mon revers de main.

— A demain.

Je l'embrassai furtivement sur la joue avant de sortir de chez lui. Je gagnai mon appartement aussi vite que possible. En entrant chez moi, je me sentais déjà mieux. L'air vif hivernal m'avait dégrisée et le poids des derniers événements s'était envolé.

J'ôtai mes vêtements, optant pour une tenue d'intérieur chaude et confortable. Finalement, je me calai dans un fauteuil et regardai le paysage enneigé.

Aimerais regarder la neige avec vous.

L'annonce du *New Yorker* me revint violemment en tête. Soudain, il était primordial que je la relise. Juste pour m'assurer que l'ambiance féerique du Peninsula n'avait pas biaisé mon interprétation. Je récupérai le magazine dans mon sac et repris ma position initiale.

Je relus les lignes. Plusieurs fois. Il s'agissait bien de moi et de ma lettre. Peu importait le résultat final — et j'étais à peu près certaine que notre échange n'irait pas bien loin —, je me devais de lui répondre. Pas forcément pour lui, mais surtout pour moi. Pour ne pas rester avec des regrets ou un sentiment d'inachevé.

Je posai mon mug au sol et attrapai mon bloc-notes.

« Cher inconnu,

La neige retombe sur New York à l'instant où je vous écris ces lignes. J'espère que vous aurez la chance de voir ce spectacle.

Je ne sais pourquoi ma lettre vous a tant… touché. Votre annonce était superbe. Peut-être m'a-t-elle juste inspirée, peut-être vos états d'âme n'étaient-ils pas si éloignés des miens. De toute façon, je ne suis pas celle qui vous a aidé, vous êtes celui qui m'a fait ouvrir les yeux sur la vie que j'avais et que je ne veux plus avoir.

J'espère que vous avez trouvé la force de surmonter votre peine. La vie est courte, belle et toujours improbable. Je pense — non, je sais — que le meilleur est toujours à venir. Pour vous comme pour moi.

Il suffit de changer son regard sur les choses. De voir le verre à moitié plein, de trouver l'aspect positif de chaque chose. Je ne dis pas que c'est simple, mais ça viendra.

Je vous écris sans savoir qui vous êtes. Je suis à New York, sommes-nous voisins ? Je lis le New Yorker *depuis presque dix ans. La plupart de mes proches se moquent de mon addiction aux annonces. Mais quand j'ai vu votre réponse, cette nuit, dans mon magazine, j'ai eu la sensation d'être récompensée de mon attente. J'admets que cela peut sembler étrange, ou égoïste, mais je suis heureuse d'avoir retenu votre attention.*

Je peux donc rayer cet item de la liste des choses à accomplir dans une vie : apparaître dans une annonce du New Yorker.

Concernant le fait de regarder la neige ensemble… Je ne sais pas quoi vous dire. D'un point de vue pratique, la neige finira par laisser place au soleil, je doute donc que cela soit possible. Question de timing. Par ailleurs, c'est regarder la neige qui est intéressant, pas la regarder avec moi. »

Je relevai mon stylo, relisant ma lettre. Mes idées n'étaient pas franchement hiérarchisées, mais j'étais incapable de faire mieux. La fatigue, Blake, Daniel, le mariage à venir de Lynne… Tout cela tourbillonnait dans ma tête. Je me dispersais. Je sautais d'un sujet à un autre sans savoir pourquoi. J'arrachai la feuille de mon bloc-notes, m'apprêtant à la rouler en boule pour la jeter.

Je relevai les yeux vers les flocons de neige qui tombaient

avec légèreté sur le sol. Je relus ma lettre et hésitai quelques instants sur la formule de politesse adéquate. J'avais du mal à juger quel degré d'intimité adopter.

J'optai pour un basique « A bientôt ». Après tout, je ne savais rien de cet homme, et il aurait très bien pu être un sociopathe en puissance. Cette pensée brutale me fit réfléchir au mode de communication à mettre en place.

Me relevant de mon canapé, je tentai de réfléchir calmement à la situation. J'avais initié notre échange, mais jamais, même dans mes rêves les plus fous, je n'aurais cru recevoir une réponse.

Je fermai les yeux, essayant d'imaginer l'homme qui était derrière ces mots. Je ne savais pas à quoi il ressemblait, ni même où il vivait et pourtant, à l'instant précis où je rouvris les yeux, mon cœur sursauta dans ma poitrine. D'un coup, tout me semblait clair, facile. Je devais le faire. Parce qu'il avait besoin de mon aide, et parce que j'avais accepté la sienne. Parce qu'il voulait regarder la neige tomber, et qu'elle tombait devant mes yeux.

Je récupérai mon téléphone et, prise d'une idée qui me semblait plutôt intelligente, j'appelai Gregory.

— Sécurité ! répondit-il avec force.

— Greg, c'est Kat.

— Salut, Kat… Un souci ? s'inquiéta-t-il.

— Tout va bien. Je voulais savoir si nous avions toujours cette boîte postale pour le Peninsula ?

— Toujours, oui. Je la relève à ma prise de service. Pourquoi ?

— Je… j'ai… Enfin, j'ai besoin d'une adresse, mais pas celle de mon domicile.

— T'as commandé un truc honteux ? plaisanta-t-il.

— Gregory !

— OK… J'ai rien dit ! De toute façon, elle n'est quasiment plus utilisée.

— Merci, Greg.

— Je t'en prie. Tu me raconteras ? demanda-t-il.

— Aucune chance ! On se voit ce soir ?

— Oui, briefing avec Lynne, Maria et un mec de chez Blake.

— Oh… La réception de dimanche j'imagine ?

— C'est ça ! T'es la veinarde de l'histoire. J'ai vu que tu n'étais pas de service.

— Un simple coup de chance, Greg. A ce soir !

— Bye, Kat.

Je raccrochai le téléphone en songeant aux derniers mots de Gregory. Je n'étais effectivement pas de service, mais Blake m'avait invitée. Invitation que j'avais déclinée poliment. Parce qu'il était un client, et moi une employée de l'hôtel, nous ne pouvions avoir ce genre de relation.

Pour être honnête, je cherchais la ligne, la limite. Je resongeai au dîner qu'il m'avait imposé. Malgré la carapace professionnelle que je revêtais en entrant dans le palace, malgré toute ma volonté à compartimenter ma vie, je ne voyais plus la frontière entre mon rôle de concierge et mon statut de femme.

Cet homme bouleversait mes repères. Dès qu'il me parlait, dès qu'il me touchait, je perdais le contrôle. Il me provoquait et me poussait dans mes retranchements.

Je frottai nerveusement mon poignet. Etait-ce à ce moment-là que les choses avaient dérapé ? Quand il m'avait retenue ?

Il était confiant, sûr de lui. Tout ce que je n'étais pas et qui me faisait sentir comme une idiote. J'avais les cartes en main pour faire resurgir la frontière entre lui et moi. Je n'étais pas de service ce dimanche, je n'avais que faire de ces exigences en dehors de mon service.

Ma décision était prise : je n'irais pas à cette réception.

Chapitre 7

Je récupérai ma lettre et annotai l'adresse de la boîte postale tout en bas, espérant presque qu'elle ne serve pas. Dès que cet homme aurait découvert la banalité de ma vie, le goût de l'aventure le quitterait certainement.

Je signai de mon second prénom, inutile de semer des indices. Mettre de la distance. Etre une autre. C'était étrange. Je mis la lettre sous pli, et un mélange d'appréhension et d'excitation forma une boule dans mon ventre. Comme si mon corps anticipait déjà une réponse possible.

Je postai l'enveloppe sur le chemin du Peninsula. Contrairement à la première fois, où j'avais hésité sur le bien-fondé de mon initiative, j'étais sûre de moi. En glissant l'enveloppe dans la boîte, j'avais fermé les yeux une petite seconde. Et j'avais de nouveau senti cette même sensation de secousse. Un peu ébranlée par les réactions incontrôlables de mon corps, je gagnai le Peninsula. J'eus à peine le temps d'ouvrir la bouche pour saluer Sam qu'il m'arrêta d'un geste de la main.

— Avant toute chose, il faut que tu me dises ce qu'il se passe avec Blake.

— Blake ? m'étonnai-je.

— Il vient de me faire décaler son dîner…

— Et où est le problème ? le coupai-je en me saisissant du dossier client.

— Le problème ? Est-ce qu'il y a un truc entre lui et toi ?

— Quoi ? Mais… mais enfin, non ! Il a une espèce de… je ne sais pas… d'intérêt pour moi, balbutiai-je, stupéfaite.

— Il a décalé son dîner à cause de toi.

Le souvenir de notre conversation de la veille me revint en tête. Je n'étais pas franchement motivée pour remettre ça ce soir.

— Il veut que tu participes au briefing pour la réception.

— Quoi ? m'écriai-je.

— Ils sont tous dans le bureau de Lynne. Blake a demandé ta participation. Du coup, le dîner est décalé à 21 heures.

— Pourquoi ne pas m'avoir appelée ? Je serais venue plus tôt ! râlai-je.

— J'ai essayé ! riposta Sam avec une légère colère dans le regard. Ceci dit, ça a été impossible dès l'instant où ce cher Blake a menacé de me faire virer si je le faisais.

— Oh ! Sam, je suis désolée. Crois-moi, il n'y a rien. Il a juste décidé que j'étais sa tête de Turc.

— Une tête de Turc ? Il ne voulait pas qu'on te dérange pendant ton repos.

— Je vais lui parler. Et je vais régler ça. Je ne veux pas qu'il t'importune. Tu peux rentrer, je vais m'en occuper, soupirai-je lourdement.

— Bien. Passe une bonne nuit, dit-il d'une voix adoucie.

Il m'embrassa doucement sur la joue et je le remerciai. Je savais que Sam était en colère, mais de mon côté, j'étais plutôt abasourdie. Je jetai un coup d'œil rapide aux transmissions avant de rejoindre le bureau de Lynne.

Quand je pénétrai dans la petite pièce, je croisai immédiatement le regard de ma collègue. Elle me fit un sourire heureux et se leva de son fauteuil pour me rejoindre. Gregory, bras croisés, était debout près d'elle, tandis que Blake et Maria me tournaient le dos, en pleine conversation.

Ces derniers pivotèrent vers moi et Blake se leva aussitôt de sa chaise.

— Bonsoir, Kathleen.

— Monsieur Blake, Maria, les saluai-je poliment.

— Allons dans la salle de réception, proposa cette dernière en prenant un petit bloc-notes.

Lynne et moi nous effaçâmes et laissâmes sortir du bureau Gregory, Maria et notre client. Ils prirent un peu d'avance et Lynne enroula son bras autour du mien.

— Je ne sais pas ce que tu lui as fait, mais il ne jure que par toi, murmura-t-elle, conspiratrice.

— Je suis désolée, Lynne… Vraiment, je…

— Ne t'excuse pas. Quoi qu'il se passe, continue.

Elle me relâcha et rejoignit la petite troupe devant nous, un sourire immense plaqué sur le visage. Une fois dans la salle, je restai à l'écart. Techniquement, je n'avais rien à faire ici. Maria et Blake parlèrent décoration florale pendant dix bonnes minutes.

Du coin de l'œil, j'observai mon client. Son costume gris était sûrement un sur-mesure. Il tombait impeccablement le long de ses jambes.

— Je veux des bouquets sur les tables ici, et là, indiqua-t-il en désignant des espaces devant lui. Pour la lumière, pouvez-vous faire quelque chose de tamisé ?

— Parfaitement, acquiesça Lynne.

— Avez-vous vu avec le chef pour le repas ?

— Il sera servi à 21 heures, comme vous le désiriez.

Elle sortit deux feuilles de son calepin et les lui tendit. Il les déchiffra rapidement avant de retourner son attention sur Maria.

— Vu la saison, nous n'utiliserons pas le balcon, toutefois, pouvez-vous y mettre une ou deux plantes avec un peu de lumière ?

— Sans problème. Et pour les couleurs ?

— Peu importe. Je vous fais confiance.

Il fit un sourire à Maria et mon cœur s'emballa bêtement. Elle ne cilla pas, se contentant d'opiner.

— Pour la sécurité, il y aura une liste d'invités, reprit Blake en s'adressant à Gregory.

— Très bien, monsieur.

— La liste est exhaustive. Je ne veux pas être dérangé pour quelqu'un qui ne serait pas sur la liste. Suis-je clair ?

— Parfaitement clair, monsieur. Nous ajouterons un détecteur de métaux.

Je redressai la tête et fixai Gregory, puis Blake. Ils échangèrent un regard, puis ce dernier hocha la tête. Quelque chose m'échappait. Je les regardais de nouveau, alternativement, mais Blake était déjà passé à autre chose, avançant dans la salle à grandes enjambées.

— Ici, vous installerez le nécessaire pour le champagne. Il y aura une centaine de personnes, prévoyez pour cent cinquante.

Il retira sa veste et, instinctivement, j'avançai vers lui pour la récupérer. Un léger sourire s'étira sur ses lèvres, presque moqueur, puis il dirigea son regard sur Lynne.

— Mademoiselle Hoffman, s'il vous plaît, lui intima-t-il en tendant sa veste.

Passé l'instant de surprise, elle avança vers lui et récupéra sa veste avec précaution. Elle me jeta un regard, consternée. Je reculai, tête basse, à la fois vexée et plongée dans l'incompréhension la plus totale. Qu'est-ce que je fichais ici ?

— Kathleen ?

— Euh… oui ?

Il tendit la main et j'approchai de lui avec prudence. Son regard rivé sur moi, il inclina à peine la tête.

— N'ayez crainte, me rassura-t-il avec un brin d'ironie.

Ces simples mots me firent gagner en assurance et je lui fis un vrai sourire conquérant. Une petite voix me serinait de rester une femme professionnelle avant tout. Retrouver la limite, rester dans mon domaine, sans lui donner une chance de m'en faire sortir.

Sauf que cette petite voix n'avait visiblement pas conscience du regard de Blake sur moi. Il agita ses doigts, m'invitant à venir encore plus près de lui. Cette fois, mon corps entra en lutte. Je ne cessais de me répéter d'être une simple employée, à ses ordres, qu'il fallait que j'agisse en adulte raisonnée et pas en femme.

J'attrapai sa main et il m'attira contre lui. Je heurtai son torse assez violemment, m'en coupant le souffle. Il cala sa seconde main dans le bas de mon dos tandis que je fixais, abasourdie, sa gorge et le dessin parfait de ses mâchoires.

— Nous allons danser. Et je veux vérifier l'espace.

— Je… euh…

— Je mène. Vous n'avez qu'à suivre.

Il pressa sa main dans mon dos et m'attira avec assurance contre lui. Il tint fermement ma main dans la sienne et glissa sur la gauche. Hagarde et haletante, je suivis son geste avec maladresse.

— Détendez-vous, Kathleen, murmura-t-il en bougeant avec grâce.

— J'essaye, dis-je avec difficulté.

— Dites-vous que c'est un simple entraînement pour dimanche soir. Je compte sur vous pour me garder une danse.

Je me raidis, stupéfaite par son incroyable confiance en lui. Il partait du principe que j'allais forcément venir. Je sentis une rage sourde bouillir dans mes veines. Cet homme ne me ferait pas changer d'avis. S'il voulait une cavalière, il lui suffisait d'appeler sa femme. A cette pensée, mon regard se dirigea vers nos mains liées. Son alliance était là, visible, brillante.

— Votre femme ne peut-elle pas vous servir de cavalière ? demandai-je doucement.

— Elle ne le peut pas. En effet. De toute façon, je ne suis pas certain que ce genre de réception lui plaise.

— Je ne suis pas non plus une grande adepte des mondanités, avouai-je.

— J'ose espérer que c'est le seul point commun que vous ayez avec elle.

Il nous fit tourner vivement, avec élégance. Mon corps se détendit peu à peu, soulagé d'avoir pu lui tenir tête. Nous dansions depuis plusieurs minutes. Il était gracieux et j'essayai de ne pas paraître trop gauche. Je me concentrai sur ses mouvements, gardant la tête droite. Vu le public que nous avions, je ne souhaitais pas spécialement me ridiculiser.

— Voilà qui est mieux, dit Blake.

Il nous entraîna plus loin, à hauteur de la baie vitrée.

— Vous viendrez, n'est-ce pas ? me demanda-t-il doucement.

— Monsieur Blake…

— Ça ressemble à un « non ».

— Allez-vous encore arguer de votre condition de client prestigieux ? assénai-je, agacée par toute cette mise en scène.

Il se contenta de sourire, nous faisant danser plus lentement, toujours plus loin de mes collègues.

— Non, sourit-il alors que je relevais les yeux vers lui.

Je déglutis avec difficulté, consciente de la présence de son corps contre le mien. Je bougeai mes doigts contre sa main. En réaction, il relâcha sa prise dans mon dos, remontant un peu sa main.

— J'aimerais beaucoup que vous veniez. Vous. Pas la femme muée par son instinct professionnel.

— Vous restez un client de l'hôtel. Je ne peux pas faire ça.

— J'aimerais que vous y réfléchissiez.

Il s'arrêta soudain et relâcha ma main. Je baissai les yeux au sol, de plus en plus mal à l'aise.

— S'il vous plaît, murmura-t-il en relevant mon menton du bout de son index.

Ma carapace professionnelle se brisa à cet instant précis. Il ne ressemblait plus à l'homme de pouvoir que je connaissais. Il n'était pas beau, il était… à couper le souffle. Ses traits étaient détendus, comme s'il avait abaissé son masque. Je n'avais plus Blake devant moi, juste un homme normal.

Je plongeai mon regard dans le sien, me coupant du monde extérieur. Il n'y avait plus mes collègues muets, il n'y avait plus cette salle de réception vide. Juste lui et moi. Lui, quémandant ma présence, et moi, luttant contre les réactions incontrôlables de mon corps.

— D'accord, soufflai-je, conquise par son regard presque suppliant.

Il lâcha mon menton et me sourit largement, cachant à

peine sa joie. Puis, la seconde suivante, il reprit son masque. Il releva les yeux, et je devinai que son regard se portait sur Lynne, Gregory et Maria.

— Je crois que nous avons fait le tour. Mademoiselle Hoffman, pouvez-vous me chiffrer la prestation et me présenter un devis demain ?

— Bien sûr, monsieur Blake.

Il avança vers eux, déblatérant de nouveau avec Gregory sur la sécurité et la discrétion qu'il attendait de la part de son équipe. Je restai figée, mes pieds refusant de bouger. Quand enfin ils gagnèrent la sortie de la salle, discutant des détails du cocktail et du quartet de jazz qui jouerait pour l'occasion, je me décidai à les suivre, tout en restant à bonne distance.

En rejoignant mon poste, j'étais encore abasourdie par la teneur de ma conversation avec Blake, et surtout par mon manque de volonté. Quelque chose en lui me faisait oublier mes résolutions. J'oubliais que je devais être à son service et devenais une femme malléable, presque dépendante de ses sourires. Nul doute que ça devait le faire rire de me voir si faible.

Ils restèrent tous les quatre quelques minutes dans le hall avant d'être dérangés par la fameuse femme blonde que j'avais vue le soir de la conférence de presse. Elle enroula son bras autour de Blake et l'embrassa sur la joue en riant. Blake la présenta et j'eus le temps d'apercevoir le regard gourmand de Gregory sur ses longues jambes gainées de Nylon.

— Mademoiselle ?

Je sortis de ma contemplation et dirigeai mon attention sur la voix masculine qui m'interpellait.

— Bonsoir, sourit l'homme avec un sourire.

— Bonsoir, monsieur.

Ses yeux gris me fixèrent et, brutalement, le souvenir de notre rencontre me revint. Il s'agissait de l'homme qui m'avait parlé lors de la conférence de presse.

— Je dîne avec Andrew Blake, pouvez-vous m'appeler un taxi pour 23 heures ? Je reprends un vol de nuit, et si je le loupe, je pense que je vais finir par me faire virer !

Je notai sa demande sur un bloc-notes, souriant à sa remarque.

— C'est noté, monsieur. Je viendrai vous prévenir quand votre taxi sera arrivé.

— Parfait.

— La prochaine fois qu'on me propose un boulot soi-disant en or, je le refuse ! plaisanta-t-il.

Son regard navigua sur la droite et s'arrêta sur notre présentation du spa.

— Un spa ? J'ai vraiment un mauvais karma ! pesta-t-il en compulsant la brochure. Je suis à peu près certain que ce massage indien pourrait vraiment me faire du bien. Qu'en pensez-vous ?

— Je suis certaine qu'il pourrait vous convenir, monsieur ! approuvai-je en souriant.

Il pencha la tête vers moi, tout sourire. Je distinguai tout de même de légers cernes sous ses yeux.

— Vous n'avez jamais eu la chance d'en faire un, n'est-ce pas ?

— Malheureusement, non, avouai-je. Mais nos clients en sont très satisfaits.

— Et vous croyez que…

— Nat ! s'exclama une voix derrière lui.

La plantureuse blonde avançait vers nous avec prestance. Elle semblait défiler et non marcher, comme nous autres, pauvres humains. Ils s'étreignirent quelques secondes et je sus que je redevenais transparente.

— Tu as fait un de ces trucs ? demanda l'homme en désignant la brochure du spa.

— Cet après-midi… Et c'était divin ! s'extasia-t-elle.

— Tu es toujours dans les bons coups ? Pourquoi au juste dois-je aller à cette fichue réunion en Floride ?

— Parce que tu es le cerveau, et je suis juste… moi ! plaisanta-t-elle.

— Andrew est bien trop sympa avec toi ! Je vais aller me plaindre !

Je devinai que la blonde était Meghan Stanton, l'amie de Blake. Elle était vraiment superbe, avec ses longs cheveux blonds cascadant dans son dos. Son teint était reposé, frais, et sa robe noire était ajustée à la perfection.

— Tu seras à la réception ? demanda-t-elle à l'homme.

— Normalement, oui. Enfin, si Andrew ne m'expédie pas une fois de plus à l'autre bout du pays.

— Il t'avait prévenu. Sa priorité, c'est New York.

— Je sais, je sais.

Relevant les yeux vers le hall, je vis que l'entretien entre Maria, Gregory et Lynne se terminait. Cette dernière vint vers moi, contourna mon pupitre et posa ses notes sur le meuble.

— Depuis quand tu danses ? me demanda-t-elle avec une pointe d'humour dans la voix.

— Tu m'as demandé de continuer, éludai-je.

— C'est vrai. Mais il t'appelle Kathleen, quand je suis « mademoiselle Hoffman ».

Je levai les yeux au ciel. Lynne avait le don pour monter en épingle la moindre petite chose.

— De quoi avez-vous parlé pendant votre… danse ?

— De rien.

— Kathleen, mademoiselle Hoffman ? nous interrompit la voix de Blake.

— Monsieur ?

— Je veux ce devis demain matin, avec mon café. Kathleen, vous finissez votre service vers 8 heures, je crois ?

— En effet, monsieur.

— Parfait. Dans ce cas, café à 7 heures. Dans ma suite.

Il me fit un bref sourire, façon polie de me rappeler que j'allais avec le café.

— Nat, je te le ferai suivre, ajouta-t-il en accrochant le regard de son collaborateur.

— Et j'aurai un soin au spa la prochaine fois que je viens ?

Je vis Lynne réprimer un rire, alors que le jeune homme blond haussait frénétiquement les sourcils.

— Meghan en a eu un, argua-t-il, presque boudeur.

— Décroche-moi le même contrat qu'elle et oui, tu auras un soin !

— C'est injuste ! Il lui suffit d'agiter les cheveux et hop, tout le monde lui tombe dans le creux de la main !

— Je propose que nous en reparlions à table, conclut Blake avec un sourire.

— Je vous accompagne, offris-je poliment.

Lynne me jeta un regard ahuri que j'ignorais. Je les devançai et me dirigeai jusqu'à l'ascenseur. Je les entendais plaisanter tous les trois et ne pus m'empêcher de sourire face à l'attitude du jeune homme blond. De toute évidence, Blake et son amie prenaient un malin plaisir à le torturer. Je les laissai entrer dans la cabine, puis les suivis, me postant face aux portes.

— Dois-je te rappeler ton dernier fait d'armes ? demanda Blake alors que l'ascenseur vibrait sous nos pieds.

— Pourquoi toujours ressasser le passé et des détails sans importance ?

— Sans importance ? s'esclaffa Meghan.

— Tu étais d'accord ! riposta le prénommé Nat.

— Parce que je ne pensais pas que tu le ferais !

— Il était temps d'agir. Et tu n'as pas le droit de râler ! Je l'ai fait pour toi ! Regarde-toi, tu es déjà un autre homme.

L'ascenseur s'arrêta dans une secousse et mes trois clients me suivirent jusqu'au restaurant. Je les quittai à l'entrée, laissant un de mes collègues prendre le relais pour les installer.

— Merci beaucoup, Kathleen, me glissa Blake dans un murmure.

— Je vous en prie. A votre service, ajoutai-je en fuyant son regard.

— J'irai à la piscine après mon dîner. Pouvez-vous vous assurer que tout soit prêt ?

J'opinai doucement et le saluai une dernière fois avant de m'éclipser pour reprendre mon poste, réglant les détails de la privatisation de la piscine. Lynne tenta de me poser d'autres questions sur Andrew Blake et notre étrange relation, mais je refusai de répondre. De toute façon, je n'avais pas vraiment les réponses.

— Je vais rentrer, je suis épuisée, soupira Lynne en regardant sa montre.

— Tu as raison. Tu as fini ton devis de toute façon. Je l'amènerai à Blake demain matin.

— Tu te charges même du *room service* maintenant ?

— Ce n'est pas ce que tu crois ! souris-je.

— Oh ! Mais tu ne sais pas ce que je crois !

— Tu n'as pas un homme à satisfaire ? ripostai-je.

— Pas ce soir… il est en déplacement. Mais c'est gentil de te soucier de ma vie amoureuse !

Je lui lançai un regard en biais, me retenant d'argumenter sur ce qu'elle pensait être de l'amour.

— Tu abandonnes ? s'amusa-t-elle.

— Lynne, tu sais ce que je pense de toute cette histoire.

— Je l'aime. Je vais l'épouser, poursuivit-elle.

— Je sais.

— Tu sors avec un mec pathologiquement jaloux depuis deux semaines et tu te permets d'expertiser ma vie amoureuse ?

— OK… Lynne, stop. Je ne veux pas me disputer avec toi. Je ne suis experte en rien. Je t'ai parlé de mon ressenti, maintenant le sujet est clos.

— Ton ressenti se limitait à quoi déjà ? grommela-t-elle. Ah oui, Philip n'est pas un homme pour moi. C'était vraiment une analyse profonde et argumentée, railla-t-elle.

— Je ne vois pas pourquoi mon avis te touche autant.

— Parce que tu es mon amie, et que j'aimerais que tu sois heureuse pour moi.

— Je suis heureuse pour toi, Lynne. Vraiment.

— Mais tu préfères lire des annonces, contra-t-elle.

— N'as-tu jamais envie de moments de magie ? l'interrogeai-je en songeant à ce que j'avais ressenti en lisant l'annonce de l'inconnu.

— La magie, ce n'est pas la réalité. Rien de tout cela

n'existe. Ce n'est pas parce qu'on travaille dans un palace que le prince charmant existe !

— Laisse-moi y croire, OK ?

— Tu es irrécupérable, soupira-t-elle en se levant de sa chaise.

Je haussai les épaules. Cette conversation, nous l'avions eue des centaines de fois. Lynne était la fille réaliste, les pieds ancrés au sol, quand j'étais une douce rêveuse bêtifiant devant mes annonces. Sauf que cette fois j'avais mon annonce.

Lynne rassembla ses dossiers et quitta mon pupitre pour se diriger vers l'ascenseur. Je consultai ma montre, je devais prévenir le collaborateur de Blake d'ici à cinq minutes.

Je vérifiai auprès du voiturier la présence du taxi avant de retourner dans le hall. Un « ding » retentit et, la seconde suivante, un bruit sourd puis un petit cri de surprise résonnèrent dans le palace.

Lynne était figée, ses affaires éparpillées au sol, et brusquement le jeune homme blond sortit de l'ascenseur.

— Je suis désolé... Je ne regardais pas du tout où j'allais, s'excusa-t-il avant de se précipiter au sol en même temps que Lynne.

— C'est moi, monsieur. Toutes mes excuses, j'aurais dû vérifier que l'ascenseur était vide avant de...

— ... foncer droit devant vous ? finit-il avec une pointe d'humour dans la voix.

Je restai prudemment à l'écart. Il me semblait que Lynne tremblait un peu, sûrement honteuse et agacée à la fois. Elle ramena ses cheveux derrière l'oreille — signe annonçant une probable apocalypse dans son univers — et pesta contre sa maladresse.

— Laissez… Je vais finir, soupira-t-elle en ramassant ses stylos.

— Je suis aussi fautif que vous. Croyez-moi, habituellement, j'ai une parfaite coordination.

Je souris malgré moi. La plupart de nos clients n'auraient même pas pris le temps de s'excuser, et lui l'aidait à ramasser tout en faisant en sorte de détendre l'atmosphère. Son âge, proche du nôtre, devait sûrement expliquer cette réaction inhabituelle.

Et puis il y eut cette courte seconde. A l'instant où ils se relevaient tous les deux, je vis leurs regards rivés l'un à l'autre. L'homme blond lui tendit un dernier dossier cartonné et leurs mains s'effleurèrent. L'instant suivant, Lynne baissait les yeux et ramenait ses documents contre sa poitrine.

Ils restèrent face à face quelques instants, hésitant tous les deux à laisser passer l'autre. Leurs corps se mouvaient en miroir, Lynne allant à droite quand l'homme allait à gauche. Après quelques secondes de cette valse, Lynne finit par se figer et l'homme la contourna pour s'éloigner vers la porte tambour.

Il me salua discrètement d'un mouvement de tête et, avant de sortir de l'hôtel, il se tourna en direction des ascenseurs. Lynne avait déjà disparu et les portes se refermaient sur elle. Je souris encore, secouant la tête. Cette fameuse magie qu'elle niait en bloc était là, juste là, sous ses yeux.

Environ vingt minutes plus tard, Lynne quitta le palace, me déposant en chemin le devis de Blake. Elle me souhaita une bonne nuit et je gagnai le bar pour me faire mon thé habituel. Un nouvel extra remplaçait Angie. Je m'étonnais que Dan n'ait pas été gardé, mais vu notre situation, il valait mieux que nos vies professionnelles restent indépendantes l'une de l'autre.

Je croisai furtivement la silhouette d'Andrew Blake alors qu'il retournait à sa suite après sa séance de piscine. Il m'adressa un simple regard, sans dire un mot.

A 7 heures, après avoir trié et distribué les journaux, je rejoignis, avec mon plateau et le devis de Lynne, la suite de Blake. Je toquai doucement à la porte, m'annonçant. La voix de Blake m'ordonna d'entrer et je le découvris attablé devant son ordinateur, compulsant des graphiques colorés.

— Bonjour, monsieur. Votre café et le devis pour votre réception, annonçai-je en posant le tout sur la table adjacente.

— Merci, Kathleen.

Il le parcourut rapidement avant d'apposer sa signature et de me retendre le papier.

— C'est parfait. Comme toujours, souffla-t-il alors que je me dandinais nerveusement d'un pied sur l'autre. Pouvez-vous récupérer mes costumes pour le nettoyage ?

— Bien sûr, monsieur.

Je me dirigeai vers la porte et je l'entendis se relever et me suivre.

— Kathleen ?

— Monsieur ?

— J'espère que dimanche je ne serai plus « Monsieur Blake » mais juste « Andrew ».

— Je… je vais essayer, balbutiai-je.

— Parce que la plupart de mes amis m'appellent par mon prénom. J'aimerais autant que vous ne dérogiez pas à cette habitude.

Je tressaillis légèrement à la mention de notre « amitié ». Je le détaillai, en jean brut et T-shirt gris. Mes yeux s'attardèrent sur le col en V, révélant cette pilosité que j'avais déjà remarquée. Je remis aussitôt ma carapace de professionnalisme et lui offris un pâle sourire.

— Je vous souhaite une bonne journée, monsieur Blake.

— Pareillement, Kathleen.

Je sortis de la suite, et soudain ma respiration reprit un rythme normal. Cet homme avait décidément un pouvoir phénoménal sur moi. J'étais à mi-chemin entre la fascination et la folie furieuse. Mais cet homme m'attirait : pas l'homme de pouvoir ou le client, mais juste lui, l'être désarmé et honnête que j'avais eu l'occasion d'apercevoir lors de notre danse improvisée.

Il se servait de moi, me manipulait. J'étais en train de devenir sa prisonnière et, finalement, cela ne me dérangeait plus.

Après avoir fait les transmissions à Sam, je pris le métro pour rentrer chez moi. La neige commençait à fondre doucement, sûrement grâce au petit réchauffement des températures. C'est la sonnerie de mon téléphone qui me tira de mon sommeil réparateur.

Dan.

Je soupirai, me frottai les yeux et décrochai.

— Salut, ma belle, chanta la voix de Dan.

— Bonjour, Dan.

— Je te réveille ?

— Oui… Mais j'ai quantité de choses à faire, donc c'est une bonne chose, avouai-je en me relevant de mon lit.

— Je ne t'ennuie pas longtemps, je voulais savoir si tu étais libre pour dîner avec Jodie et moi.

— Qui est Jodie ? l'interrogeai-je en mettant ma bouilloire en route.

— Une amie… Elle veut tout savoir de toi…

— OK… Si tu veux. Je suis de repos ce week-end et mon planning est plutôt léger.

— Parfait. Dimanche soir alors ?

— Non ! m'exclamai-je. Pas… pas dimanche.

— Tu viens de me dire…

— Je dois dîner avec Lynne, débitai-je à toute vitesse. Tu sais, pour son mariage.

Je détestais mentir, mais je savais que c'était nécessaire. Dan ne supportait déjà pas que je sois l'obligée de Blake au sein de l'hôtel, je doutais sérieusement qu'il apprécie que je passe aussi mon temps libre avec lui.

— Bien… Bon, je vais voir avec Jodie alors. On se voit toujours demain ?

— Sans problème. Je serai ravie de passer la journée avec toi.

— Tu me manques, Kat.

— Tu me manques aussi, murmurai-je avec sincérité.

— Je dois te laisser. Je te récupère demain, à la sortie de l'hôtel.

— Parfait.

Je raccrochai avant d'entendre quelque chose que je n'avais pas envie d'entendre.

Dan semblait tellement sûr de nous. Cela m'effrayait. Nous sortions ensemble depuis très peu de temps, et j'avais la sensation de vivre une relation suivie depuis des mois.

Je passai le reste de ma journée à ranger l'appartement. Dans ma mission ménage, je retrouvai mon exemplaire du *New Yorker* et de *Powerfull*. Je les entassai sur ma table de chevet, me promettant de les ranger plus tard. Je souris à la pensée de mon annonce, songeant que ma lettre se baladait à travers les Etats-Unis.

L'inconnu était certainement d'ici car le *New Yorker* était une institution dans cette ville et que je ne pouvais imaginer un étranger lire ce magazine.

En reprenant le métro le soir, je me surpris à observer les hommes autour de moi. Peut-être était-il là, juste sous mes yeux. Je scrutai la foule, attendant stupidement que mon corps réagisse. Ou que mon cœur tressaute comme il l'avait déjà fait. Mais rien ne se produisit.

Je relevai Sam rapidement. Ce dernier m'informa que Blake était déjà dans sa suite et que je devais lui amener son petit déjeuner juste avant mon départ. C'était ma dernière nuit de service. Après ça, il me fallait survivre à la réception — et je doutais de pouvoir le faire — et ensuite, Blake partirait d'ici.

Jusqu'à la prochaine fois. Car si j'avais désormais une certitude, c'est qu'il reviendrait. Et cela me fit sourire. J'en étais à la fois heureuse et angoissée. Le lendemain matin, tout sourire, je toquai à la porte de Blake.

— Vous pouvez entrer, Kathleen.

— Bonjour, monsieur. Votre café !

Il prit la petite tasse sur mon plateau et l'avala d'un trait avant de la reposer. Il se lécha les lèvres et se dirigea vers la salle de bains. Je soupirai de soulagement — pas d'affrontement ce matin — et me dirigeai vers la sortie.

— Je vous souhaite…

— Ne vous avisez pas de partir. J'en ai pour quelques minutes, cria-t-il.

Je me figeai, la main sur la poignée. Cet homme ne me laissait jamais respirer ! Il réapparut, embaumant l'after-shave, ses cheveux presque disciplinés.

— Posez ce plateau, m'intima-t-il.

Je m'exécutai. Il eut un sourire satisfait et enfila sa veste. Mal à l'aise, je tentai de trouver quelque chose à regarder, mais je revenais toujours à lui. Ses mouvements, ses gestes, cette facilité à se mouvoir. J'étais subjuguée. Il jeta un dernier coup d'œil à son reflet, resserrant sa cravate, avant de m'ouvrir la porte. En silence, nous gagnâmes l'ascenseur.

— J'ai besoin de vous parler, avoua-t-il quand les portes se refermèrent.

— Je vous écoute, soufflai-je en relevant les yeux vers lui.

— Pour dimanche soir. Dois-je vous prévoir un chauffeur ?

— Je… Non. Ça ira. Je viendrai en taxi.

— Bien.

Il y eut un silence, à peine troublé par la musique douce que diffusaient les haut-parleurs. Je bougeai un peu avant de prendre conscience que je ne faisais que me rapprocher de lui. Je fis un pas de côté pour m'écarter pour de bon.

— Je suis heureux que vous veniez, dit-il doucement.

— Je n'ai pas encore eu l'occasion de vous remercier pour votre invitation, mais je…

— Serez-vous escortée ? demanda-t-il brutalement.

De nouveau, je croisai son regard. Je rougis légèrement avant de me frotter nerveusement les mains.

— Non. Je viendrai seule.

— Votre choix ?

— En effet.

— Je pourrais compter sur vous pour une danse alors ?

— Avec plaisir, avouai-je d'une petite voix.

Les portes de l'ascenseur s'ouvrirent et je retrouvai brutalement le bourdonnement du hall. Blake posa sa main dans mon dos et me fit avancer en direction de la porte tambour.

— Je sais que je peux toujours compter sur vous, Kathleen.

— C'est mon travail, monsieur.

— Je ne pense pas. Il s'agit de vous. Vous êtes… la bonne amie, la jeune fille solidaire.

Je fronçai les sourcils. Pourquoi cela sonnait-il comme une insulte dans sa bouche ? La bonne amie ? Devant mon silence, il reprit :

— Alors que vous pourriez être tellement plus.

— J'aime la personne que je suis.

— Vous aimerez encore plus la personne que vous serez dimanche soir !

— Et qui serai-je censée être ? l'interrogeai-je, vexée.

— La femme sublime qui dansera avec moi dimanche soir, voyons ! Qui d'autre ?

J'ouvris la bouche, mais rien ne sortit. Une fois encore, cet homme avait trouvé le moyen de retourner la situation. Nous descendîmes les cinq marches d'entrée du Peninsula et il héla un taxi.

— Comprenez-vous ce que je veux dire ? m'interrogea-t-il alors qu'un taxi jaune se garait devant lui.

— Je crains que non.

— J'espère être avec Kathleen dimanche soir… Pas avec l'employée, expliqua-t-il en s'installant à l'arrière du véhicule.

— L'employée que je suis aurait certainement demandé une rétribution pour un tel service, grinçai-je.

— Et je l'aurais payée. Mais savoir que vous venez sans votre uniforme du Peninsula me convient nettement plus. Quelle est votre couleur préférée ? demanda-t-il dans un sourire.

— Le vert, répondis-je automatiquement en soutenant son regard.

— Comme ma femme. Bonne journée, Kathleen.

— Bonne journée, monsieur Blake, murmurai-je, pétrifiée.

Il claqua la porte et je regardai, immobile, imperméable au froid, la voiture se noyer dans le trafic. Je retournai à mon pupitre.

Sam arriva quelques minutes plus tard.

— Est-ce que tout va bien, Kat ?

— Je… Euh… oui. Juste un peu de fatigue, murmurai-je avant de faire tomber deux dossiers successivement au sol.

Toujours sous le choc de ma conversation avec Blake, je comprenais maintenant comment il avait réussi dans les affaires. Il savait manipuler et retourner les situations.

— Hum… Blake est parti pour la journée, repris-je péniblement. Il n'a rien précisé pour ce soir. Lynne te parlera de la réception.

— D'accord. Tu es de repos ce week-end ?

— Oui… Je… Enfin, je vais en profiter pour me reposer.

Rougissante et balbutiante, je quittai Sam pour gagner mon appartement. Sur le trajet, j'envoyais un message à Daniel, indiquant que je le rejoindrais en fin de journée et pour la nuit. Après une sieste réparatrice, je me préparai lentement à retrouver mon petit ami, mais je restais partagée.

D’un côté, j’appréciais Dan, sa chaleur, son sourire et son enthousiasme. Mais de l’autre, j’étais tourmentée. J’avais l’impression que ma vie se déroulait sans avoir le contrôle de cette relation.

Chapitre 8

C'est avec une légère appréhension que j'arrivai chez Dan. Mais dès que ses lèvres se posèrent sur les miennes, j'oubliai mes inquiétudes. Il me faisait me sentir bien, me sentir femme. Il était prévenant et, en effet, il avait fait de son appartement un cocon douillet.

— Quoi de neuf à l'hôtel ? me demanda-t-il pendant notre dîner.

— C'est un peu l'effervescence… Blake donne une grosse réception. Je pense qu'à cette heure-ci Lynne doit être dans tous ses états !

— Une réception ? Pourquoi au juste ?

— Le lancement de son magazine, expliquai-je en enroulant des pâtes autour de ma fourchette.

— Il va réunir le gratin de la ville pour célébrer sa réussite ? railla-t-il.

Je reposai ma fourchette et regardai mon petit ami. Cette ironie, ce sarcasme, cela ne lui ressemblait pas.

— Dan, je peux comprendre que tu n'apprécies pas Andrew Blake, mais pourquoi es-tu si vindicatif à son sujet ?

— Et toi, pourquoi es-tu si compréhensive avec lui ? riposta-t-il.

— Je ne juge pas un homme que je ne connais pas.

— Je connais ce genre de type, Kat. Ils sont arrogants, prétentieux et sont persuadés que tout le monde doit se traîner à leurs pieds.

— Tu ne laisses donc le bénéfice du doute à personne ?

Son visage se ferma et je me décidai à creuser le sujet : soit il avait quelque chose contre Blake, soit il n'avait pas confiance en moi. En tout état de cause, il fallait vite crever l'abcès.

— Blake est juste un client. Quoi que tu t'imagines, c'est faux !

— Il a dîné avec toi.

— Je n'ai pas eu le choix. Je souhaite que toutes mes relations soient basées sur l'indépendance, la liberté et la franchise et la nôtre ne fait pas exception, m'énervai-je en repoussant mon assiette.

— Et évidemment, tu as parlé de ça avec ton « client » ? m'interrogea-t-il en mimant les guillemets. Ou peut-être est-il plus que ça pour déroger à la règle ?

— Cette conversation est terminée, lâchai-je entre mes dents avant de me lever de table.

— Kat ! cria Daniel alors que je marchais vivement vers le salon pour récupérer mes affaires. S'il te plaît, écoute !

— Que je t'écoute ? Tu es en train de m'insulter, et je devrais tranquillement t'écouter ?

J'enfilai mon manteau avec rage, ravalant mes larmes de colère. Comment osait-il ? Comment pouvait-il croire que j'étais ce genre de femme ?

— Je m'excuse, Kat. Je ne pensais pas ce que j'ai dit.

— Dan, j'en ai assez. Pourquoi la moindre conversation au sujet de Blake finit-elle ainsi ?

Ses mâchoires se contractèrent et ses poings se refermèrent violemment.

Le silence était pesant, mais je lui offris encore deux secondes pour me répondre avant de me détourner et d'enrouler mon écharpe autour du cou.

— Kat, je veux juste te protéger.

— De Blake ?

— De lui ou des autres hommes ! Il a de l'argent et je sais ce que les femmes pensent de lui.

— Tu es idiot, m'écriai-je. L'argent ? Vraiment ? Et alors quoi, il est séduisant et riche, donc je dois automatiquement tomber sous le charme ?

La colère fit place à la peine. Il ne voyait manifestement en moi qu'une femme faible et attirée par le clinquant. Cette fois, les larmes roulèrent sur mes joues et je les essuyai d'un revers de la main.

— Je vais rentrer chez moi.

— Kat, s'il te plaît…, gémit Dan.

— Je… je ne crois pas être en état de rester près de toi.

— Est-ce que… est-ce que c'est fini ?

— Je ne sais pas, avouai-je avec tristesse. Prouve-moi que… que je peux encore y croire.

Je me dirigeai vers la porte, tentant de ne pas croiser son regard. Il fallait que je parte. Rester ici, c'était cautionner son comportement, et j'en avais assez de lui trouver des excuses.

— Quoi que tu penses, ce n'est pas Blake qui est en train de ruiner notre relation. C'est toi.

Et sur ces mots, je quittai son appartement. Je priai pour qu'il ne me suive pas, chassant mes larmes, ma peine et ma colère sourde. Je regardai ma montre. A peine 21 heures. Pour ce soir, je serais vraiment seule.

Ce soir-là, j'ignorai chacun des appels de Dan. Il s'excusa par SMS et me supplia de lui répondre. Je l'ignorai encore. La nuit ne serait pas de trop pour digérer ce nouvel accès de jalousie incontrôlé.

Le lendemain matin, je me réveillai en travers de mon lit, la page des annonces du *New Yorker* ouverte et collée sur ma joue. Je me frottai les yeux avant de consulter mon réveil. 10 heures.

Je me glissai sous la douche, espérant qu'elle éradiquerait les dernières traces de sommeil de mon visage. J'avais digéré ma dispute avec Dan et je songeai à l'appeler. Alors que je me rinçais, la sonnerie de la porte retentit dans l'appartement.

Je soupirai. Sûrement Dan qui venait présenter ses plates excuses. Je sortis de ma petite cabine de douche et, les cheveux encore dégoulinants, je m'enroulai dans une épaisse serviette de bain noire.

— Dan, ce n'était pas la peine de…, m'exclamai-je, agacée en ouvrant la porte.

Je remontai ma serviette contre ma poitrine et me figeai. Andrew Blake, vêtu d'un caban noir, se tenait devant moi. Si j'étais surprise, on peut dire que lui avait l'air stupéfait. Son visage était comme paralysé et il se retourna brusquement.

— Bonjour… Kathleen, balbutia-t-il, me tournant le dos.

— Monsieur Blake ? m'étonnai-je avec une voix suraiguë.

— Pouvez-vous enfiler… un peignoir ? J'aimerais autant vous parler face à face.

— Je… euh… oui, marmonnai-je avant de foncer dans

ma chambre, un rouge coquelicot du plus bel effet ornant mon visage.

— Vous pouvez entrer ! hurlai-je.

J'ôtai ma serviette et me glissai dans un bas de jogging et un débardeur. Des gouttes d'eau parsemèrent mon haut noir tandis que je me frottais frénétiquement les cheveux. Qu'est-ce qu'il fichait ici ? Et surtout, comment avait-il dégoté mon adresse ? Le souvenir de notre dîner me revint. S'il connaissait mon cursus universitaire, j'imaginai qu'obtenir mon adresse avait donc été un jeu d'enfant.

Je finis rapidement de m'essuyer les cheveux et me précipitai en direction de mon salon. Andrew Blake s'y tenait debout, une housse à vêtements enroulée autour de son bras.

— Désolée… pour… enfin… je pensais que c'était Dan, m'excusai-je, mortifiée.

— Votre petit ami ?

Il se tourna vers moi, un léger sourire au bord des lèvres. Il avait ouvert son caban, laissant apparaître un sweat-shirt de l'université de San Francisco.

— J'ai pensé que vous auriez besoin de ça. Pour ce soir, ajouta-t-il en me tendant la housse.

Je la récupérai maladroitement, déchiffrant le nom du créateur de luxe dessiné en lettres dorées. Mon regard passa de la housse à mon client, puis de lui à mes mains tremblantes.

— Vous ne l'ouvrez pas ? s'amusa-t-il.

— Je… Si… Bien sûr.

Je posai la housse sur le canapé et, tout doucement, fis glisser le zip. Je découvris une robe beige, splendide, parsemée de dentelles et de petites perles. Le bas n'était que mousseline douce et aérienne. Blake s'approcha de moi tandis que j'admirais cette tenue. J'étais stupéfaite. J'avais à peine assimilé son intrusion dans mon appartement, voilà maintenant que je devais gérer ce cadeau hors de prix.

— Monsieur Blake…, commençai-je.

— Andrew, corrigea-t-il automatiquement. Vous n'êtes pas en service.

— Je ne peux pas accepter ça, dis-je en refermant la housse.

— Bien sûr que vous pouvez. Et vous le ferez.

Ma surprise laissa place à une forme de colère. Pour qui me prenait-il ? Une de ces femmes sans cervelle qui accepte sans broncher n'importe quel cadeau ? Je me redressai légèrement et m'éloignai de lui.

— Ecoutez, j'apprécie réellement que vous vous soyez déplacé pour ça.

— Mais ?

— Mais cette robe vaut très certainement une fortune.

— L'argent n'est pas un problème pour moi.

— Ça en est un pour moi ! m'écriai-je, presque à bout de souffle.

Il me fixa intensément, sûrement un peu perdu par ma réaction.

Je devais l'avouer, moi-même, je me trouvai un peu excessive. Il me suffisait de lui dire non, inutile d'en faire un scandale.

— Monsieur Blake, repris-je, un peu plus calme, j'apprécie que vous vous souciiez de ma tenue, mais…

— De votre tenue ? s'esclaffa-t-il. Vous pensez que j'ai fait tout ça juste pour une robe ?

— Je…

— Je ne m'étais pas interrogé sur ce que vous alliez

porter, mais Meghan a été plus perspicace sur le sujet, me coupa-t-il en souriant. A vrai dire, je suis venu ici pour m'assurer que j'aurais bien l'honneur de vous voir ce soir.

— Vous remercierez Mlle Stanton de sa prévenance mais il me semblait avoir été claire au sujet de ma présence à votre réception, m'agaçai-je.

— En effet. Mais j'avais peur que notre petite conversation d'hier matin n'ait changé les choses.

— Je ne vois pas en quoi, mentis-je en me souvenant de ma vexation.

Il planta ses yeux dans les miens. Je savais que j'étais une mauvaise menteuse.

— Je me suis trompé hier. Vous n'êtes pas la femme sans relief que vous vous efforcez de paraître.

— Je vais prendre ça comme un compliment, exhalai-je alors que mon cœur s'emballait bien trop vite.

— C'en est un. Vous êtes… pleine de surprises, rit-il doucement. Mais j'aime ça. C'est… rafraîchissant.

— Que suis-je censée dire ? demandai-je brutalement.

Son sourire s'effaça instantanément et il recula légèrement. Mon corps reprit un fonctionnement normal et mon ventre cessa de se tordre.

— Que suis-je censée dire pour ce soir ? complétai-je.

— Oh… Eh bien, dites que vous êtes une invitée personnelle d'Andrew Blake. Généralement, cela ouvre des portes, ajouta-t-il avec humour.

Je secouai la tête, partagée entre hilarité et agacement. Ce type était d'une arrogance effroyable. Mais j'étais certaine que ce qu'il disait n'était pas faux.

— De toute façon, avec cette robe, vous éblouirez tout le monde.

— Monsieur Blake…

— Andrew, rectifia-t-il de nouveau, sans se départir de son sourire.

— Je vous remercie de votre sollicitude, mais je préférerais…

— Kathleen, croyez-moi, je ne le fais pas pour moi. Je le fais pour vous. Je ne veux pas vous voir mal à l'aise pendant cette soirée.

— Je…

— Je sais ce que les gens pensent de moi, me coupa-t-il vivement. Je sais que les rumeurs les plus folles courent à mon sujet. Mais je sais aussi que vous ne vous arrêtez pas à ça, et c'est en partie pour ça que je veux vous avoir avec moi ce soir.

— En partie ? m'amusai-je avec un sourire.

— J'adore les faire jaser… Ça les occupe. Andrew Blake avec une autre femme que la sienne… Voilà qui les occupera jusqu'au dessert.

Il sourit largement, visiblement fier de sa stratégie. Je souris à mon tour, contaminée par sa joie. Soudain, un détail me revint.

— Puis-je vous poser une question ?

— Je vous écoute.

— Pourquoi prévoir un détecteur à métaux ?

— Simple précaution. Je n'aimerais pas que la fête soit gâchée par un illuminé. Je vais vous laisser profiter de votre journée, ajouta-t-il en se dirigeant vers la porte.

— Je… Euh… merci… pour tout.

— Je vous en prie.

Il ouvrit la porte et je me précipitai à son côté pour l'accompagner.

— Meghan a aussi prévu les chaussures. S'il y a un souci, vous pouvez la joindre à ce numéro.

Il sortit une carte de visite de sa poche et me la tendit. Il y avait annoté un mot sur le dos de la carte.

« A ce soir. Andrew. »

Je relevai les yeux vers lui, plongée dans une totale incompréhension.

— Je ne savais pas si vous seriez chez vous, avoua-t-il comme si la situation était normale.

— Oh… Enfin quelque chose que vous ne savez pas sur moi ? lâchai-je avec sarcasme.

— Je vous l'ai dit : vous êtes pleine de surprises. A ce soir, Kathleen ! lança-t-il en s'éloignant vers l'ascenseur.

— A ce soir, *Andrew.*

A la mention de son prénom, il tourna la tête vers moi, un immense sourire barrant son visage. Après avoir fermé la porte, je filai à la salle de bains, espérant rattraper mes cheveux avant que les dégâts ne soient irréversibles. En fin d'après-midi, j'appelai Daniel pour mettre les choses à plat, mais une femme répondit à sa place. Elle se présenta — Jodie — et mon cœur, qui s'était serré en entendant cette voix féminine, se sentit instantanément mieux.

— Dan est sous la douche, m'expliqua-t-elle.

— Oh… Pourriez-vous lui dire que Kat a appelé ?

— Kat ? *La* Kat ?

— Hum… oui.

— Dan m'a raconté pour hier. Tu sais, il ne faut pas sauter aux conclusions. Il… On lui a déjà brisé le cœur par le passé, et…

— Jodie, je crois que je préférerais parler de ça avec lui, assénai-je, un peu agacée.

— Oh… Oui. Bien sûr ! Ne prends pas de décisions hâtives. C'est un mec bien.

— Je sais, soupirai-je. Dis-lui juste que j'ai appelé et que j'aimerais le voir lundi.

— C'est noté ! A bientôt, Kat ! Je suis contente qu'on ait pu discuter toutes les deux !

— Moi aussi, assurai-je.

Après une heure de bataille ardue avec ma chevelure, j'avais réussi à les discipliner et à les lisser. Les pointes étaient légèrement bouclées et retombaient souplement sur mes épaules. Je me maquillai légèrement et enfilai la robe qu'Andrew Blake m'avait apportée.

En me regardant dans le miroir, j'eus la sensation de voir une inconnue. Les bras nus et la gorge dégagée, j'étais une autre. Plus vraiment Kat, mais… Kathleen. L'invitée personnelle d'Andrew Blake.

Pour la première fois en trois ans, j'allais franchir les cinq marches du Peninsula et passer de l'autre côté de la barrière invisible et infranchissable de mon pupitre pour participer au rêve.

Je commandai un taxi et, en l'attendant, je repris le magazine de Blake. Je le connaissais déjà par cœur, ou presque, mais j'espérais me mettre ainsi dans l'ambiance de la soirée.

Vingt minutes après mon appel, l'Interphone grésilla et, ajustant une étole sur mes épaules, je rejoignis le bas de mon immeuble.

— Kathleen Dillon ? m'interrogea un homme en costume bleu foncé.

— Oui ?

Pour toute réponse, il retira sa casquette et ouvrit la portière de la voiture derrière lui.

— M. Blake m'a chargé de vous conduire à la réception.

— Evidemment ! murmurai-je en levant les yeux au ciel. J'imagine que je n'ai pas vraiment le choix.

Je grimpai dans la luxueuse berline en soupirant. Le peu de confiance que j'avais réussi à capitaliser était en train de fondre comme neige au soleil.

La voiture avançait prudemment. La neige avait repris ses droits sur la ville et un tapis blanc se formait sur les trottoirs. Alors que nous remontions la Cinquième Avenue, une boule d'angoisse se forma dans mon estomac. Soudain, je n'étais plus aussi certaine du bien-fondé de ma présence ce soir.

Je triturais mes doigts, ouvrais et refermais frénétiquement ma pochette noire. Andrew Blake m'avait fait venir, mais je n'avais aucune idée des personnes que j'allais devoir affronter. J'étais là, habituellement, pour les servir, pas pour discuter avec eux.

La voiture se gara finalement devant l'hôtel et un voiturier se précipita pour ouvrir ma portière. Mon collègue ne cilla pas en me voyant et me tendit sa main. Je soulevai légèrement la robe, espérant ne pas la ruiner avec la neige.

Je gagnai le tapis de velours rouge qui menait aux marches et le groom m'ouvrit la porte avec un clin d'œil. Je risquai un œil vers le poste que j'occupais habituellement. Sam hocha la tête pour me saluer, mais ne sembla pas surpris. Doucement, je me dirigeai vers la salle de réception.

Je poussai la porte de la salle et entrai dans un monde que je ne connaissais pas. A peine avais-je fait un pas qu'un garde de l'équipe de Gregory me demanda mon nom et ma pièce d'identité. Je la lui présentai avant de me faufiler au travers du portique à métaux.

— Kat ? firent en chœur Lynne et Gregory sur ma gauche.

— Bonsoir, chuchotai-je en rougissant.

Leurs visages s'illuminèrent en un instant. Ils étaient tapis dans un recoin, et je devinai qu'ils s'assuraient du bon fonctionnement de la soirée.

— Tu es invitée ? s'étonna Gregory.

— Je…

— Bon sang, cette robe, Kat ! Tu es superbe ! s'extasia Lynne en tournant autour de moi. Organza et soie, parfait… Elle est parfaite sur toi !

— Merci, Lynne. C'est Andrew Blake qui m'a invitée, résumai-je.

— Décidément ! Ce type t'adore ! déclara Lynne en levant un sourcil.

— C'est juste une soirée, Lynne.

— Une soirée où tout le gratin est invité. Le gratin *et* toi !

— Comment ça se passe ? demandai-je à Lynne.

— Bien… Mais tu n'as pas à t'en soucier. Tu…

Sa voix s'éteignit et elle recula d'un pas. Elle reprit son visage professionnel, toute trace d'enthousiasme disparaissant de son visage.

— Je crois que nous n'avons pas été présentés, lança une voix derrière moi.

Je me tournai doucement et tombai nez à nez avec le collaborateur de Blake.

— Nathan Evans, annonça-t-il en tendant sa main.

— Kathleen Dillon, répondis-je en serrant doucement ses doigts.

— La fameuse Kathleen.

— Fameuse ? m'étonnai-je.

— Andrew a fait des pieds et des mains pour avoir votre adresse… Non, en fait, *j'ai* fait des pieds et des mains pour avoir votre adresse, sourit-il en se désignant du pouce.

Ses yeux rieurs mettaient immédiatement à l'aise. Il me semblait qu'il avait perpétuellement le sourire, toute situation étant assez bonne pour en plaisanter.

— Mais je suis ravi de voir que ma mission a porté ses fruits, constata-t-il pendant que ses yeux naviguaient sur ma robe. Vous êtes superbe, je dois l'avouer.

— Vous devez l'avouer ? répétai-je, stupéfaite.

— Andrew nous a briefés. Nous ne sommes pas censés vous mettre mal à l'aise.

— Charmante intention.

— Mais Andrew est un type charmant, assura-t-il.

— Je sais. Peut-être est-ce parce qu'il sait s'entourer ?

— De la flatterie ? Il a beaucoup à apprendre de vous. Andrew ne sait pas réellement manier le compliment.

Je ris doucement, me souvenant de notre conversation surréaliste du matin même. Il savait les faire, il fallait juste savoir les décrypter. Derrière moi, j'entendis Lynne s'excuser et je me glissai sur ma gauche pour libérer le passage.

— Oh… Mademoiselle ? l'interpella Nathan.

Lynne se tourna vers nous et planta son regard dans celui de mon vis-à-vis.

— Monsieur ?

— Pouvez-vous nous faire apporter deux coupes de champagne ? Vous aimez le champagne ? me questionna-t-il.

— Ça sera parfait ! répondis-je en évitant le regard de Lynne.

— Champagne donc.

— Tout de suite, monsieur.

Elle lui fit un sourire poli avant de s'éclipser. J'observais la scène avec curiosité. De nouveau, j'avais le sentiment d'assister à un moment particulier entre deux personnes. Nathan la suivit du regard, cillant à peine, pendant qu'un léger sourire soulevait ses lèvres. Il secoua la tête et se tourna vers moi.

— Excusez-moi… J'étais ailleurs, se justifia-t-il.

— Aucun souci, le rassurai-je en réprimant un rire.

— Comment s'appelle cette fille ?

— Lynne. Lynne Hoffman.

Brutalement, son sourire s'effondra. Son visage se figea un peu et un voile de tristesse passa dans son regard.

— Y a-t-il un problème ?

— Euh… non… non… Tout va bien. Andrew vous a placée à notre table, j'espère que vous apprécierez notre compagnie, éluda-t-il.

— A votre table ?

— Ah oui… Il m'avait prévenu que vous risquiez de réagir ainsi.

— Eh bien, c'est surprenant !

— Vous trouvez ? C'est pourtant…

— Mademoiselle, monsieur, nous interrompit la voix de Lynne.

Je me tournai vers elle. Dans un petit plateau argenté, elle avait disposé deux coupes de champagne. Nathan en prit une et me la tendit avant de se saisir de la sienne. De nouveau, il eut un regard pour Lynne. Celle-ci lui adressa un sourire timide.

— Puis-je vous être utile pour autre chose ? demanda-t-elle en rabattant le petit plateau contre elle.

J'attendais que le collaborateur de Blake parle, mais il resta muet. Il triturait sa coupe de champagne entre ses doigts, fixant mon amie.

— Ça ira, Lynne, murmurai-je doucement.

Elle hocha la tête et nous laissa en tête à tête. Nathan avala son champagne d'un trait et s'étrangla avec. Il reprit ses esprits au bout de quelques instants.

— Excusez-moi.

— Est-ce que tout va bien ? lui demandai-je, un peu inquiète.

— Oui… du moins je crois.

Je pris une gorgée de mon champagne. La dernière fois que j'en avais bu, c'était pour l'obtention de mon diplôme. Mais celui-ci était nettement meilleur.

— Andrew m'a dit que vous aviez fait des études de journalisme ?

— En effet. Vous tentez de me soutirer les informations qu'il n'a pas réussi à obtenir ? ripostai-je en riant pendant qu'il se figeait.

— Euh… Non. Pourquoi ?

— M. Blake… enfin Andrew… voulait savoir pourquoi je travaillais ici.

— Oh… C'était avant ou après qu'il cherche à vous débaucher ?

— Y a-t-il une chose qu'il ne vous a pas racontée ?

Il pencha la tête vers moi, un sourire amusé sur les lèvres, pendant que ses yeux pétillaient.

— En tout cas, sa description est tout à fait conforme.

— Oh… Je sais, je suis butée.

— Il a dit « surprenante ». Et, croyez-moi, il est difficile de surprendre un homme comme lui. C'est tout à votre honneur.

— Ravie de l'apprendre, souris-je, alors que je laissais naviguer mon regard dans la foule.

Notre conversation dura encore quelques instants, mais il fut contraint de me laisser quand il croisa une connaissance dans la foule. Parler avec lui m'avait vraiment détendue. Ma coupe était vide, aussi je me décidai à aller au bar.

Je fis un clin d'œil à Gregory qui, bras croisés, surveillait la salle. Il y répondit, ôtant pour quelques secondes son masque impénétrable, avant de se concentrer de nouveau sur la foule.

La salle était belle, chaleureuse et conviviale. Maria avait porté ses efforts sur l'éclairage. Ce qu'avait désiré Blake, du tamisé, était là, sous mes yeux. La lumière se diffusait d'un peu partout, sans être agressive. Sur ma gauche, le quartet jouait toujours, presque en sourdine, se faisant oublier. A ma droite, une dizaine de tables rondes avaient été dressées pour le dîner.

Mes yeux naviguèrent à la recherche d'Andrew Blake. Maintenant que j'étais de nouveau moi-même, je pouvais décemment aller le saluer et le remercier. La liste des motifs de remerciements semblait d'ailleurs s'allonger de minute en minute : la robe, le chauffeur, l'invitation, le placement à sa table. Cela devenait étourdissant.

Et je le vis. Il se tenait loin devant moi, écoutant avec concentration un homme un peu plus grand que lui. Une coupe de champagne à la main, son profil gauche se dessinait dans un assemblage glorieux d'ombres et de lumières. Ses mâchoires étaient nettes, presque tranchantes, tandis que le haut de son visage restait dans l'ombre. Je fronçai les sourcils, cherchant à distinguer son regard. Soudain, son visage se relâcha et un sourire apparut sur ses lèvres.

Et sur les miennes. Je secouai la tête, cette fois, ce n'était plus de l'étourdissement, mais carrément de l'hypnose. Cet homme me subjuguait. Il était à l'opposé des autres millionnaires que j'avais eu l'occasion de croiser, il ne partageait rien de leurs manières si désagréables, ou de leur côté… despote. Je jetai un œil sur ma robe, admettant en moi-même qu'il pouvait tout de même se montrer un tantinet autoritaire.

A Rome, on fait comme les Romains, aussi je me saisis d'une autre coupe de champagne. Autant je pouvais passer inaperçue avec cette robe, autant être les bras ballants à examiner Andrew Blake semblerait suspect. Quand je redirigeai mes yeux vers lui, il avait disparu.

— Je ne pensais pas que vous viendriez, siffla une voix féminine près de moi.

Je fixai Meghan Stanton, droite comme un *i*, plantée devant moi, les yeux flamboyants.

— Bonsoir, marmonnai-je.

— Meghan Stanton, se présenta-t-elle sèchement.

— Kathleen Dillon.

— Je sais qui vous êtes. Andrew était sûr que vous viendriez, mais j'avoue que j'avais des doutes, gronda-t-elle.

Instinctivement, je me redressai et fis front. Il était hors de question que je me laisse démonter par cette pimbêche blonde. Autant je pouvais admettre l'humiliation à faible dose dans le cadre de mon travail, autant, ici, je supportais mal de me faire attaquer gratuitement.

— Oh… Et je peux savoir pourquoi ? demandai-je innocemment.

— Vous savez pourquoi, sourit-elle. Je ne comprends pas cet intérêt que vous porte Andrew, ajouta-t-elle en saisissant une coupe de champagne.

— Je vous demande pardon ?

— Accompagnez-moi, m'ordonna-t-elle tandis qu'elle se dirigeait sur le côté du bar.

Je la suivis doucement. Elle s'installa face à la foule et je l'imitai. Devant nous, Andrew Blake riait de bon cœur avec d'autres hommes.

— Andrew est un type bien et…

— Allez-vous me faire un sermon ? la coupai-je sèchement.

— Vous ne savez pas où vous mettez les pieds.

— J'en sais suffisamment… Je n'appartiens pas à ce monde et je ne prétends pas vouloir en faire partie.

— Vous vous trompez sur moi, sourit-elle. Je ne veux pas vous effrayer.

— Vous vous trompez sur moi aussi. Je ne suis pas… une de ces filles !

— Une de ces filles ? répéta Meghan en haussant un sourcil.

— Celles qui ne voient en Andrew qu'un simple portefeuille bien garni.

— Puisque vous semblez savoir ce que vous faites…

— Je le sais, rassurez-vous.

C'était un pieux mensonge. Je n'avais aucune idée d'où toute cette mascarade allait me mener. En quelques jours de présence, Andrew Blake avait réussi à détruire ma précieuse carapace, et voilà que je me pavanais maintenant dans une robe hors de prix dans une de ses réceptions. La situation était tout sauf sous contrôle.

— Oh ! Pour demain, pourrez-vous nous réserver une

table au *Five*… pour six, précisa-t-elle après une courte réflexion.

— Je…

— Nous partirons juste après le déjeuner. Prévoyez un taxi pour l'aéroport.

— Vous…

— Andrew vous a-t-il déjà indiqué les dates de son prochain séjour ? Il m'a parlé de…

— Meghan ! s'écria Blake qui venait de faire irruption et dont le regard irradiait de colère.

Elle se pétrifia à mon côté en le fixant. Je me figeai aussi, surprise et presque apeurée par la froideur de son visage. Si Andrew Blake pouvait se montrer agréable et prévenant, il se révélait tout aussi bien colérique. Ses mâchoires se crispèrent et soudain je compris qu'il se retenait d'exploser.

— Kathleen est ici en tant qu'invitée, articula-t-il entre ses dents… Si tu as des demandes concernant ton séjour, adresse-toi au concierge de service !

— Mais, Andrew, elle est concierge ! riposta-t-elle.

Instinctivement, je m'éloignai de Meghan. Les yeux de Blake s'assombrirent encore plus. Ce vert-là était profond et terne, loin des émeraudes que je connaissais.

— Pas ce soir ! gronda-t-il avec une voix très basse.

— Andrew, siffla Meghan.

— J'ai dit « Pas ce soir », répéta-t-il en hachant sa phrase sèchement.

J'observai la scène, fascinée par l'autorité de Blake et par l'aplomb de son amie. Elle n'avait aucunement peur de lui. Toutefois, je notai que sa poitrine se soulevait plus vite et qu'elle aussi semblait se retenir de dire ce qu'elle pensait de ma présence ici. Elle se racla la gorge et dégagea la mèche de cheveux flottant sur son épaule.

— Si vous voulez bien m'excuser, lâcha-t-elle finalement.

Andrew s'écarta et la laissa partir. Je suivis des yeux sa silhouette rouge sang avant que mon regard ne soit de nouveau happé par Andrew Blake.

— Je vous prie d'excuser son comportement, murmura-t-il pendant que sa colère semblait se diluer.

— Ce n'est rien. Je comprends que ma présence…

— Ce n'est pas rien, me coupa-t-il. Vous autorisez peut-être vos clients à vous parler ainsi, mais je ne le supporterais pas ici. Pas ce soir.

Il se plaça près de moi et j'esquissai un sourire ironique. Si Meghan m'avait parlé ainsi pendant mon temps de travail, aurait-il eu la même réaction ?

— Meghan pense que sa position de femme la dessert, expliqua-t-il.

— Elle n'a rien à me prouver.

— A vous, non. Mais aux autres, oui. Elle est persuadée qu'une femme doit en faire deux fois plus pour prétendre au même pouvoir qu'un homme.

— Techniquement, elle n'a pas tort.

Un souvenir nauséabond me revint. Celui de mon ancien travail, où même en travaillant deux fois plus je n'avais pas eu gain de cause.

— Elle a tort. Une femme ne doit pas en faire deux fois plus, elle doit juste procéder différemment.

— Vous êtes un homme, vous ne savez pas ce que c'est.

Il tourna son visage vers moi et inclina la tête. Un sourire discret orna ses lèvres.

— La douce Kathleen Dillon aurait-elle eu des problèmes avec la gent masculine ? s'amusa-t-il.

— Vous me croyez inoffensive, n'est-ce pas ? ripostai-je en plantant mes yeux dans les siens.

Il rit doucement, décrochant son regard du mien. Vexée par sa réaction, je m'agaçai et soupirai. Pourquoi m'acharnais-je à le contredire ?

Je dirigeai mon attention sur la foule et regardai les petits groupes de femmes, toutes élégantes, riant de bon cœur, pendant que les hommes parlaient avec sérieux, acquiesçant à leurs interlocuteurs. A cet instant, cela me frappa. Les hommes travaillaient, les femmes n'étaient présentes que pour l'apparat.

Et j'étais une femme, dans une robe hors de prix, pas vraiment à ma place. C'était humiliant. Je n'eus pas le temps de m'appesantir : la main d'Andrew Blake se posa dans mon dos et je sentis son souffle frais chatouiller ma peau.

— Inoffensive n'est pas le premier mot qui me vient à l'esprit en vous voyant ce soir, chuchota-t-il.

Je frémis doucement, concentrée sur le léger mouvement de ses doigts dans mon dos et l'imperceptible appui de la paume de sa main, son pouce qui glissait sur moi, allant et venant en petits cercles.

Réprimant le rougissement qui gagnait mes joues, je me tournai vers lui. J'espérais avoir l'air imperturbable, mais quand mon visage se retrouva à quelques centimètres du sien, je compris que j'avais perdu. Tout mon corps se tendait vers lui, toutes mes terminaisons nerveuses exigeaient son toucher et mon ventre bouillonnait à la fois de désir et de perplexité.

— Vous êtes superbe, dit-il pendant que je me perdais de nouveau dans l'éclat de ses yeux vert clair.

— Je… Merci, soufflai-je.

— Et vous n'êtes pas inoffensive. Vous êtes sûrement la femme la plus intelligente de cette réception. Vous valez tellement plus que vous ne le pensez.

— Je n'ai rien à voir avec toute cette foule et je ne crois pas être à ma place.

— Vous êtes mon invitée. Par conséquent, vous êtes à votre place.

— Ce n'est pas ce que Mlle Stanton…

— Meghan peut parfois se comporter en véritable brute. Ne vous laissez pas berner par son apparence de garce frigide.

— Je ne manquerais pas de lui dire toute l'estime que vous avez pour elle, souris-je.

— Et elle vous confirmera toute l'estime que j'ai pour vous, rétorqua-t-il.

Je secouai la tête, incapable de distinguer le monde réel du monde parfait d'Andrew Blake quand la réalité me percuta : tout le monde nous observait. Des œillades discrètes, des murmures… J'étais la femme à qui parlait Andrew Blake. Il retira sa main de mon dos, se pencha sur le bar et saisit une coupe de champagne.

— Je suis heureux que vous soyez venue, dit-il en me tendant une coupe.

— Vous dites ça à tous vos invités ?

— Seulement à ceux qui comptent pour moi.

Son bras repassa derrière moi et sa main retrouva l'espace dans le creux de mon dos. Mon ventre fit un saut périlleux pendant que mon cœur s'emballait plus que de raison.

Il est marié, me serinai-je. Marié. Il veut juste provoquer la foule.

Je tentai d'oublier sa main et de revenir à un sujet moins difficile pour moi. J'étais seule avec lui, c'était le moment de le remercier.

— Je tenais à vous dire que je…

— De rien, me coupa-t-il.

— J'apprécie que…

— Tout le plaisir est pour moi, m'interrompit-il de nouveau.

— Je…

— Kathleen, dites-moi que vous allez cesser cette litanie de remerciements.

— Mon père m'a appris à toujours dire merci.

— Et le mien m'a appris que le seul remerciement valable de la part d'une femme, c'est son sourire.

Il se tourna vers moi, les yeux brillants. Je lui souriais avec joie, même si je doutais que cela soit suffisant.

— Comment trouvez-vous la soirée ? demanda-t-il alors que son regard survolait la salle.

— Très réussie. J'ai rencontré un de vos collaborateurs, Nathan.

— Quoi qu'il vous ait dit sur moi, n'en croyez pas un traître mot.

— Il a été plutôt élogieux à votre sujet.

— C'est ce que je disais. Ne le croyez pas !

Nous rîmes doucement, oubliant le poids des regards des convives sur nous. Andrew se rapprocha, l'espace entre nous se réduisant désormais à quelques centimètres. Je balayai la foule, apercevant Lynne slalomant entre les invités. Elle traversa la salle et gagna un angle à peine éclairé. Je scrutai l'endroit, cherchant une explication à sa présence là-bas, quand elle devait normalement être avec Gregory.

Et je vis Nathan. Il lui parlait, tout sourire, la dévorant avec ce même regard fasciné que lors de leur rencontre devant l'ascenseur. J'étouffai un léger rire.

— Je peux savoir ce qui vous amuse ? demanda Blake en cherchant qui j'étais en train d'observer.

— Je crois que votre collaborateur a développé un léger béguin pour ma collègue.

Blake fronça les sourcils et les considéra pendant quelques instants. Il se pencha vers moi, sa bouche à proximité de mon oreille.

— Il faut croire qu'il se passe quelque chose avec les employées de cet hôtel.

— Voilà pourquoi M. Perkins nous garde, plaisantai-je.

— Votre amie n'est pas rancunière, j'espère, lança-t-il en reprenant sa position initiale.

— Pourquoi le serait-elle ?

— Parce que je lui ai fait refaire entièrement le plan de table à cause de vous.

— A cause de moi ? m'exclamai-je, consternée.

— Enfin, je ne vous ai pas vraiment nommée, précisa-t-il. J'ai juste dit qu'il fallait écarter une personne de ma table.

Quand Lynne allait découvrir qui avait pris cette fameuse place libérée, elle allait sûrement faire des bonds.

— Rassurez-moi, et dites-moi que vous ne faites pas ça à chaque réception que vous donnez, souris-je en espérant dissiper la stupéfaction de mon visage.

— Je vous rassure. Vous êtes la seule exception, murmura-t-il dans le creux de mon cou.

Sa voix vibra contre ma peau et tous mes muscles se

tendirent un à un. Il y eut une seconde de flottement où sa main s'écarta de mon dos, avant de revenir s'y poser. Il vida sa coupe pendant que, tremblante, je cherchais à me remettre les idées en place.

— Le dîner va être servi, je vais vous accompagner à notre table.

Il avança doucement, m'entraînant avec lui. Sa main bougea, agrippant ma hanche dans un geste presque possessif. Un nouveau sourire, à la fois heureux et satisfait, se dessina sur ses lèvres, et nous avançâmes vers les tables. La foule s'écarta devant nous, me faisant prendre conscience de l'énormité de la situation. J'étais avec Andrew Blake. Moi et pas sa femme.

— Cette robe est sublime sur vous, murmura-t-il en se penchant vers mon oreille.

— Tout le monde nous regarde, constatai-je avec stupéfaction.

— Ils regardent simplement la plus belle femme de la soirée, chuchota-t-il, amusé.

— Non… C'est vous qu'ils regardent !

— Faites-moi confiance, c'est bien vous qui êtes le centre d'attention ce soir. Donnons-leur de quoi discuter pendant le dîner.

Brutalement, il attrapa ma main dans la sienne et la porta à ses lèvres. Il l'effleura à peine et je sentis la caresse de son souffle sur ma peau. Son sourire arrogant réapparut et son regard toisa la foule, heureux de son effet. Au loin, je vis Meghan et Nathan. Si ce dernier souriait largement, elle, semblait estomaquée.

Arrivé devant notre table, il relâcha ma main et me tira une chaise. Dans un mouvement parfaitement synchronisé, la foule avança vers les tables et les invités prirent place. Blake s'assit près de moi tandis que Meghan et Nathan me faisaient face. Deux personnes nous entourèrent. La sensation de malaise que j'avais ressentie en entrant dans cette salle me reprit.

— Matt, Abby, je vous présente Kathleen Dillon, lança Andrew sur ma gauche.

— Enchantée, sourit la femme pendant que j'opinais.

— Tu as l'art de nous surprendre encore et toujours, Andrew, plaisanta Matt.

— Vraiment ? s'étonna-t-il.

— Personne ne s'attendait à ça. Enfin… à vous, Kathleen.

— Kat, le corrigeai-je par automatisme.

— Ceci dit, reprit Matt en m'ignorant totalement, toute publicité est bonne à prendre.

J'arquai un sourcil, prête à fusiller cet homme sur place. De la publicité ? Voilà donc ce que je représentais à cette soirée.

— Abby, vraiment je ne comprends pas que tu puisses être mariée à ce sale type, sourit Andrew.

— L'argent, mon cher, l'argent, s'amusa-t-elle.

Elle coula un regard attendri vers Matt, avant de le réprimander gentiment :

— Ne la mets pas mal à l'aise, s'il te plaît.

— Je dis juste que cette petite scène va faire de l'ombre au lancement du magazine !

— Matt ! gronda-t-elle, un peu plus menaçante.

— Quoi ? Je sais ce qu'il se passera demain. Andrew et sa très sympathique invitée feront les gros titres. Tout le monde oubliera *Powerfull* et se focalisera sur cette ridicule histoire.

De toute évidence, il ne m'aimait pas, et il aimait encore moins l'effet désastreux que j'aurais sur leur campagne de lancement. Je jetai un œil vers Matt dont l'œil noir me transperçait et me décidai à quitter la table.

— Merci pour l'invitation, monsieur Blake, murmurai-je en me levant.

— Kathleen, je vous interdis de quitter cette table, gronda Blake en me saisissant le poignet.

— Oui, Kathleen, n'allons pas créer un nouveau scandale, siffla Matt avec rage.

— Matt, peux-tu oublier ton boulot et simplement profiter de la soirée ? claqua Andrew.

— Je voulais juste te prévenir.

— Dois-je aussi te demander la permission pour te virer sur-le-champ ? s'écria-t-il en colère.

— Andrew, murmura Meghan avec apaisement.

Toujours debout, j'hésitai à me réinstaller. Je croisai le regard sombre de Blake et, sans un mot de plus, je me rassis. Matt et Andrew se toisèrent avant que le premier ne baisse les yeux pour prendre son verre. Abby s'était raidie sur sa chaise et elle posa les mains à plat sur la table.

— Bien… Maintenant que le ton de la soirée est donné, je propose que nous portions un toast, lança Nathan, tout sourire, face à moi.

La table l'imita et Andrew finit par lever son verre, le visage toujours marqué par de la rage contenue.

— A Andrew, puisse-t-il me faire un énorme chèque pour ma prime annuelle ! déclama Nathan avec sérieux.

Je me retins d'éclater de rire, le visage d'Andrew se détendant finalement.

— Combien de femmes as-tu à entretenir au juste ?

— Une dans chaque aéroport que je fréquente. J'ai compté, ça en fait dix-huit différentes ces six derniers mois.

— Vous voyagez beaucoup, lançai-je pour faire la conversation.

— Derrière l'homme au costume parfait qui est près de vous se cache un implacable patron. Mon corps subit les pires atrocités à cause du décalage horaire ! Et encore, je ne vous parle pas de la nourriture de l'avion.

— Evidemment ! Sinon, tu devrais aussi parler des hôtesses que tu dragues effrontément, railla Meghan.

— Est-ce ma faute si je plais ?

— Bien sûr, tout cela se passe à votre corps défendant, ironisai-je.

— Parfaitement. Je suis l'innocence incarnée, plastronna-t-il. Jamais je…

Sa voix s'éteignit et son regard se perdit en direction d'Andrew. Je tournai la tête et vis Lynne qui parlait avec Blake. Andrew hocha la tête. Lynne s'éclipsa et la main de Blake se posa sur la mienne.

Après son départ, j'entamai une conversation axée sur le cinéma avec Nathan. Andrew se joignit à nous, m'épatant à plusieurs reprises par sa science hitchcockienne.

Les serveurs débarrassèrent l'entrée et il en profita pour se pencher vers moi :

— Si j'ouvre une rubrique cinéma, je vous embauche, promit-il.

— Je ne cherche pas de travail, contrai-je.

— Votre prix sera le mien.

— Peut-être que je suis hors de prix. Même pour vous !

— Ne me défiez pas. Vous ne savez pas de quoi je suis capable.

— Vous avez débarqué chez moi en pleine journée pour me faire livrer une robe, m'exclamai-je en riant. Je sais que vous êtes capable de tout.

— Bien. Nous savons donc tous les deux à quoi nous en tenir.

Il se recula et entreprit une conversation avec Meghan, désormais plus souriante et détendue.

— Kat, je dois dire que même si votre présence est une surprise je suis ravie de vous connaître, dit Abby, près de moi.

— Le plaisir est réciproque.

— Je voulais m'excuser pour ce qu'a dit Matt tout à l'heure. C'était tout à fait déplacé et j'espère que vous ne lui en tiendrez pas rigueur.

— Ce n'est pas grave, balayai-je vivement. Oublions ça.

— Je comprends qu'Andrew vous ait invitée. Vous êtes… rafraîchissante. Une étonnante et rafraîchissante distraction…

— Une distraction ? répétai-je.

Pour toute réponse, elle m'offrit un sourire poli. J'allais lui demander plus d'explications quand nos plats arrivèrent. Mais je n'avais plus vraiment faim. Derrière la soirée amusante et festive, il ne s'agissait que d'un jury. Ils me jaugeaient, cherchant la faille dans ma personnalité. Entre Meghan, persuadée que j'en voulais à l'argent d'Andrew, les paroles doucereuses d'Abby et le regard méprisant de Matt, je me sentais désemparée, incapable de comprendre pourquoi Andrew Blake avait exigé que je dîne à sa table.

— Vous n'aimez pas ? me demanda Andrew alors que je jouais avec ma nourriture.

— Si… si… C'est juste que je n'ai pas très faim.

— Quelque chose vous aurait-il coupé l'appétit ?

— Vous feignez très mal l'ignorance, monsieur Blake, répondis-je en dissimulant difficilement un sourire.

— Croyez-moi, ils sont tous sous votre charme. Il serait très difficile de ne pas l'être… D'ailleurs, votre petit ami sait-il que vous êtes ici ?

— Je…

— Quand je dis « ici », je veux dire avec moi, compléta-t-il en plantant ses yeux dans les miens.

— Non, avouai-je.

— Il ne m'aime pas.

Je retrouvai de l'intérêt pour mon assiette et picorai un morceau de viande en réfléchissant à toute vitesse à comment changer de conversation.

— Etes-vous amoureuse de lui ?

— Je vous demande pardon ? m'écriai-je en manquant de m'étouffer avec ma nourriture.

— Vous l'aimez ? Je veux dire, vous l'aimez vraiment ? Parce qu'une partie de moi a envie de croire que vous ne l'aimez pas.

— Cette partie de vous est incroyablement arrogante et prétentieuse.

— Vous pensez que je suis jaloux ? m'interrogea-t-il en souriant largement.

— Je pense que votre femme n'apprécierait sûrement pas que nous ayons ce genre de conversation.

— En effet, se rembrunit-il. Toutes mes excuses si je vous ai offensée.

Je finis mon assiette en silence. Andrew m'ignora jusqu'à la fin du plat de résistance. Quand les serveurs réapparurent, j'en fus presque soulagée.

— Je vous prie de m'excuser, murmurai-je en posant ma serviette sur la table.

Les hommes se levèrent tandis que je quittais la table pour gagner les toilettes. J'avançai vite et soufflai d'aise en m'enfermant dans la première cabine. Le dos appuyé contre la porte, je tentai de reprendre mes esprits. J'avais voulu du rêve, et voilà que j'étais en plein cauchemar. Abby me prenait pour une distraction ; Matt ne m'avait plus adressé la parole depuis son esclandre au début du repas ; Blake passait du froid au chaud. Je détestais chaque seconde de ce dîner.

Après quelques minutes de réflexion, je retournai à ma table avec le peu de confiance qui me restait. De nouveau, les hommes se levèrent pendant que je me réinstallais. Le dessert fut servi, accompagné de champagne, et j'entrepris une conversation légère avec Nathan.

Cela chassa mes idées noires. Il avait toujours le mot juste pour me faire rire. Je sentais le regard insistant et curieux d'Andrew sur moi. Le quartet de jazz joua un peu plus fort, et je devinai que le dîner était terminé. Blake s'excusa et quitta la table pour discuter avec un homme placé à une table près de la nôtre.

— Je profite du départ d'Andrew pour vous inviter à danser, proposa Nathan en se levant.

— Oh… la danse… Ce n'est pas trop mon truc…

— Voyons, Kat. Vous n'avez pas envie de me gâcher la soirée ?

— Non, admis-je.

Il se planta devant moi et tendit sa main. J'y plaçai la mienne et me levai en lui souriant. A l'instant où je m'apprêtais à faire un pas, Blake réapparut devant nous et agrippa ma main sans ménagement pour la caler dans la sienne.

— Priorité au patron, sourit Blake, un air triomphant sur le visage.

— Voilà qui est très gentleman de votre part, sifflai-je avec mécontentement.

— Venez danser, m'ordonna-t-il.

Je renonçai à lui parler de mes difficultés avec la danse et ma coordination de manière générale. Il m'entraîna avec lui sur la piste improvisée. Blake plaça sa main dans mon dos pendant que nos mains se trouvaient. Dans un geste sec, il m'attira contre lui fermement, et nous dansâmes.

Ses gestes étaient fluides, faciles. Je suivais avec difficulté, me concentrant ardemment pour ne pas lui écraser les pieds. Calée contre son torse, j'osai à peine cligner des yeux. Sa main dans mon dos bougea un peu, glissant un peu plus bas. Mon cœur tapa frénétiquement dans ma poitrine, au point qu'il devait très certainement le sentir contre son torse.

— Je ne voulais pas vous mettre mal à l'aise avec mes questions, Kathleen, murmura-t-il tout près de mon oreille.

— Vous m'avez juste prise au dépourvu.

— Parce que ma question était déplacée ou parce que vous n'aviez pas la réponse ?

Mon pied gauche s'écrasa sur un des siens.

— Pardon, m'excusai-je. Dan et moi, c'est récent.

— Vous et moi aussi.

— Ça n'a rien à voir ! ripostai-je.

— Ah oui… Notre sacro-sainte relation strictement professionnelle.

Il replia son bras et nos mains jointes se retrouvèrent contre son torse. Nous étions maintenant collés l'un contre l'autre, Andrew me maintenant au plus près de son corps avec sa main dans mon dos. Il la bougea, atteignant la limite acceptable.

Nous dansions toujours, bercés par la musique autour de nous, mais ses mouvements étaient lents, presque imperceptibles. Je bougeais à peine et flottais presque au-dessus du parquet.

— Avez-vous apprécié le dîner ?

— Je vais être honnête, ça n'a pas été le meilleur repas de ma vie.

— J'ose croire que c'est la nourriture que vous remettez en cause et non les convives.

— Le magret de canard était très réussi, dis-je en espérant qu'il comprenne.

— Je ne pensais pas qu'ils se montreraient aussi grossiers à votre égard.

— Expliquez-moi pourquoi ils devraient se montrer aimables ?

— Parce que vous êtes une invitée. Mon invitée. Cette seule explication aurait dû leur suffire.

— Ils ont tiré leurs propres conclusions, lâchai-je en jetant un regard vers la table où Matt et Abby nous regardaient.

— Peut-être que vous ne devriez pas y attacher de l'importance.

— Ou peut-être que vous devriez me fournir une explication sur ma présence ici.

— Est-ce si inconcevable pour vous de croire que j'apprécie votre compagnie ?

Le masque avait de nouveau disparu et Andrew me fixait, jaugeant ma réaction.

— Je crois que nous devrions nous en tenir à une relation strictement professionnelle.

Il s'arrêta de bouger et son visage se referma. La badinerie était terminée et il paraissait déçu de ma réaction.

— Bien. Si vous y tenez, murmura-t-il.

— Je crois que cela simplifierait les choses.

— Elles sont pourtant très simples. Seriez-vous perturbée ? Ou dois-je comprendre que vous ne savez plus comment réagir ?

— Je ne suis pas perturbée, mentis-je en sentant sa main remuer dans mon dos.

— Vous êtes sur la défensive.

— Je ne suis pas sur la défensive, je tente de ne pas saccager votre second pied. Je doute que votre femme apprécierait de vous retrouver en miettes.

— Ma femme ? s'étonna-t-il. Dieu du ciel, Kathleen, vous êtes… vraiment surprenante !

Il reprit sa danse pendant que je morigénais dans ma barbe. Je l'entendis étouffer un rire et il approcha son visage du mien. Mes joues me chauffaient et la proximité de son corps, chaud lui aussi, ne m'aidait pas à rester alerte. Toute force de réflexion semblait me quitter dès qu'il m'effleurait.

— Sachez que mon dîner fut délicieux. Et je ne parle évidemment pas du canard.

— Heureuse pour vous, ripostai-je avec sarcasme.

— Concernant votre requête sur une relation strictement professionnelle, je vais devoir m'y opposer.

— Vous n'abandonnez jamais ? l'interrogeai-je en relevant les yeux vers lui.

— Jamais avec vous. Je vous l'ai dit, vous êtes ma seule exception.

L'exception… Je me concentrai sur notre danse qui touchait presque à sa fin.

Quelque chose m'attirait chez cet homme. Cela allait au-delà d'une relation normale entre deux personnes, comme si nous gardions ensemble un secret idiot et sans importance mais qui nous liait. J'aurais aimé m'en réjouir, mais au contraire, cela m'horripilait.

La musique faiblit progressivement et il se détacha de moi. Je regagnai la table pendant qu'Andrew entamait une nouvelle danse. Je discutai avec Nathan, qui me réinvita à danser.

— Andrew a peut-être gagné cette bataille, mais il ne gagnera pas la guerre, rit-il en m'entraînant sur la piste.

— Votre prime annuelle est-elle assez conséquente pour des soins médicaux d'urgence ?

— N'ayez crainte…

— Je suis vraiment très maladroite et…

— Je me suis fait piétiner par un taureau fou furieux quand j'avais 15 ans, croyez-moi, j'ai vu pire.

— Oh… Je vais prendre ça pour un vrai compliment, souris-je.

— Vous pouvez ! Vous êtes tout de même plus gracieuse que ce taureau !

Je ris de nouveau et nous dansâmes. Enfin, nous faisions comme si. J'avais réussi à danser véritablement avec Andrew, mais avec Nathan, ça tenait plutôt du massacre.

Une heure plus tard, alors qu'Andrew Blake disait au revoir à ses derniers convives, je dirigeai mon attention vers la fenêtre. La neige avait repris, tombant en flocons épais sur la ville.

J'admirai le paysage blanc devant moi. Les lumières de

la ville et des immeubles éclairaient les rues quasi désertes. Vu le froid, mon étole n'allait être que d'un faible secours. Je croisai les bras, plaquant mes mains à hauteur des épaules pour me réchauffer.

Mon étole glissa sur mon bras et, avant que je n'eusse le temps de la réajuster, je sentis un effleurement. Je relevai les yeux vers Andrew Blake, dont les doigts s'appesantirent quelques instants sur mes bras nus.

— Merci, soufflai-je avant de reprendre ma contemplation.

— Je vous en prie.

Il se posta derrière moi, à une distance acceptable. Mais une fois de plus, je fus surprise par l'intensité des réactions de mon corps. Une force quasi surnaturelle me tirait vers lui. Je réduisis l'espace entre nous, reculant d'un pas.

— New York est vraiment une belle ville, déclara Andrew.

Le silence réapparut, calme et apaisant. Après toutes les émotions accumulées pendant la réception, j'appréciai ce moment de sérénité. Andrew resta derrière moi, silencieux. Cela dura quelques minutes, quelques minutes où il n'existait rien d'autre que ce paysage enneigé avec lui à mes côtés. Il y eut du mouvement sur ma gauche et notre précieux moment se finit.

— Monsieur Blake, commença Lynne, votre voiture vous attend.

— Parfait, mademoiselle Hoffman.

— Je vous en prie.

Elle se recula, prête à disparaître, mais Blake l'arrêta.

— Merci encore pour l'organisation de la réception. C'était très réussi.

— Je suis ravie que tout se soit passé comme vous le souhaitiez.

— C'était au-delà de mes espérances, dit-il en jetant un coup d'œil vers moi.

Un sourire se dessina sur le visage de Lynne et Andrew me tendit son bras.

— Votre carrosse est avancé. Je vous raccompagne.

— Andrew, ce n'était pas nécessaire. J'aurais très bien pu rentrer en taxi.

— Vous tenez vraiment à me contrarier ce soir ? m'interrogea-t-il avec humour alors que j'enroulais mon bras autour du sien.

— Comme ça, la soirée sera vraiment inoubliable pour vous !

— Elle l'est déjà ! Grâce à vous.

Nous nous dirigeâmes vers la sortie de la salle. Je saluai Lynne et Gregory avec un hochement de tête. Je traversai le hall avec prudence, entendant le rire de Nathan résonner derrière moi. Quelques secondes plus tard, c'est celui de Lynne, léger et cristallin, qui flotta dans l'air.

Le voiturier m'ouvrit la portière et je m'installai sur la banquette arrière de la berline surchauffée à côté d'Andrew. Il indiqua mon adresse au chauffeur et le véhicule démarra. Andrew desserra sa cravate et ôta ses boutons de manchette. Malgré la neige, nous arrivâmes à mon immeuble en moins de vingt minutes.

— Merci encore pour cette soirée.

— Laissez-moi vous accompagner jusqu'à la porte de votre immeuble.

Il ne me laissa pas le temps de répondre et quitta la voiture. Le chauffeur vint m'ouvrir et je retrouvai Andrew Blake sur le pas de mon immeuble. Surréaliste. Je sortis mes clés de ma pochette.

— Kathleen, quoi qu'ait dit Matt, je ne cherche pas à vous manipuler.

— Il semblerait que je sois une « rafraîchissante distraction ».

— Qui vous a dit ça ? s'agaça-t-il.

— Abby.

— C'est totalement faux. Faites-moi plaisir et n'accordez aucune importance à tout cela. Si je passe du temps avec vous, c'est que j'en ai envie.

Il secoua la tête, cherchant ses mots avant de relever ses yeux vers moi et, à cet instant, je sentis mon cœur tressauter. Même si j'avais eu à gérer tout un tas d'émotions depuis ma rencontre avec Andrew Blake, celle-ci était inédite. Mon corps sembla se liquéfier et ma tête me brûlait. Les battements de mon cœur étaient lourds et désordonnés.

— Votre collègue m'a confié que vous aimiez la nourriture italienne.

— Je… En effet, souris-je.

— Et que vous aimiez Keats.

— Je… Oui, balbutiai-je, complètement perdue. Qu'est-ce que…

— Croyez-vous que je m'intéresserais à ce genre de détail si vous n'étiez qu'une distraction ?

Nos yeux se croisèrent de nouveau et mon cœur fit encore cet étrange petit bon inattendu.

Une seconde plus tard, les lèvres d'Andrew Blake effleurèrent les miennes. Je restai figée et entendis seulement le bruit de mon trousseau de clés atteignant le sol entre mes pieds. Andrew se recula à peine. Son visage était tout proche. Son regard se fondit dans le mien et, de nouveau, sa bouche retrouva la mienne. Ce fut là notre premier baiser.

Le premier contact avait été juste un frôlement, comme s'il me demandait la permission, alors que ce second était nettement plus puissant.

Dans un bref instant de lucidité, je pris conscience que je ne m'étais pas effondrée. J'étais simplement figée dans la stupéfaction, et mon corps ne semblait plus vivre que pour le mouvement doux de sa bouche contre la mienne.

Il recula de nouveau, me faisant face. Mon visage se colora vivement et le coin de ses lèvres se souleva dans un demi-sourire.

— Je vous souhaite une bonne nuit, Kathleen.

Et comme il l'avait fait à l'hôtel, il attira ma main contre ses lèvres pour m'offrir un baisemain.

Chapitre 9

C'était réel. Réel et… incroyablement stupide.

Je ramassai mes clés et entrai dans ma résidence pour rejoindre mon appartement. Je me débarrassai de mes chaussures, me démaquillai et quittai ma robe pour un débardeur et un short. Après avoir tourné près de deux heures dans mon lit, je trouvai enfin le sommeil.

Je me réveillai, groggy, et titubai jusque dans le salon, constatant qu'il n'était pas loin de 11 heures. Par chance, je ne travaillais pas ce soir. Je reprenais mon service le lendemain pour quatre nuits.

Je repensais à la réception. Après tout ce qui s'était passé, après toutes les conversations que j'avais eues avec Blake, Nathan et même Abby, j'avais une curieuse sensation de vide. Evidemment, tout cela n'était rien en comparaison du souvenir que m'avait laissé le baiser d'Andrew Blake sur le pas de ma porte. Je passai une main sur mon visage, tentant de chasser le flot d'informations qui inondait mon cerveau : l'homme marié, le client… Andrew Blake. Sa vie de rêve, et la mienne, ancrée dans la réalité. Comment deux vies aussi radicalement opposées avaient-elles pu se croiser ?

Un sourire apparut sur mes lèvres pendant que je me préparais un thé. Même si la situation était confuse, même si Andrew Blake avait sûrement commis une erreur de jugement en m'embrassant, j'étais heureuse. Hier soir, pendant de trop courtes secondes, je n'avais plus été invisible.

J'avais été la femme qu'on hésite à embrasser car on ne sait pas si elle est d'accord.

J'avais été la femme qui avait fait flancher le plus inflexible des hommes, Andrew Blake.

Tout cela était sûrement sans importance pour lui, juste un trophée de plus dans une collection sûrement plus longue que je ne pourrais l'imaginer. Il avait d'ailleurs probablement trop bu, oubliant à la fois sa femme et la position que j'occupais dans l'hôtel qu'il fréquentait.

Mais je m'en fichais… J'avais eu ma part de rêve et cela me suffisait. De toute façon, je n'avais aucun doute sur l'issue de cette histoire. J'allais l'ignorer, mettre ce petit baiser insignifiant dans un coin de ma tête, pendant que lui m'ignorerait tout autant, prendrait même sûrement plaisir à se moquer et continuerait à jouer avec moi. La vie réelle reprenait. Et même si ma robe somptueuse était étendue dans le fauteuil, elle me rappelait juste que les festivités étaient terminées.

Après avoir fait un brin de ménage, je me décidai à remplir ma promesse : appeler mon père.

— Bonjour, papa, le saluai-je avec joie.

— Kat, ma puce ! Bien, je peux donc rappeler l'équipe du FBI que j'ai lancée à ta recherche, maugréa-t-il.

— Tu exagères, papa !

— J'exagère ? Veux-tu que je te rappelle le taux de criminalité de New York ?

— Je travaille dans un hôtel de luxe, soupirai-je. Je

t'assure que je ne fréquente pas vraiment la délinquance new-yorkaise !

— Je ne comprendrai jamais ce que tu fiches dans ce truc !

Mon père n'avait jamais adhéré à mon changement de carrière. Sûrement parce qu'il n'était pas au courant des motifs de cette reconversion brutale. Régulièrement, il me faisait part d'offres de poste de journaliste dans l'Etat de Washington. Une manière comme une autre de me faire rentrer au pays.

Je lui parlais de l'hôtel assez évasivement, évitant le sujet Andrew Blake. Connaissant mon père, il allait me reprocher de mélanger travail et plaisir. Par ailleurs, je savais qu'il ne comprendrait pas que je cède si facilement aux demandes excentriques de ce millionnaire.

— J'ai rencontré quelqu'un, avouai-je. Il s'appelle Dan.

— Dan comment ?

— Cooper.

Il marmonna dans sa barbe et j'enchaînai. Par expérience, j'avais appris à ne jamais laisser le temps à mon père d'analyser ma vie amoureuse. Il fallait aller aux faits et couper court à son flot de questions habituel :

— Il est très gentil et il a travaillé à l'hôtel quelque temps.

— Que fait-il maintenant ?

— Papa ! L'interrogatoire n'est pas nécessaire !

— Tu es ma fille. Je dois m'assurer que les hommes qui t'approchent sont dignes de confiance.

— Tu te fais du souci pour rien. Dan est très prévenant. Ne t'inquiète pas.

— Bien. Si tu le dis, lâcha-t-il, dubitatif.

Je déambulai dans l'appartement tout en continuant à discuter. Il me narra ses derniers exploits sportifs — à la pêche — et me régala d'une histoire hilarante sur sa dernière arrestation — un homme qui conduisait nu comme un ver en se prenant pour John Lennon. Alors que je riais avec lui, appréciant ce moment de complicité entre nous, la sonnette retentit.

— Tu attends de la visite ? Sûrement ce Dan ! râla mon père.

— Sûrement ! approuvai-je en allant ouvrir la porte.

Je me retrouvai nez à nez avec un sublime bouquet de roses blanches. Sans un mot, je récupérai maladroitement les fleurs, calant mon téléphone dans le creux de mon cou. Le livreur s'éclipsa rapidement, ne me laissant même pas le temps de le remercier.

— Andrew Blake, murmurai-je, incrédule, en posant le téléphone sur la table basse.

— Kat ? m'interpella mon père.

— Une seconde ! Une livraison ! hurlai-je pour qu'il m'entende.

J'arrachai la carte qui accompagnait le bouquet.

« Serait-ce présomptueux de vous demander d'être de nouveau mon exception ? A. Blake. »

Je m'effondrai sur mon canapé et relus la carte plusieurs fois, estomaquée par sa requête. Un nouveau dîner ? Une nouvelle réception où j'allais devoir composer avec son humeur et ses collaborateurs peu amènes. Je n'étais pas certaine d'avoir la force d'affronter ça. Mes pensées se perdirent quelque part parmi les roses. Notre baiser.

J'entendis la voix de mon père dans le combiné et repris le téléphone :

— Pardon, papa... Je... J'étais occupée, dis-je d'une voix sourde.

— Par ta livraison ?

— Ce sont des fleurs.

— Oh… Ce Dan commence à me plaire !

— Elles ne sont pas de Dan. C'est un client de l'hôtel, murmurai-je en relisant la carte une énième fois.

— Un client ? Kat, le harcèlement est un crime fédéral.

Soudain, les mots sortirent tout seuls de ma bouche. J'avais besoin d'évacuer cette tension étrange que je ressentais.

— Il s'agit d'Andrew Blake.

J'entendis simplement la respiration de mon père et l'appelai, vérifiant qu'il était toujours en ligne.

— Andrew Blake ? répéta-t-il, surpris.

— De *Blake Medias*. Il… Il réside à l'hôtel régulièrement.

Mes yeux se posèrent sur le bouquet de fleurs et je reposai la carte à côté. Je me relevai du canapé et me dirigeai vers la fenêtre.

— Est-ce qu'il t'a fait des avances ? demanda mon père.

— Non… Non, papa… Pitié, ne reprends pas ton rôle de flic ! Je ne sais même pas ce qu'il me veut.

— Kat, souffla-t-il avec exaspération.

— S'il te plaît ! Ce n'est pas important. Je suis… une distraction, expliquai-je avec amertume. Ce type est riche, célèbre, puissant et il semble persuadé que le monde lui appartient.

— En l'occurrence, Kat, c'est presque vrai. En tout cas, il détient bien la moitié de San Francisco.

— Je sais, papa. Il va se lasser, assurai-je comme pour m'en convaincre.

— Kat, est-ce qu'il se passe quelque chose entre Andrew Blake et toi ?

— Bien sûr que non, papa ! Jamais je ne… Enfin… Il est marié ! m'écriai-je.

— Etait, corrigea mon père.

— Je… Co… Comment ça, « était » ? demandai-je, stupéfaite.

— Sa femme est morte.

Un flot d'images me revint en tête instantanément : la première fois que je l'avais vu, au cours de la conférence de presse ; la première fois que j'avais remarqué son alliance ; la première fois que je lui avais parlé ; notre dîner surréaliste devant Dan ; et hier soir : « Vous êtes ma seule exception » ; notre baiser.

Tout s'emboîta parfaitement. Son comportement tendancieux avec moi, ses remarques sur son épouse, son attitude quand je parlais d'elle. Tout était enfin cohérent.

Sa femme était morte.

Mon ventre se tordit et mon corps fut secoué de tremblements incontrôlables. Je me réinstallai sur le canapé, encaissant la nouvelle.

— Kat ? m'interpella mon père.

— Je… euh…

— Est-ce que tout va bien ?

— De… Depuis combien de temps… est-elle… enfin… est-elle morte ? bégayai-je sous le choc.

— Un peu plus de deux ans. Blake a tout fait pour que la nouvelle ne se propage pas. Sa position dans le milieu a dû aider.

— Je… C'est impossible, soufflai-je. Comment… Comment est-elle morte ? demandai-je d'une voix blanche.

— Accident de voiture. Bailey m'en a parlé, il a été muté

là-bas un mois avant l'accident. Apparemment, la pauvre petite n'avait aucune chance de s'en sortir.

L'image d'Andrew Blake pétri de douleur et de chagrin me traversa l'esprit. Evidemment, c'était à des années-lumière de celle de l'homme que je connaissais mais, de son propre aveu, il aimait toujours sa femme. De plus, le fait qu'il ait gardé son alliance démontrait à quel point cet aveu était honnête.

Curieusement, je me souvins de ma promesse de faire des recherches sur cet homme. Je savais désormais dans quelle direction les mener. J'avais encore quelques contacts dans la presse, s'il le fallait, je les solliciterais.

Mon regard navigua sur les roses et mon cœur s'emballa. Ce que j'avais considéré comme un jeu pour lui, un passe-temps agréable et distrayant, n'en était pas un. La douceur de son baiser de la veille n'était pas une tentative pour asseoir son pouvoir de séduction. Il se testait… Il voulait s'assurer qu'il était capable, de nouveau, d'être avec une femme.

Une autre que la sienne.

Moi.

Je repris la carte et mes tremblements s'atténuèrent. Mon cœur s'emballa un peu plus et je fermai les yeux pour me calmer. Au bord des larmes, je constatai qu'il tressautait de la même façon qu'hier soir, juste avant notre baiser. La partie rationnelle en moi me serinait qu'il était un client, que j'étais l'employée et que je devais être raisonnable.

La partie émotionnelle ne voyait que son regard éblouissant, ne sentait que ses lèvres sur les miennes et réagissait aux réactions de mon cœur.

— L'enquête n'a jamais…

— Papa, le coupai-je, il faut que je te laisse ! débitai-je en ravalant mes larmes.

— Mais…

— Je… Je dois rejoindre Lynne pour un essayage, mentis-je. Je… Je te rappelle très vite.

Je raccrochai sans lui laisser le temps de répondre et me précipitai dans ma chambre, à la recherche de mon ordinateur portable. Je le ramenai dans le salon et, le temps qu'il démarre, je plaçai les roses dans un vase. Je mis de l'eau à bouillir, dégainai un mug et coupai mon téléphone. Je ne voulais pas être dérangée.

En m'installant sur le canapé avec mon ordinateur sur les genoux, je songeai que je n'avais pas ressenti cette frénésie depuis mon dernier article. L'adrénaline coulait dans mes veines et je me sentais incroyablement vivante et énergique. La dernière fois qu'une telle force m'avait habitée, j'avais passé un nombre incalculable de nuits blanches à recouper les informations, à vérifier et comparer les sources… Malheureusement pour rien… Mais c'était ce que je préférais dans le journalisme : le travail de recherche.

Les fleurs posées devant moi, je commençai mes investigations sur Andrew Blake.

Son enfance était plutôt habituelle et sans surprise : parents aimants, collège et lycée huppés, puis il avait intégré l'université de Californie. Il en était ressorti avec un diplôme en économie. Les quelques témoignages des gens qui l'avaient côtoyé à cette époque étaient unanimes : c'était un homme charismatique et ambitieux. Il ne s'entourait que de peu de personnes, et il me sembla reconnaître Meghan sur une photo datant de sa dernière année de fac.

Peu de temps après l'obtention de son diplôme, il avait

eu la chance de faire l'acquisition d'un journal moribond, et c'est là qu'avait débuté la construction de son empire. La plupart des spécialistes estimaient qu'il détenait à lui seul près du tiers des parutions de la côte ouest du pays. Aucun, cependant, ne s'aventurerait à estimer dans combien exactement il avait des participations. Mais il était facile d'en déduire que cette omniprésence expliquait en partie comment il avait réussi à limiter les fuites concernant le décès de sa femme.

Les informations devenaient rares sur son parcours exact après l'achat de ce premier journal. Il n'y avait pas de faits précis, juste des rumeurs et des commérages. Beaucoup s'interrogeaient sur ses capacités financières et sur sa personnalité ambivalente, entre secrets et abus de pouvoir.

Ironiquement, je souris en songeant qu'il n'avait pas changé.

Après avoir écumé les archives des journaux de San Francisco, je réussis à retrouver l'avis de mariage. Je pris mon bloc-notes et fis un rapide calcul. Il était sorti de l'université à 23 ans et s'était marié presque trois ans plus tard.

Je sirotais mon thé, parcourant l'avis. Quelque chose me chiffonnait, mais je n'arrivais pas à mettre le doigt dessus.

Je retrouvai des informations sur leur mariage intime, célébré après quatre ans de relation. Rien de très inhabituel. Il y avait une photo officielle, dont la légende indiquait sobrement qu'il s'agissait de M. et Mme Andrew Blake. Mon ventre se tordit un peu. Pour une raison obscure, j'avais imaginé que sa femme n'était que son pendant féminin : froide, hautaine et prétentieuse. En observant la photo, je ne voyais rien d'autre qu'un jeune couple heureux d'être marié et dont les yeux brillaient.

Je poussai mes recherches sur leurs apparitions publiques. Au gré des galas, des réceptions et des lancements de magazines, ils s'affichaient main dans la main, un sourire géant aux lèvres. Leur amour mutuel rayonnait. Le dernier cliché de sa femme datait d'une dizaine de jours avant le drame. De toute évidence, une photo volée. Elle marchait auprès d'un homme plus petit qu'elle, plus trapu aussi, mais dont on ne distinguait pas les traits.

Et finalement, je trouvai un article sur l'accident de voiture :

> « Mort d'Eleanor Blake, femme du magnat de la presse, Andrew Blake.
> Dans la nuit du 25 au 26 décembre, un accident de voiture violent a causé la mort d'Eleanor Blake. La femme d'Andrew Blake, détenteur de nombreux titres de presse, a été retrouvée inconsciente au volant de son véhicule. Les premières constatations font part des mauvaises conditions climatiques et notamment du verglas. Eleanor Blake aurait perdu le contrôle de sa voiture, avant de percuter la glissière de sécurité et de faire plusieurs tonneaux. Malgré l'intervention rapide des secours, elle n'a pu être réanimée.
> Dans un communiqué, Andrew Blake a fait part de son très grand chagrin et a demandé le respect de sa vie privée. La cérémonie doit avoir lieu demain soir, à San Francisco, en présence des proches de la famille. »

Je retournai à la section des photos de leur couple. Vu le bonheur qu'ils affichaient, je me doutais qu'Andrew Blake avait dû être bouleversé par le décès de sa femme. Après deux ans, il n'avait pas renoncé à porter son alliance. Ce seul indice suffisait à deviner l'amour qu'il lui portait toujours.

Je poursuivis mes recherches, les axant sur la partie plus professionnelle. Si Andrew Blake ne parlait pas de vie privée, il était tout aussi discret sur sa vie publique. Il n'y avait que très peu d'interviews de lui, tandis que des centaines d'articles aussi fumeux que sans fondement fleurissaient.

La sonnerie de la porte me tira de mes recherches. Je me frottai les yeux et me levai de mon canapé en grimaçant. Mes muscles étaient légèrement endoloris. J'avançai en titubant vers le judas pour y découvrir Daniel. Un sourire se dessina sur mes lèvres et je lui ouvris.

Il dévoila un bouquet de fleurs variées aux tons roses et mauves, qu'il avait soigneusement caché derrière son dos.

— Toutes mes excuses pour être un tel idiot avec toi.

— Entre, proposai-je en le débarrassant.

Il pénétra dans mon salon et se figea devant le bouquet monstrueux de roses blanches. Je guettai sa réaction, espérant qu'il n'allait pas, encore une fois, provoquer une dispute inutile. Je le dépassai et, du coin de l'œil, vis son visage tendu par la colère. Je décidai de l'ignorer et récupérai un vase dans la cuisine pour y plonger ses fleurs.

— J'ai eu Jodie hier au téléphone ! lançai-je avec un air joyeux. Tu as raison, je pense qu'elle et moi pouvons bien nous entendre.

Ses mâchoires se décrispèrent et un sourire flotta sur ses lèvres sans vraiment s'y poser.

— Elle me l'a dit. Elle veut vraiment te rencontrer, ajouta-t-il en avançant vers moi.

Il me saisit par la taille et posa doucement sa bouche contre la mienne. Notre baiser, d'abord chaste, se fit très vite de plus en plus passionné. J'eus une pensée furtive pour Andrew Blake. Aurait-il osé aller aussi loin avec moi ?

Daniel s'écarta et caressa ma joue du bout des doigts.

— Tu as l'air fatiguée.

— Je… J'ai passé la soirée avec Lynne, avouai-je en rangeant la carte du bouquet dans un tiroir.

— Oh… Je croyais qu'elle était à la réception de Blake ?

— Je… J'y étais aussi.

— J'imagine que vous n'étiez pas trop de deux pour vous occuper de tout le gratin de New York.

— En effet, soufflai-je avec une pointe de culpabilité dans la voix. Tu veux qu'on passe la soirée ensemble ? demandai-je pour changer de sujet.

— Euh… oui.

— Tu hésites ?

— C'est juste que je ne pensais pas que tu me le proposerais. Après… enfin… tu sais.

Je lui pris la main et l'attirai avec moi sur le canapé. Je me lovai dans ses bras musclés, appréciant sa chaleur.

— Je crois qu'on doit faire des efforts tous les deux. J'ai envie que cela fonctionne, expliquai-je.

— Moi aussi, murmura-t-il. Je suis désolé de ce que j'ai dit au sujet de Blake et toi.

— Dan…, chuchotai-je, consternée, tout en refermant mon portable.

— C'était grossier et stupide.

Et juste comme ça, la petite pointe de culpabilité qui me transperçait le cœur s'élargit et gagna mon ventre. Je penchai la tête, me camouflant derrière un rideau de cheveux.

— Je sais à quel point tu es professionnelle, et je ne sais pas pourquoi j'ai pu imaginer un seul instant qu'il pouvait se passer quelque chose entre lui et toi.

— Oui… Encore faudrait-il que je lui plaise, plaisantai-je en espérant être crédible.

— Tu plairais à n'importe qui.

Il lâcha ma main et repoussa mes cheveux pour m'embrasser la tempe. Je fermai les yeux, oubliant ma honte, oubliant le baiser de Blake, et oubliant à quel point il m'avait complètement éblouie pendant cette soirée.

Je retrouvai la bouche de Daniel. Quand ce dernier me fit allonger sur le canapé en me répétant qu'il était désolé et qu'il ferait tout pour moi, je me laissai aller dans ses bras.

Notre étreinte fut douce, presque retenue. Plusieurs fois, Dan me saisit les poignets, avant de les relâcher, comme s'il prenait conscience de son geste. De la même façon, après avoir consciencieusement évité que j'enroule mes bras autour de sa nuque — esquivant chaque nouvelle tentative de ma part —, il sembla l'accepter. Mais, à la suite de cela, il se détourna, fuyant mon regard.

Malgré son comportement distant, je savais que Daniel faisait des efforts. Après notre étreinte, il se lança dans la préparation d'un dîner copieux, et nous regardâmes un film dans les bras l'un de l'autre. A plusieurs reprises, je scrutai son regard illuminé par l'écran. Ses yeux étaient comme soudés à l'image et aucune émotion ne semblait le pénétrer.

Si Daniel était calme en apparence, je sentais la colère bouillonner sous sa peau bronzée. Je décidai d'encaisser la situation. Il était jaloux, maladivement jaloux, et en embrassant Blake, je lui avais donné toutes les raisons de l'être.

Vers minuit, je me décidai à aller dormir. Daniel, avec un sourire, me suivit et nous refîmes l'amour.

Mais cette fois, il n'y eut aucune résistance. Il me laissa l'enlacer et je pris vraiment du plaisir, qui se décupla en voyant enfin un sourire franc s'étirer sur les lèvres de mon petit ami. Nous nous étions pardonné nos écarts, enfin prêts à vivre notre histoire.

Le lendemain matin, Dan me quitta pour aller passer un entretien dans un bar-restaurant dont l'ouverture était prévue deux semaines plus tard. Je l'encourageai de mon mieux, me réjouissant même en apprenant que le restaurant en question était à deux blocs du Peninsula. Avant d'abandonner l'appartement, il m'embrassa avec fougue, enflammant mon corps et mon cœur.

Je passai une journée calme chez moi. La visite de Dan avait coupé court à mes recherches sur Blake. Je lui en étais reconnaissante. Cette frénésie et ce besoin de tout savoir sur lui, sur l'homme inaccessible qu'il était, devaient cesser au plus vite. Dan était tout ce dont j'avais besoin, la réalité qui devait surpasser le rêve et le fantasme.

J'arrivai plus tôt que prévu à l'hôtel pour prendre mon service. Sam me salua rapidement, le téléphone collé à l'oreille. Je me changeai et toquai à la porte du bureau de Lynne. Sa petite voix carillonnante m'ordonna d'entrer.

Tandis qu'elle tapait frénétiquement sur son clavier, je m'installai dans un des fauteuils face à elle, attendant patiemment qu'elle termine. Je pris un des magazines professionnels qui traînaient sur son bureau et le feuilletai distraitement.

— Tu devrais plutôt jeter un œil à ça, s'amusa-t-elle en me tendant l'édition du jour du *New York Times*.

Je repoussai le magazine et me saisis de la page du journal. Enfoui dans la rubrique « culture », un article parlait d'Andrew Blake et de son énigmatique réapparition sur le devant de la scène. Je le lus rapidement et dépliai la page pour y découvrir une photo de la soirée.

J'écarquillai les yeux et me redressai, atterrée, fixant

l'image et sa légende : « Andrew Blake accompagné d'une amie. »

Moi. Andrew Blake et *moi* en train de discuter quand nous étions près du bar.

— La photo trône déjà dans les vestiaires du personnel, m'indiqua Lynne.

— Bon sang ! râlai-je. Je ne savais pas qu'il y aurait des photographes, murmurai-je sous le choc.

— Alors ?

— Alors quoi ?

— Je dois déjà te reverser un pourcentage sur nos substantiels bénéfices à venir ? m'interrogea-t-elle en contournant son bureau pour me faire face.

— Lynne, n'accorde pas d'importance à tout ça.

— Evidemment que j'en accorde… Tu as conscience des implications de votre petite histoire ? demanda-t-elle avec conviction.

— Notre « petite histoire » ? répétai-je, estomaquée. Voyons, Lynne…

— On ne peut pas perdre ce client ! me coupa-t-elle. J'espère que tu sais ce que tu fais.

— Ce que je fais ? Mais absolument rien ! Je me contente de faire mon boulot, parce que ce fameux client a menacé de nous planter pour le *Four Seasons* ! m'écriai-je en me levant de ma chaise, soudainement en colère.

Je jetai le journal près de Lynne. Elle s'affaissa un peu, s'appuyant sur le bord de son bureau.

— Crois-moi, Lynne, je ne maîtrise rien dans cette histoire, ajoutai-je avec hargne.

— Ce n'est pas ce que je voulais dire, Kat. Mais tu connais la politique de l'hôtel…

— Je sais, on ne mélange pas les torchons et les serviettes ! soufflai-je, exaspérée.

Lynne avança vers moi, un air sérieux sur le visage, et me scruta. Je fuis son regard, toujours en colère contre ses sous-entendus.

— Kat, s'il se passe quelque chose entre Blake et toi, je te conseille de me le dire maintenant.

— Je t'en prie ! Comment peux-tu croire une chose pareille ? Il s'amuse… Je suis un jouet pour lui.

— Tu sais, ce n'est pas vraiment votre « relation » qui m'inquiète.

— C'est quoi alors ? La réputation de l'hôtel ?

— C'est la façon dont tu prends tout cela à cœur. Tu es la concierge la plus professionnelle que j'aie pu côtoyer et je ne t'ai jamais vue bouleversée comme ça par un client. C'est pour toi que je m'inquiète, pas pour l'hôtel et encore moins pour Blake. Juste pour toi. Je veux juste m'assurer que tu contrôles la situation.

— Je suis avec Dan et je sais encore comment garder une attitude professionnelle en toutes circonstances. Je vais d'ailleurs aller prendre mon service…

Un sourire se dessina sur ses lèvres et, presque aussitôt, ma colère contre elle disparut. J'étais plutôt d'un naturel calme et patient, mais je savais aussi que je virais soupe au lait dès qu'on me contrariait.

— Kat, je n'ai aucun doute sur ton professionnalisme, assura-t-elle avec apaisement.

— Merci ! dis-je avec gratitude.

— J'ai toujours eu de bons retours sur ton travail. Je ne veux pas perdre ce client… Et je ne veux pas que tu te perdes, toi. Je sais comment tu es, conclut-elle en se réinstallant dans son fauteuil.

— Et comment suis-je ? l'interrogeai-je.

— Le grand amour, les fleurs, les violons et tout ça…, s'amusa-t-elle en tapotant sur son clavier.

Je haussai les épaules. Lynne avait raison mais je savais que, dans ce cas précis, je pouvais faire face. Andrew Blake n'allait pas résider éternellement dans cet hôtel. Je tenais à mon boulot et ne voulais pas être à l'origine d'une perte de chiffre d'affaires.

Je pouvais survivre à Blake. J'avais les cartes en main, et désormais je ne serais plus que l'incarnation du professionnalisme.

— Je suis contente que tout soit clair au sujet de Blake, dit Lynne.

— Tu t'inquiétais pour rien. Je ne suis rien dans son monde.

Lynne ricana doucement avant de saisir la feuille qui sortait de son imprimante. Elle me la tendit et me fixa pendant que je tentais de déchiffrer le document.

— Qu'est-ce que c'est ? l'interrogeai-je en voyant quatre nuits consécutives en rouge sur le graphique.

— Ton planning de février.

— Et pourquoi cette semaine-là est en rouge ? demandai-je de nouveau en désignant les petites cases.

— Oh… Eh bien, même si tu n'es rien dans le monde de Blake, il a exigé ta présence pendant son séjour.

— Bon sang ! râlai-je.

J'examinai de nouveau mon planning. Il avait osé ! Ses abus de pouvoir à répétition commençaient à m'exaspérer. Mais, curieusement, je ressentais une pointe d'excitation et de joie à l'idée de le voir. Pas parce qu'il me plaisait, pas non plus parce qu'il était riche et célèbre, mais juste parce que j'existais aux yeux de cet homme dans un monde où je n'étais que transparence.

Après ma semaine de quatre nuits, j'avais trois jours de libre. Trois jours tombant impeccablement sur le week-end de la Saint-Valentin. J'esquissai un sourire, songeant à une escapade avec Dan.

— Ça ira ? me demanda Lynne pour s'assurer que je n'avais pas changé d'avis.

— C'est parfait, souris-je en pliant la feuille pour la glisser dans ma veste.

Après le départ de Sam — et ses félicitations pour le cliché dans le *New York Times* —, je compulsai les réservations à venir. Le nom de Blake apparut : quatre jours au Peninsula. En plus de sa suite habituelle, il avait aussi réservé deux autres chambres. Je récupérai son dossier, cherchant d'autres informations, en vain. Lynne n'avait sûrement pas encore eu le temps de le mettre à jour.

— Hé ! La star de la journée ! résonna la voix rieuse de Gregory.

— Ne t'y mets pas toi aussi !

Il dégaina un exemplaire du *New York Times*, plié judicieusement à l'endroit de l'article, et le posa devant moi. De nouveau, je regardai la photo. Je me demandais comment je n'avais pas pu voir les photographes et la réponse me sauta aux yeux : j'étais sûrement bien trop obnubilée par l'homme près de moi.

— J'ai parié vingt dollars sur la date de votre prochain rendez-vous ! sourit-il en s'accoudant à mon pupitre.

— Ce n'était pas un rendez-vous, claquai-je. Juste du boulot !

— Tut-tut-tut-tut-tut-tut, répondit-il en secouant la tête. Je ne suis peut-être pas un spécialiste mais, grâce à mon job, j'ai développé une espèce de science du comportement.

— Oh ! pitié… Tu vois des tueurs à tous les coins de rue, me désespérai-je.

— Toujours est-il que je suis resté les yeux rivés sur Blake toute la soirée.

— Et ?

— Et lui a eu les yeux rivés sur toi toute la soirée. Ce gars-là en pince clairement pour toi.

Je roulai des yeux, exaspérée. De toute évidence, les rumeurs au sein de l'hôtel allaient bon train au sujet de Blake et moi.

— Greg, je suis venue pour éviter un scandale au Peninsula. Il n'y a rien d'autre qu'une relation strictement professionnelle entre lui et moi.

— Je sais qu'il t'a raccompagnée chez toi.

— Grand Dieu, Gregory ! Tu n'as pas mieux à faire ?

— Ça fait partie de mon boulot. Je devais veiller au grain. Donc…

— Donc tes troupes t'ont fait un rapport détaillé, conclus-je, dépitée.

— Exactement. Ce cher Blake est rentré à l'hôtel à 2 heures du matin. Et si j'en crois mes « troupes », poursuivit-il en mimant les guillemets, il avait le sourire aux lèvres.

— Il avait sûrement passé une bonne soirée, soupirai-je en m'activant à ranger inutilement des dossiers.

— Certainement… D'autant plus qu'il l'a passée avec toi.

Il souleva les sourcils de façon suggestive. J'éclatai de rire avant de secouer la tête.

— Tu sais quoi ? Tu devrais récupérer tes vingt dollars ! ris-je.

— Allez… Raconte-moi… Il t'a raccompagnée jusqu'à ta porte…

— Parce qu'il est un gentleman, le coupai-je rapidement. Peut-être une notion que tu devrais approfondir au lieu de bavasser comme une vieille pie !

— Et vous avez dansé ensemble…

— En quoi est-ce si terrible ?

— Kat, j'étais là l'an dernier pour la fête des employés… Tu ne danses pas. Tu… remues, tu piétines et tu trébuches, expliqua-t-il en ondulant légèrement des hanches.

— J'étais juste polie. Je n'allais tout de même pas refuser une danse à un type qui justifie ton salaire mirobolant !

— Tu lui plais ! asséna-t-il, sûr de lui.

— Tu radotes ! ripostai-je sur le même ton.

Il prit un air faussement offusqué avant de retrouver un visage sérieux.

— Kat, fais attention à toi, murmura-t-il avec une lueur d'urgence dans le regard.

— Gregory… ! râlai-je en souriant.

— Je suis sérieux. Sois prudente.

Il me fixa intensément et une boule d'angoisse se forma dans ma gorge. Je déglutis avec difficulté avant de me décider à l'interroger :

— Que se passe-t-il ?

— Je ne voudrais pas qu'il t'arrive quelque chose.

— Comme quoi ?

Gregory secoua la tête et se tourna vers l'entrée de l'hôtel.

— Gregory ! l'interpellai-je en attendant sa réponse.

— S'il se passe quoi que ce soit… d'inhabituel, je veux que tu m'en parles.

— Ne sois pas…

— Kat, Blake est riche et célèbre. Crois-moi, il ne fait pas l'unanimité.

— Le détecteur de métaux ! m'exclamai-je soudain à voix basse.

Gregory hocha la tête. Il n'en laissait rien paraître, mais Blake était bel et bien menacé. Je regrettai de ne pas avoir pris mon portable pour poursuivre mes recherches. Visiblement, Andrew Blake cachait avec précaution ses petits secrets. Gregory me fit un sourire et son visage se détendit.

— Je présume que c'est pour toi ? m'interrogea-t-il en me tendant une enveloppe. Ça vient de la boîte postale.

Je levai les yeux sur le papier blanc, découvrant l'adresse de la boîte surmontée de mon second prénom. L'inconnu. Mon cœur se mit à battre la chamade, subissant ce désormais petit tressautement habituel.

— Je… euh… Oui… merci, balbutiai-je, gênée, en prenant le pli.

— Tu vas te décider à me raconter toute l'histoire ? demanda Gregory en se penchant au-dessus de mon pupitre.

— Non ! souris-je pendant que je cachais l'enveloppe dans ma bannette.

— Allez ! Tu utilises la boîte postale de l'hôtel, je pourrais te dénoncer pour ça !

— Et dire que j'allais te présenter la magnifique blonde qui accompagne Blake…

— Je… Que… Quoi ? Mais je croyais que… Enfin, tu disais…

— Il s’avère qu’ils sont juste amis ! lançai-je avant de lui tourner le dos pour ranger des papiers.

J’avançai sur ma gauche et entendis les pas de Gregory me suivre. Je souris, heureuse d’avoir réussi aussi facilement à détourner son attention.

— Elle s’appelle Meghan, ajoutai-je en lui faisant face de nouveau.

— Et… elle est célibataire ?

— Je pense. C’est une garce frigide, expliquai-je en reprenant les mots de Blake. Le genre de filles qui s’essuieraient les pieds sur ton postérieur sans même le remarquer !

— Elle me plaît déjà ! conclut-il en s’éloignant de mon pupitre.

— Greg, tu n’as aucune chance ! Jamais elle ne te laissera l’occasion de l’approcher.

— Mais je ne comptais pas lui demander son avis ! rit-il grassement avant de se diriger vers ses bureaux.

Près d’une heure après, Lynne quitta l’hôtel. Avant de franchir la porte, elle me donna le planning détaillé de Blake.

— Passe une bonne nuit ! lança-t-elle avec un sourire. Je dois rejoindre mon homme !

— Oh… Encore un dîner mondain, sifflai-je en sachant que Lynne allait agir de nouveau comme une parfaite potiche.

— En effet, sourit-elle.

Sa joie factice disparut dans l’instant. Lynne n’avait jamais rechigné à participer à ce genre de dîner. Son téléphone vibra et, après avoir lu un message sur l'écran, elle eut enfin un vrai sourire.

— Philip ? demandai-je, curieuse.

— Euh… non, avoua-t-elle en secouant la tête. Juste… quelqu'un.

Elle rangea son téléphone et j'aurais pu jurer que Lynne, la fille la plus loyale, droite et sérieuse du monde, était en train de me cacher quelque chose.

— Quelqu'un ? répétai-je en souriant face à son air faussement détaché.

— Quelqu'un. Je dois y aller, éluda-t-elle.

Elle se dirigea vers la porte, mais je décidai de ne pas la lâcher. Je me doutais de qui était derrière ce « quelqu'un ».

— Lynne ? l'interpellai-je avec un air parfaitement innocent.

— Oui ?

— Est-ce que, toi, tu contrôles la situation ? demandai-je.

Elle rougit vivement avant de secouer la tête, un air déconcerté sur le visage. Je ris doucement, et elle passa la porte de l'hôtel en prenant soin de ne pas répondre à ma question.

Après avoir glissé le planning de Blake dans son dossier sans même y avoir jeté un œil, la curiosité l'emporta et je le ressortis pour le lire. Autant être au courant de ce qui risquait de me tomber dessus.

Blake arrivait le 7 février dans le courant de la journée pour repartir le 12 au matin. Cinq nuits… Cinq longues et périlleuses nuits. Heureusement, je n'en faisais que quatre. Etonnamment, son planning ne me parut pas des plus copieux. Il y avait des réservations au restaurant pour seulement un déjeuner, un soin au spa — Meghan Stanton était donc du déplacement — et un dîner au *Five*.

Pour deux. Je suivis la ligne indiquant la date : le 9. Je secouai la tête, espérant chasser l'adrénaline qui cavalait dans mes veines. J'en avais envie. Et cela m'effrayait. J'avais envie de parler avec lui, de chercher la faille, de voir le masque tomber devant moi. Ce n'était pas Andrew Blake, géant des médias, qui m'attirait, mais seulement l'homme.

Mécaniquement, je fis les réservations au regard de son planning. D'office, j'ajoutai les prestations que je connaissais dorénavant : son petit déjeuner et la privatisation de la piscine. Brièvement, je songeai à la première fois que je l'avais vu nager. L'une de nos toutes premières conversations, et je m'étais très vite sentie piégée. Les choses n'avaient que peu changé : il menait la danse, je me contentais de lui opposer mes réticences, dont il se fichait éperdument.

Je refermai son dossier, à la fois soulagée et inquiète. Ce dîner pour deux hantait mes pensées.

Officiellement, il était un client. Officieusement, il était un client que j'avais embrassé.

Officiellement, j'étais avec Daniel. Officieusement… je ne savais pas si c'était une bonne chose.

Gregory quitta l'hôtel vers 21 heures et je me décidai enfin à ouvrir la lettre de l'inconnu.

Chapitre 10

« Marie,

Il semblerait que nous prenions, vous et moi, l'habitude de nous écrire. J'aime cette habitude. Votre dernière lettre, comme la première, a éclairé ma journée.

Malgré ce que vous m'avez dit, j'ose espérer que vos états d'âme sont éloignés des miens. Pendant longtemps, je n'ai été que peine et colère. Pendant longtemps, j'ai cru que ma vie ne serait qu'une succession de journées ternes et sans joie. Et finalement, j'ai décidé de suivre l'un de vos conseils : j'ai lu un livre. Puis un deuxième… Et un troisième.

J'ai mangé du chocolat, je l'ai apprécié. J'ai ouvert les yeux sur le monde qui m'entoure. Chaque matin, quand je me lève, le chagrin et la rage s'estompent. Je ne sais pas s'ils disparaîtront un jour mais, récemment, j'ai découvert que d'autres sentiments forts et puissants pouvaient m'habiter. Je ne dirais pas que mes jours sont éclatants, mais les nuages sont moins sombres.

Il y a tellement de choses que j'aimerais dire, faire, ressentir. Mais c'est encore trop tôt. Parfois j'ai l'impression d'être sur le bon chemin, et parfois je crois faire fausse route. Curieusement, j'ai l'impression qu'un siècle est passé. Les choses et les gens ont tellement changé que je ne suis pas sûr d'agir comme il faut. Ou peut-être est-ce juste l'âge… Tout me semble… trop rapide. J'ai à peine 30 ans, et j'ai l'impression d'avoir déjà vécu plusieurs vies.

Malheureusement, nous ne sommes pas voisins. Je vis

sur la côte Ouest, dans une maison qui fait face à l'océan. J'ai repris la fameuse liste dont vous parliez... Ce que je voudrais accomplir... « Etre heureux » est le premier de la liste. Qu'avez-vous écrit en haut de la vôtre ? Qu'avez-vous fait dernièrement de réellement incroyable ? De quoi avez-vous envie ?

Pendant que vous regardez la neige tomber, je regarde les vagues rageuses du Pacifique s'écraser en contrebas. Et plus je les regarde, plus je songe que je veux vraiment voir la neige avec vous. Le timing n'est pas un problème. Dites-moi juste où et quand. Je viendrai.

A bientôt.

Votre inconnu. »

Je relus la lettre plusieurs fois, m'attardant sur ces mots à la fois tristes et joyeux. Il semblait dépité, comme s'il tentait de se sortir du gouffre mais que, malgré tous ses efforts, il n'y parvenait pas.

Mon cœur cognait dans ma poitrine à un rythme frénétique. Mon imagination prit le pas sur ma raison. Je voyais sa stature élancée et parfaite, debout devant une baie vitrée gigantesque. Les vagues s'abattaient à ses pieds pendant que lui, immobile, scrutait l'océan. Je n'arrivais pas encore à lui donner des traits, ni à imaginer son visage. Mais je traçais dans mon esprit le contour de ses épaules, je voyais cette silhouette sombre, tourmentée, éclairée par la lumière du jour.

— Mademoiselle ! cria une voix devant moi.

Je relâchai la lettre et dirigeai mon attention sur l'homme bedonnant devant moi.

— Je vous prie de m'excuser. Que puis-je pour vous, monsieur ?

— Un taxi ! répondit-il sèchement.

— Tout de suite, monsieur. Autre chose que je puisse faire ?

Il ne me répondit pas et me tourna le dos pour se diriger vers la porte tambour. Je fis un petit signe au portier pour qu'il fasse arrêter un taxi avant de soupirer.

Invisible, une fois de plus.

L'homme sortit de l'hôtel, l'air bougon, et je ramassai ma lettre tombée au sol. Je la repliai, remarquant au passage qu'il s'agissait d'une feuille de bloc-notes. Je glissai le papier dans l'enveloppe blanche et remis le tout dans ma bannette. Il fallait que je digère tout ça avant de lui répondre.

La nuit fut calme. Angela occupait de nouveau son poste au bar et me questionna sur mon apparition à la soirée de Blake. A elle, comme aux autres, je servis la réponse politiquement correcte : j'avais été contrainte d'y aller. En riant, elle me répondit qu'il y avait, de toute évidence, pire comme « contrainte client ».

— J'ai hâte de voir à quoi il ressemble ! lança-t-elle alors que je retournais à mon pupitre.

— Il revient en février, avouai-je dans un sourire.

— Oh ! je ne suis pas la seule à être pressée de le voir !

— Ce n'est pas ce que tu crois. Cet homme est vraiment déstabilisant, rien à voir avec les clients habituels.

— Grossier ? demanda-t-elle.

— Prévenant plutôt.

— T'as toujours été plus veinarde que moi !

Je ris doucement, la laissant à son bar pendant que je regagnais mon poste. La plupart des gens ne voyaient que l'extérieur. Andrew Blake était prévenant, aimable et poli.

Mais sous ce vernis se cachait un homme secret, arrogant et cynique.

A mon départ, le lendemain matin, je prévins Sam des réservations effectuées pour Blake. Là encore, mon collègue me fit un clin d'œil et se fendit d'une remarque :

— Tu es aux petits soins !

— Comme pour tous mes clients !

— Humm… Oui, la différence, c'est que lui sort l'artillerie lourde pour te remercier. Une réception rien que pour t'exhiber !

— Ce n'est pas ce que tu crois ! m'exclamai-je.

— Tu es la favorite, grommela-t-il. Je ne veux même pas savoir ce que tu as dû faire…

— Tu ne crois tout de même pas que j'ai couché avec lui ?

— Ce n'est pas le cas ? s'étonna-t-il.

— Bien sûr que non ! Qui t'a raconté de telles âneries ?

Il y eut un petit silence étrange et tendu. Sam baissa la tête et je regardai les quelques employés autour de nous. Le groom, le portier, le serveur du bar, les femmes de chambre : tous me fixaient.

— Kat, c'est ce que tout le monde croit, m'avoua Sam avec un air désolé.

— Je ne couche pas avec Blake ! protestai-je, en colère.

Je quittai mon poste sur-le-champ, ne prenant même pas la peine de saluer Sam. Je me changeai en vitesse dans le vestiaire et me dirigeai vers la porte de service. Soudain, le souvenir de la lettre de l'inconnu me revint. Il fallait que je lui réponde. Je retournai sur mes pas et, sans un mot pour

Sam, toujours mue par la rage, je pris ma lettre avant de fuir cet endroit.

Avant que je ne m'en rende compte, j'étais devant la porte de l'appartement de Dan. Quand il ouvrit, un sourire apparut sur ses lèvres et je me jetai dans ses bras. Nous n'eûmes pas le temps de gagner la chambre, Dan me fit l'amour sauvagement sur le canapé, sans même prendre le temps de nous déshabiller complètement. Je m'endormis dans ses bras et fus réveillée quelques heures plus tard par la sonnerie de son téléphone.

Pendant qu'il discutait dans la cuisine, je m'étirai mollement et me rhabillai. Ce n'était pas dans mes habitudes d'agir ainsi, mais retrouver Daniel m'avait fait du bien. Je m'installai sur le canapé, les jambes repliées sous moi. Le téléphone à la main, mon petit ami me rejoignit avec un sourire.

— Je n'ai même pas eu le temps de te dire bonjour, dit-il en enroulant son bras autour de mes épaules.

— Désolée, m'excusai-je.

— Ne le sois pas. C'était loin d'être désagréable.

— C'est juste que… j'ai eu une nuit difficile, me justifiai-je en me rappelant que le sujet Blake était à éviter avec Dan.

— Je comprends mieux…

De nouveau, je choisis de mentir à Dan. Ces derniers temps, mentir était devenu une seconde nature. Je mentais à tout le monde, y compris à moi-même.

— Heureusement, Angela est revenue et nous avons pu discuter toutes les deux.

— Kat, tu sais que je suis toujours disponible pour toi. Si ça ne va pas, je serai toujours prêt à t'aider.

— Je sais.

Il m'embrassa doucement et me caressa la joue avec prévenance.

— Qui était-ce ? demandai-je en désignant le téléphone.

— Mon père. Il passe me voir en février. Il voulait savoir s'il devait prendre une chambre d'hôtel pour nous laisser notre intimité.

— Quand vient-il ?

— Juste avant la Saint-Valentin.

— Je travaille, grimaçai-je. Mais je suis libre pour le week-end des amoureux, et j'ai songé qu'on pourrait peut-être partir quelque part toi et moi…

— Je ne sais pas, Kat, on devrait attendre. En fonction de mon nouveau boulot.

— Oh… Oui. Bien sûr.

Je me levai du canapé, vraiment déçue de voir la perspective de notre week-end en amoureux s'évaporer. Alors que je me postais devant la fenêtre, je sentis les bras puissants de Dan m'entourer. Le ciel était gris et chargé, et cela renforça ma mauvaise humeur.

— Ne sois pas triste, Kat. Je ne veux rien te promettre. On verra si c'est possible.

— Je comprends. C'est juste que… j'avais déjà fait des projets et que… rien.

Il me mit face à lui et prit mon visage entre ses mains :

— Je te promets de tout faire pour être libre pour la Saint-Valentin.

— Je voulais juste changer d'air, murmurai-je. J'ai besoin d'être loin d'ici.

Daniel fronça légèrement les sourcils, cherchant à fixer mon regard. Je baissai les yeux, honteuse de vouloir fuir à tout prix et cette ville et Andrew Blake.

— Veux-tu me dire ce qu'il se passe ? m'interrogea doucement mon petit ami.

— Rien… Juste le travail… J'ai besoin de vacances. Rien d'autre, assurai-je dans un énième mensonge. Je vais rentrer chez moi et dormir un peu.

Dan relâcha mon visage et je me blottis dans ses bras réconfortants. Nous restâmes enlacés pendant quelques minutes, dans un silence à peine troublé par le bruit de la circulation. Soudain, Dan s'écarta et m'adressa un sourire éblouissant.

— Voilà ce que je propose : à la fin de ton service, tu viens ici et je promets de tout faire pour te changer les idées.

— Dan…

— Et je vais voir avec mon potentiel futur nouveau patron s'il peut me libérer pour la Saint-Valentin.

— Mais…

— Et je t'emmènerai où tu veux. Enfin, en fonction de mes maigres moyens, mais on se débrouillera. On organisera un dîner romantique, avec des chandelles, et on fera l'amour sur une peau de bête devant un feu de cheminée, plaisanta-t-il.

— Euh…

— Excessif, la peau de bête ? sourit-il.

— Un lit, c'est bien aussi.

— Va pour un lit…

Il rit doucement et ce simple son me détendit totalement. J'oubliai le fantôme Blake et les médisances de l'hôtel, et m'imaginai déjà en tête à tête avec mon amoureux pour tout un week-end.

— Je vais rentrer, dis-je en attrapant mon manteau. Il faut que je récupère.

— Je dois déjeuner avec Jodie, tu veux te joindre à nous ?

— Hum… Je ne suis pas très en forme. Pourquoi pas la semaine prochaine ? On pourra fêter ton nouveau job !

— Comme tu veux, répondit-il, un air ravi sur le visage.

Quatre heures plus tard, je retrouvais l'hôtel et les regards moqueurs de mes collègues, tandis que Sam m'adressait un sourire compatissant. Apparemment, il avait passé la journée à démentir une à une toutes les rumeurs qui couraient sur Blake et moi. Au mieux, j'avais une liaison avec lui, au pire, j'avais été rémunérée pour le distraire.

Après un énième ricanement de deux femmes de chambre, je décidai de ne plus y faire attention. Je trouvais la situation des plus ironiques. Personne ne connaissait la vérité et tout le monde se gaussait de savoir quelque chose. Tous pensaient que je couchais avec Blake alors que c'était faux. Je voulais faire en sorte que ma relation avec Dan fonctionne et je lui mentais sur la plupart des choses que je ressentais.

En pleine nuit, alors que je parlais avec Angela des fameuses rumeurs, elle me demanda qui elle devait croire. Je sirotais mon thé, installée au bar, pendant qu'elle essuyait et rangeait des verres.

— Moi évidemment ! Je n'ai pas couché avec Blake ! assénai-je.

— Parce que tu ne voulais pas ?

— Angela ! m'écriai-je, offusquée.

— Kat, je te connais par cœur. Quel est le problème ?

— Il n'y a aucun problème ! Je veux juste que… Il ne s'est rien passé. C'était juste une soirée.

— Alors pourquoi réagis-tu ainsi ? Tu travailles ici

depuis des années, tu as toujours été hermétique à ce monde clinquant… Toute cette histoire ne devrait pas te toucher.

— Je sors avec Dan, expliquai-je.

— Raison de plus… Tu n'as rien à prouver à personne. Tu sors avec Dan et tu as passé une soirée, une seule, avec Blake. Et il ne s'est rien passé, donc…

Sa voix s'éteignit pendant que je baissais les yeux sur la tasse de thé entre mes mains. Mon cœur se serra un peu en songeant que je me fendais d'un nouveau mensonge par omission.

— Kat ?

— Tu as raison… Je devrais laisser couler.

— Il s'est passé quelque chose, n'est-ce pas ? m'interrogea Angela en délaissant ses verres.

— Je n'ai pas couché avec Blake, répétai-je avec obstination.

— Ce n'est pas ce que je te demande.

Je levai les yeux vers elle et soupirai. Peut-être que si je le lui disais les choses seraient moins pénibles. Peut-être qu'en avouant la vérité je me sentirais moins mal. Peut-être qu'elle comprendrait ce que je ne comprenais pas.

— On… Enfin… Il m'a embrassée, avouai-je finalement en triturant ma tasse.

— Waouh !

— Mais c'était rien du tout, balayai-je rapidement. Rien du tout.

— Ce type est marié, Kat, ce n'est pas « rien du tout » !

— Il est veuf.

Je levai les yeux vers Angela, dont les yeux écarquillés ne laissaient aucun doute sur son état de stupéfaction.

— Veuf ? répéta-t-elle, estomaquée.

— Depuis deux ans.

— Kat... Mais... Mais c'est... Bon sang... C'est énorme ! Ça veut dire que tu lui plais vraiment !

— Bien sûr que non, répondis-je en sautant de mon tabouret. Nous ne sommes pas du même monde, et je ne suis sûrement qu'une distraction éphémère pour lui.

— Et ça te déçoit ? m'interrogea-t-elle avec un petit sourire.

— Je suis plutôt soulagée en fait. J'ai déjà eu ma photo dans le journal, j'aimerais autant que ça en reste là !

Je quittai le bar en entendant le rire d'Angela résonner derrière moi. Je secouai la tête, apaisée de lui avoir confié mon secret. Maintenant qu'elle le connaissait, j'avais la sensation étrange d'être plus légère. Elle avait raison : il fallait que je reste hermétique à tout ça. Ainsi qu'à Blake et aux regards extérieurs.

Ragaillardie, j'envisageais désormais de ne plus faire attention aux quolibets. J'aurais même pu en profiter ou en jouer, mais je voulais avant tout que la situation s'apaise. Il ne se passait rien avec Blake. Il ne se passerait jamais rien. Ça, j'en étais certaine.

Avant de rejoindre mon pupitre et après m'être assurée que personne ne rôdait dans le hall, je bifurquai vers mon vestiaire et y récupérai mon sac. Je retournai à mon poste et relus la lettre de l'inconnu.

Aucun prénom, aucun détail sur sa vie. Il mentionnait seulement résider sur la côte Ouest, ce qui ne m'aidait pas beaucoup. Je tournai la feuille de papier pour y trouver l'adresse d'une boîte postale. Comme moi, il brouillait les pistes et préférait rester discret. *L'anonymat auquel tant de gens répugnent n'est pas une si mauvaise chose*, songeai-je en repensant furtivement à ma photo dans le journal.

« Cher inconnu,

Me direz-vous un jour votre prénom ? Non pas que je cherche à vous retrouver, mais vous connaissez le mien. Ne serait-ce pas un juste retour des choses que j'apprenne le vôtre ?

Pour tout vous dire, j'aime aussi vous écrire. Je n'oublie pas que ma lettre a retenu votre attention, et je ne veux pas gâcher ma chance de vous connaître. J'ai pris le temps de vous imaginer… Même si je n'ai aucune idée de vos traits, de la couleur de vos yeux ou de votre allure générale, vous avez quelque chose de familier et d'étrange. Pourquoi, en seulement deux lettres, ai-je la sensation de vous connaître ? Un peu comme si vos messages empruntaient un chemin secret et tortueux jusqu'à moi. Le vrai moi.

Qu'avez-vous lu dernièrement ? Je suis une dévoreuse de livres. Dites-moi ce que vous avez aimé dans vos dernières lectures. Je ne serais pas étonnée que nos goûts soient identiques, bien que nos sensibilités — vous êtes un homme — soient différentes.

La rage et la peine s'estompent. C'est ainsi et c'est inexorable. Je vous l'avais dit et je suis heureuse que vous vous sentiez mieux. J'ose espérer que les nuages se dispersent peu à peu. Je suis presque déçue que vous habitiez si loin… Presque, parce que je doute d'avoir le courage de vous dire où et quand venir regarder la neige. Je ne suis pas quelqu'un de courageux. C'est l'un de mes pires défauts.

Je comprends votre ressenti sur le temps qui va trop vite, les années qui s'écoulent trop rapidement. Je vis dans une ville surpeuplée, perpétuellement en mouvement, active à toute heure de la nuit et du jour, et pourtant, parfois, j'ai la sensation étrange d'être un personnage immobile au milieu de la foule. Comme si je m'étais arrêtée alors que tout le monde bougeait. Je suis hors du monde finalement. Et j'ai choisi ma vie en conséquence. Que faites-vous de votre côté ?

En haut de ma liste... En haut de ma liste... J'ai peur de ne pas être originale et dire que je veux être heureuse, moi aussi. Tout le monde veut être heureux. Donc, oui, « être heureuse ». Aimer. Rire. Acheter une bibliothèque et un nouvel appartement pour l'y installer. M'endormir auprès de quelqu'un que je chérirais plus que tout. Plus que ma propre vie. Je travaille ce dernier point.

Donnez-moi votre liste. Pas le haut de la liste, car ce n'est pas ce qui m'intéresse. Ce que je veux savoir, ce sont vos souhaits ridicules et inavouables. Sauf à moi. Parce qu'on ne se connaît pas et que votre route ne croisera pas la mienne avant une éternité.

La neige ne tombe plus. Je crois que nous devons remettre notre rencontre à plus tard.

Je vous embrasse.

Marie. »

Je pliai ma lettre avec précaution et la glissai dans l'enveloppe pour l'inconnu. Je mis le tout dans mon sac, me promettant de l'envoyer dès le lendemain.

Mes dernières heures de présence furent calmes. Je rangeai quelques dossiers et éclusai les « exigences clients ». A 7 heures, Maria apparut dans le hall, vêtue d'un simple jean et d'un pull en laine noir, trois fois trop grand.

— Bonjour, Kat.

— Maria, souris-je en me penchant pour l'embrasser.

— Je crois que Lynne a laissé un planning des réceptions de février pour moi quelque part.

Je soulevai quelques dossiers et ouvris le planning, mais ne trouvai rien. A court d'idées, je décidai de pénétrer dans le bureau de Lynne, à la recherche du précieux document. Alors que j'ouvrais les tiroirs un à un, Maria s'installa dans un des fauteuils et m'observa patiemment.

— Blake a dépensé une fortune chez moi, lâcha-t-elle avec un petit sourire.

— Ah oui ? fis-je en continuant de fouiller. La réception…

— Non. Pas la réception. Toi.

— Les roses viennent de chez toi ? m'étonnai-je.

— Les trente, oui.

— Oh ! génial… Je féliciterai son assistante à l'occasion…

— Il les a choisies lui-même, me coupa-t-elle.

Cette précision créa un court silence, me laissant assimiler l'information. Andrew Blake, l'un des hommes les plus influents du pays, avait choisi mes roses. Mes roses. Un large sourire éclaira le visage de Maria pendant que je retenais le mien avec discrétion. Mon cœur s'emballa en imaginant Blake cherchant les fleurs idéales, juste pour moi, dans la petite boutique de Maria. Je levai les yeux vers elle, stupéfaite, avant de me reprendre :

— Maria, si tu veux savoir si j'ai couché avec Blake, repris-je, la réponse est…

— Non… Je sais.

Je cessai mes recherches et m'affalai dans le fauteuil près d'elle, reconnaissante de trouver enfin quelqu'un qui me croyait.

— Les rumeurs sont terribles, soufflai-je. J'ai décidé de ne plus y prêter attention, mais… tout le monde parle.

— Tu n'empêcheras personne de médire sur lui et sur toi.

— Oui… Je suis « rafraîchissante », ironisai-je avec sarcasme.

Je me levai du fauteuil et ouvris un placard sur ma gauche. Triomphante, je brandis le planning des réceptions de février pour le tendre à Maria. Elle le saisit avec un sourire et le détailla rapidement.

— Kat, j'ai vu beaucoup d'hommes passer dans ma boutique. Des hommes bien et d'autres moins honnêtes, mais je t'assure que j'ai rarement vu un homme aussi décidé que lui, expliqua-t-elle alors que nous quittions le bureau de Lynne.

— Je sais, soupirai-je, un trait de caractère vraiment agaçant.

— Agaçant, mais exemplaire. Il a fait plus pour toi en trente minutes que ce que font la plupart des hommes dans toute une vie.

— Maria, il a juste commandé un bouquet de roses… Certes, peut-être extravagant et inattendu, mais…

— Il tenait à te les amener lui-même, m'interrompit-elle. Il y tenait vraiment !

— Une bonne chose que tu sois parvenue à lui faire changer d'avis, répondis-je. Je t'ai dit qu'il pouvait se montrer agaçant.

Au loin, je vis les grooms s'activer pour fleurir le hall et les quelques chambres occupées. Je pris le planning de Blakc, en fis une copie et le donnai à Maria.

— Il a fait retarder son vol d'une heure, sourit Maria en ignorant le document.

— Grand bien lui fasse ! assénai-je, de plus en plus agacée. Je rangeai des dossiers, m'activant inutilement derrière mon pupitre. Je ne voulais pas en savoir plus. Apprendre qu'il avait lui-même choisi les roses me tourmentait suffisamment.

— Kat, souffla Maria en m'empoignant le bras, comprends-tu ce que je suis en train de te dire ?

— Je n'ai aucune envie d'en savoir plus, répondis-je sèchement.

— Il a retardé son vol, il m'a fait ouvrir la boutique à 6 heures du matin. Quel genre d'homme fait ça ? s'écria-t-elle.

— Je…

— Non, demande-toi plutôt pour quel genre de femme un homme fait tout ça, corrigea-t-elle, fière de sa démonstration.

— Blake nourrit son propre mythe. Il aime créer sa légende.

— Kat, les roses étaient prêtes, sa voiture l'attendait pour le conduire chez toi.

— Et il ne l'a pas fait, fis-je remarquer.

— Parce qu'il a eu un coup de fil, se rembrunit-elle.

Etonnamment, je compris que je voulais connaître l'explication. J'aurais été ravie — stupéfaite, voire incrédule, mais ravie aussi sans aucun doute — de voir Andrew Blake débarquer de nouveau chez moi. Peut-être parce que là-bas je n'avais plus cette angoisse alliée à cette nervosité qui me paralysaient à l'hôtel.

— Quel genre de coup de fil ? demandai-je en retenant mon souffle.

— Je ne sais pas, répondit Maria en haussant les épaules. Il a parlé d'une urgence familiale, et donc il m'a chargée de te faire parvenir les fleurs.

Elle me libéra et je vidai tout l'air contenu dans mes poumons.

Une urgence familiale.

Je pris conscience, seulement à cet instant, que je ne savais pas si Andrew Blake avait des enfants. Après son mariage, il aurait été légitime que sa femme et lui décident de fonder une famille. Maria me fixa alors que j'étais perdue dans mes pensées. Tout s'entrechoquait : sa femme, la réception, l'hôtel… Un léger sourire se dessina sur les lèvres de notre fleuriste et elle sembla satisfaite de m'avoir fait perdre pied.

— C'est un homme bien, Kat. Il était tellement déçu de ne pas t'amener les fleurs.

Je souris malgré moi. Cet homme avait tout ce qu'il désirait. Il avait l'argent, le pouvoir, la renommée et même le respect de ses concurrents…

— Andrew Blake ne fait pas ce genre de chose ! assénai-je dans une vaine tentative pour convaincre Maria qu'elle avait tort.

— Il faut croire que tu es l'exception.

Je me figeai. L'« exception »… Ses propres mots, et il me semblait encore les entendre, entendre sa voix chuchoter près de mon oreille. Je frissonnai légèrement, ce simple souvenir me chamboulait totalement.

Après la révélation de Maria, j'eus la sensation d'être engourdie, prise dans un brouillard épais sans pouvoir distinguer quoi que ce soit. Dans un état quasi second, je partis retrouver Dan.

Après une sieste chez lui, installée confortablement dans le creux de ses bras, cette sensation de malaise se dissipa. Dan me fit rire, me racontant comment son père lui avait appris à faire du vélo sous une pluie battante, tout en le suppliant de ne pas tacher son pantalon avec de la boue.

— Maman était tellement patiente avec nous, conclut-il avec nostalgie.

— De quoi… Enfin…

— Elle était malade. Je veux dire… cyclothymique. Elle a eu un jour sans et a décidé d'en finir.

— Je suis désolée, Dan.

— C'est du passé. Je préfère oublier tout ça.

Pendant une seconde, j'avais espéré que Dan s'ouvre à moi. Je ne connaissais rien de son passé et j'avais envie d'en savoir plus. La mort de sa mère était quelque chose que j'avais facilement deviné, mais j'aurais aussi aimé connaître les événements heureux de sa vie.

Je l'embrassai doucement avant de décider de quitter son appartement. Il me retint, prolongeant notre étreinte. J'étouffai un gémissement en le sentant me serrer fortement contre lui. Je suffoquai presque. Il se recula finalement et souda son front au mien.

— Sais-tu à quel point tu comptes pour moi ? demanda-t-il dans un murmure.

Je hochai imperceptiblement la tête, à bout de souffle.

— Bien. Je voulais juste m'en assurer.

— Tu comptes beaucoup pour moi aussi, affirmai-je en plantant mes yeux dans son regard sombre.

— On se voit demain ?

— Demain… et les autres jours aussi.

Devant le Peninsula, je m'arrêtai au kiosque pour acheter mon exemplaire du *New Yorker.* Alors que mes yeux naviguaient sur les présentoirs débordant de revues et de journaux, je remarquai un magazine avec la photo d'Andrew Blake. Après une seconde d'hésitation, je l'achetai, alléchée par l'accroche : « Andrew Blake, mythes et légendes ».

Je n'eus pas le temps de lire l'article, la nuit fut incroyablement agitée. Je dus m'atteler à une panne de l'éclairage dans une des salles de réception, puis à un dysfonctionnement d'un des ascenseurs.

Après un moment de calme, je profitai de ma dernière heure de service pour inspecter les chambres. J'eus alors la désagréable surprise de trouver Kim, piaillant dans son téléphone portable, assise sur un lit d'une des suites « senior ». En me voyant, elle blêmit et rangea précipitamment son appareil.

— Filez à votre vestiaire ! grondai-je.

— Mais je viens de commencer ma journée…

— Et d'achever votre brillante carrière ici. Dégagez ! assénai-je sèchement.

Elle me toisa méchamment et me dépassa pour sortir de la suite. Je refermai la pièce et m'apprêtai à prévenir la gouvernante pour faire remplacer Kim au plus vite, mais cette dernière se tourna vers moi, un air furieux sur le visage :

— Je n'arrive pas à croire que Blake couche avec une pétasse pareille.

— Kim, je vous conseille de vous taire.

— Un homme comme lui avec un si mauvais goût…, ajouta-t-elle.

— Eh bien, dans la mesure où il a demandé à ne plus vous croiser, je ne peux qu'aller dans votre sens. Maintenant, quittez cet hôtel.

— Sinon quoi ? Vous allez me faire évacuer de force ?

J'approchai d'elle, collant mon visage à quelques centimètres du sien :

— Je n'aurais aucun scrupule à le faire, assurai-je entre mes dents.

Je l'entendis déglutir bruyamment, puis elle recula et fila

jusqu'à l'escalier de service. Avec un soupir, je contactai la gouvernante et lui expliquai la situation.

Je regagnai mon poste à l'instant où Sam s'installait. Je lui racontai l'épisode Kim, qui le fit beaucoup rire.

— Estime-toi heureuse, tu aurais pu la trouver dans une situation plus compromettante.

— Non… Evite de me mettre ce genre d'images dans le crâne. Cette fois, je la vire pour de bon !

— Tu devrais filer, je crois qu'on t'attend.

Je levai les yeux vers l'entrée de l'hôtel, trouvant le regard insondable de Daniel. Je lui fis un sourire heureux — enfin une bonne nouvelle — auquel il répondit à peine. Il semblait perdu dans ses pensées.

— Tout va bien ? demandai-je après l'avoir embrassé furtivement.

— Juste de la fatigue. Et j'avais envie de te voir, ajouta-t-il en enroulant un bras possessif autour de mes épaules.

C'est ainsi qu'une douce et rassurante routine s'installa entre Dan et moi. A l'occasion, il venait me chercher directement à l'hôtel, même si, la plupart du temps, c'était moi qui rejoignais son appartement au petit matin. Nous parlions de tout et sortions, dès que mes jours de repos nous le permettaient, au cinéma et au théâtre. Dan avait même réussi à me traîner au stade pour un match de base-ball. Le résultat fut plutôt décevant : je fus clouée au lit par la grippe.

Janvier s'égrena rapidement. Les rumeurs au sujet de ma pseudo-liaison avec Blake s'éteignirent progressivement et je cessai d'être l'objet des commérages. J'aidai Lynne à la préparation de son mariage, principalement pour son plan de table. De son côté, Philip avait entamé, à ma demande, un début de prospection pour me trouver un nouvel appartement.

Je craignais l'arrivée du mois de février. Blake allait revenir et je redoutais de repartir dans ce cercle vicieux alternant rumeurs et démentis.

J'entamais ma dernière nuit avant un repos salvateur précédant le retour de Blake. Il me faudrait des forces et toute mon énergie pour survivre à une éventuelle confrontation.

Alors que j'examinais son planning, notant quelques modifications mineures sur son organisation, Gregory m'interrompit en chantonnant mon prénom :

— Kat, Kat, Kat…

— Tu sais que tu es assez flippant quand tu fais ça ?

— Ne sois pas désagréable avec l'homme qui t'apporte ton courrier.

Il agita une lettre devant moi et mon cœur bondit dans ma poitrine.

L'inconnu.

Je tendis la main pour la récupérer, mais Gregory l'écarta.

— J'ai entendu dire que Blake avait requis ta présence pour les prochains jours ? s'amusa-t-il.

— J'ai entendu dire que Lynne était une sacrée commère.

— Donc c'est vrai ?

Il baissa sa garde et la lettre fut de nouveau à ma portée. D'un geste vif, je tentai de la récupérer mais, encore une fois, Gregory esquiva. Il me lança un regard entendu, attendant ma réponse.

— Oui, soupirai-je. Je suis là pour ses cinq nuits à l'hôtel.

— Tu veux dire, là, ici, ou là, là-haut ? demanda-t-il en désignant le plafond.

— Très fin, Greg. Il me semble que tu es de service toi aussi, ajoutai-je en secouant la feuille, reprenant le planning d'Andrew Blake, et je n'en déduis pas que ton adorable fessier lui plaît.

— Tu trouves mon fessier adorable ?

— C'était juste une manière de parler ! râlai-je en fixant mon enveloppe entre ses doigts.

Je commençais à m'impatienter sérieusement. Gregory jouait avec ma lettre et avec mes nerfs.

— Si j'arrive à te dégoter le numéro de la blonde, tu me donneras cette lettre ?

— Du chantage... Ce truc est donc vraiment important, insista-t-il en triturant l'enveloppe.

— S'il te plaît, Gregory !

Il posa la lettre sur mon pupitre, la poussa en ma direction, tout en me fixant avec une lueur d'amusement. Je posai ma main sur l'autre extrémité de la lettre, la tirant légèrement vers moi.

— Son numéro, hein ? répéta-t-il.

— Je lui dirai à quel point ton fessier est adorable, souris-je.

— Inutile... Je le lui montrerai personnellement !

Il s'éloigna vers son bureau, et j'arrachai presque l'enveloppe pour récupérer ma lettre. Mon cœur battait à tout rompre dans ma poitrine et je patientai une seconde pour prendre une profonde inspiration avant de la déplier.

Mes doigts tremblaient un peu, peut-être d'excitation ou de peur. Ou peut-être que j'étais juste stupide. Il ne m'avait pas écrit pendant presque trois semaines, et je prenais conscience seulement maintenant que le lire m'avait manqué.

« Chère Marie,

Avant toute chose, toutes mes excuses pour mon silence des dernières semaines. J'espère ne pas vous avoir blessée. J'ai parfois du mal à trouver du temps pour moi. Ce qui est assez terrible quand on songe que je suis seul la plupart du temps. Si ma solitude a longtemps été un choix, car je ne supportais plus le monde dans lequel je vivais, elle est désormais ma compagne exclusive. Une compagne dont j'aimerais me débarrasser.

Je ne sais comment vous pouvez m'imaginer. Et non… je ne vous donnerai pas mon prénom. Je ne dis pas que jamais je ne le ferai, mais pas tout de suite. J'aurais peur de rendre notre « relation » trop réelle ou trop normale. Alors que je sais qu'elle ne l'est pas. Je n'ai parlé de vous à personne et j'aime l'idée que ce que nous faisons ne reste qu'entre nous. C'est précieux et rare, pas vraiment partageable.

Dernièrement, j'ai relu du Shakespeare. Là encore, ce n'était pas un choix, mais sûrement un des rares livres que j'ai gardés de ma scolarité. Il traînait dans ma chambre d'enfance. Je présume que ma mère le gardait comme une relique. J'aimerais que vous me conseilliez une de vos lectures.

Je suis curieux… Quel genre de vie avez-vous choisi ? Je ne pense pas que vous soyez recluse, ou seule, ou même triste. Non, pas triste. Vos lettres ne reflètent pas la tristesse. Vous êtes l'espérance, la joie, le rire. J'aimerais entendre votre rire, mais je constate que vous retardez notre rencontre. Que cachez-vous ? Malgré tous mes efforts, je n'arrive pas à vous imaginer. Je ne vois rien… Du moins, rien qui vous ressemblerait un peu.

Au milieu de ma liste… Franchement, je ne sais pas. Peut-être que je voudrais avoir le temps d'être auprès des gens que j'aime. Mon neveu s'amuse à se déguiser en Spider-Man et sa mère devient dingue. Donc je crois que c'est ça que je voudrais faire : regarder Spider-Man et rire avec lui.

Je vous embrasse aussi.

Votre inconnu.

P.-S. : On s'embrasse alors ?

P.P.-S. : Vous faites aussi partie de ma liste… J'ai vraiment envie de vous rencontrer. »

Un sourire immense s'étira sur mes lèvres. Je relus la lettre une seconde fois et la serrai contre moi, extatique et ravie, avant de la ranger avec précaution dans son enveloppe.

Sa dernière phrase flotta dans ma tête quelques instants. Il voulait me rencontrer. Mais si lui ne voulait pas donner son prénom pour ne pas briser notre précieuse histoire, moi, je ne voulais pas rencontrer l'homme qui se cachait derrière ces lettres. Je m'étais créé un personnage imaginaire et parfait, et je voulais que cela reste ainsi : un moment de partage entre deux inconnus. Malgré toute l'adoration que j'avais pour nos échanges, je savais aussi que cela ne durerait pas. La réalité finirait par nous rattraper. Il se lasserait, c'était évident. Je me promis de lui répondre dès que je serais chez moi.

Au petit matin, je gagnai directement mon appartement. Dan était parti rendre visite à un vieil ami, et je me retrouvais seule pour le week-end. Après des jours de relation de couple normale avec lui, mon appartement et ma vie me semblèrent affreusement vides. Il me manquait. Sa chaleur, son sourire, sa façon de vouloir me protéger de tout…

Je passai ma soirée calée dans mon canapé, enroulée dans une couverture chaude. Ce n'est que le jour d'après, au matin, que je me décidai à répondre à l'inconnu.

« *Cher inconnu,*

Merci de votre lettre. Ne vous inquiétez pas du délai de

réponse, parfois il semble que le temps passe plus vite que nous le pensons. Dans le pire des cas, j'aurais sûrement mis une annonce dans le New Yorker pour vous retrouver. Quelque chose qui dirait : "Hé, vous savez, je suis la fille de New York qui passe son temps à vous raconter sa vie ennuyeuse."

Je n'ai pas non plus parlé de notre "relation" à mes proches. Je ne sais pas vraiment pourquoi. Peut-être que je ne veux pas qu'on me juge. Une de mes amies pense que je perds mon temps en lisant ces annonces. Vous, en seulement quelques phrases, venez de me prouver l'inverse. Je ne perds pas mon temps. Je vis ce dont j'ai envie. Une fois encore, j'ai tenté de vous imaginer. J'ai encore cette sensation étrange de vous connaître sans vous connaître.

Vos lettres parviennent à me toucher, à m'émouvoir si facilement que j'ai la sensation d'être à nu. Cela pourrait être presque effrayant, voire angoissant. Mais j'aime ça. J'aime ouvrir vos lettres en me demandant ce que je vais y trouver. J'aime ouvrir vos lettres et découvrir votre écriture fine et régulière. J'aime me dire que je touche le papier que vous avez touché.

Ma vie est plutôt routinière. Pas triste, non, mais la surprise ne fait pas partie de mon monde. Tout est toujours attendu, normal, prévisible. Serait-ce ingrat de dire que j'aimerais plus ? Je voudrais me lever un matin dans un endroit et finir ma journée ailleurs. Sans prévision, sans plans prédéfinis. Mais le destin m'a oubliée. Il m'a posée sur une route toute droite, sans aucune autre alternative que de la suivre encore et toujours.

J'ai l'impression que votre route à vous est plus sinueuse et surprenante. Je vous envie.

Je vous envie d'autant plus que vous avez une famille qui vous entoure. Je n'ai pas cette opportunité, tout le monde est un peu disséminé dans le pays et ne se préoccupe pas vraiment de ce que font les autres. Et quelle chance d'être l'oncle de Spider-Man… Une célébrité en plus !

Pour la lecture, je vais réfléchir… Je lis tellement de

choses différentes. J'aimerais vraiment vous faire partager quelque chose de fort. Je vous propose un échange… Je vous conseille un livre, et vous me faites profiter d'une de vos passions. Peu importe laquelle… Offrez-moi un peu de surprise dans ma vie si linéaire. Et, par pitié, rassurez-moi et dites-moi que vous ne dormez plus dans la chambre de votre enfance. Aux dernières nouvelles, la mienne a été transformée en immense placard fourre-tout et est quasiment inaccessible.

Je vous embrasse (oui, vraiment !).

Marie. »

En relisant ma lettre, je pris conscience que j'avais esquivé cette histoire de liste. J'étais sur la sienne et je devais avouer qu'il était aussi dans la mienne. Je n'arrivais pas encore à déterminer l'importance qu'il avait dans ma vie, mais j'étais sûre d'une chose : j'avais besoin de ses lettres. J'avais besoin de lui parler, de lui dire ce que je gardais habituellement pour moi.

Après avoir erré dans mon appartement, attendant patiemment un appel de Dan, je me décidai à sortir. Naturellement, mes pas m'amenèrent à ma librairie habituelle, une minuscule boutique où s'amoncelait une quantité astronomique d'ouvrages, essentiellement des occasions. J'aimais cet endroit, je pouvais y flâner pendant des heures sans forcément y acheter quelque chose.

Et c'est ce qu'il se passa. J'y restai pendant près d'une heure, arpentant les allées en feuilletant quelques bouquins. Alors que j'allais ressortir, farfouillant dans mon sac à la recherche d'un mouchoir, je vis ma lettre pour l'inconnu. Un livre…

Je retournai dans la boutique, cherchant un ouvrage à la hauteur. Après en avoir ouvert une dizaine, je désespérais vraiment de trouver la perle rare. Désemparée, je sortis ma lettre et la relus. Soudain, j'eus une illumination. Je revins à la section sur la littérature russe que je venais de dépasser et trouvai mon bonheur. *Les Pauvres Gens* de Dostoïevski serait parfait. Que pouvais-je choisir d'autre qu'un roman épistolaire entre un homme et une femme ?

Satisfaite de mon achat, je rentrai chez moi pour emballer le livre avant d'aller le poster. Devant la boîte aux lettres, j'eus un instant d'hésitation. Le souvenir de l'envoi de ma première lettre mêlé aux émotions que j'avais ressenties en ouvrant la dernière me revinrent en tête. Pendant une seconde, j'envisageai même de reprendre mon courrier pour le lui dire. Mais je revins à la raison, j'étais avec Daniel, j'avais une vie, des amis, un métier. Je me sermonnai et postai ma lettre ainsi que le livre en me mordant les lèvres. Mon cœur avait encore tressauté de cette façon désormais familière. Je l'ignorai, rentrant chez moi en supportant la vague de tristesse mâtinée d'amertume qui pesait à présent sur mes épaules.

Ma dernière soirée avant ma reprise du travail fut pénible. J'étais agacée par tout et n'importe quoi, pestais sur moi-même et ma maladresse. Je n'arrivais à me concentrer sur rien, même pas sur un livre ou un mauvais téléfilm. Malgré plusieurs tentatives, je ne parvins pas à trouver le sommeil, angoissée par la perspective du retour de Blake au Peninsula. Daniel m'appela, mais même avec lui je fus glaciale et pas franchement prolixe. La communication ne dura pas et je prétextai la fatigue pour écourter notre conversation.

Au milieu de la nuit, j'abandonnai et me levai. Mes yeux tombèrent sur l'exemplaire de *Powerfull* que j'avais dû décortiquer pour Blake. Je récupérai mon portable et résolus de reprendre mes recherches. Blake avait eu le bras assez long pour connaître mon passé — et je ne savais pas encore à quel point ma vie était à nu —, je décidai donc de m'armer pour parer à ses nouvelles attaques.

Je découvrais qu'il avait limité ses apparitions depuis le décès de sa femme. Il se contentait d'assister aux réunions de travail de son groupe. Sa vie était décortiquée sur internet à coups d'enquêtes et de contre-enquêtes. Mais, très vite, je compris que personne ne connaissait la vérité sur lui. Je cherchai des informations sur l'enquête faisant suite à la mort de son épouse, mais ne trouvai rien. Les quelques liens qui prétendaient rediriger vers des articles ne fonctionnaient pas ou disaient simplement que l'article n'existait plus.

Alors que le jour se levait sur New York, je refermai mon ordinateur, déçue par le résultat de mes recherches. Rien ne filtrait sur lui, il me faudrait donc improviser.

Chapitre 11

Pour la première fois depuis mon embauche au Peninsula, j'avais les mains moites à l'idée de reprendre mon service. En temps normal, je serais allée me rassurer dans les bras de mon petit ami, mais en son absence, je devrais prendre sur moi.

Je saluai Sam en entrant et me dirigeai à vive allure vers mon vestiaire. Comme si me changer plus vite allait accélérer mon temps de présence ici ! Je retrouvai mon poste et écoutai d'une oreille peu attentive les transmissions de Sam :

— Blake arrive dans deux heures, j'ai envoyé un chauffeur à l'aéroport.

A la mention de son nom, mon corps sortit de son engourdissement et tous mes sens s'éveillèrent. Il allait revenir.

Je saluai à peine Sam et tentai de me concentrer sur ma tâche. Mais rien n'y faisait, j'étais ailleurs. Le cœur battant, je scrutais la porte tambour. Au moindre de ses mouvements, je sentais une boule de nervosité se caler douloureusement dans le creux de mon estomac.

Pour me changer les idées, je montai inspecter la suite d'Andrew Blake. Evidemment, je constatai qu'il manquait des serviettes, mais aussi le nécessaire à thé et à café. Je passai un coup de fil en cuisine et décidai d'aller en chercher moi-même à la laverie. A mon retour dans le hall gigantesque de l'hôtel, je devinai la silhouette de Meghan Stanton, en pleine discussion animée au téléphone.

Il était là. Devant mon pupitre, discutant avec une brune au sourire éblouissant. Ma respiration s'arrêta pendant que je détaillais sa tenue. Son pantalon noir tombait impeccablement et sa chemise, légèrement cintrée, mettait en valeur ses muscles dorsaux et sa silhouette harmonieuse. Je passai derrière mon bureau, le feu aux joues. Je pris une profonde inspiration et me lançai :

— Bonsoir, monsieur Blake, ravie de vous revoir au Peninsula.

— Kathleen, me salua-t-il avec un demi-sourire. Je dois avouer que le plaisir est hautement partagé. Vous avez l'air en forme.

Je baissai les yeux, fuyant son regard inquisiteur. Je lui présentai son passe et lui souhaitai un bon séjour à l'hôtel.

— La piscine est réservée pour 22 heures, ajoutai-je.

— Bien… Lauren, auriez-vous un bloc-notes ? demanda-t-il en se tournant vers la femme près de lui.

La jeune femme brune chercha dans son sac, mais secoua la tête. Elle récolta au passage un regard furieux de Blake, suivi d'un soupir désapprobateur.

— Kathleen, auriez-vous de quoi faire mon bonheur ? demanda-t-il en effleurant le bout de mes doigts.

— Je… euh…

— Un bloc-notes, Kathleen. Un simple bloc-notes.

Il eut de nouveau ce sourire amusé sur les lèvres et je me mis à fouiller frénétiquement autour de moi. J'ouvrais les tiroirs, soulevais les dossiers et maudissais ma gêne. Juste un bloc-notes… Je finis par ouvrir ma bannette personnelle, retrouvant le magazine que j'avais acheté en voyant en une un article sur Blake.

Je la refermai vivement, faisant presque trembler les installations autour, avant de dénicher un bloc-notes juste devant mes yeux. Je le tendis à Andrew, qui y gribouilla quelques chiffres.

— Lauren, appelez ce numéro et faites les vérifications d'usage.

— Bien, monsieur.

Elle s'écarta et, armée de son petit papier, composa le numéro sur son portable.

— Et ne vous attardez pas ! râla Blake tandis que la pauvre jeune fille rougissait brusquement.

Je me retrouvai seule avec lui. Mon cœur cognait violemment dans ma poitrine et j'avais la sensation que tout mon corps me démangeait. Je plaçai mes mains dans mon dos, espérant ainsi limiter ma nervosité. Mon client me fixa avec intensité pendant que je tremblais sur mes jambes. Son regard étincelant et plein d'énergie se radoucit et il se pencha vers moi, un air sérieux sur le visage :

— Avez-vous reçu mes fleurs ? s'inquiéta-t-il.

— Je… euh… Oui, merci, marmonnai-je en me morigénant pour ne pas avoir songé à le remercier plus tôt. Elles étaient superbes.

— Pas autant que vous, j'en suis certain. Accepteriez-vous de m'accorder l'une de vos soirées pendant mon séjour ici ?

— Je crains que non, monsieur.

Il se recula, une pointe de déception dans le regard, et me fixa. Je pris une profonde inspiration et me décidai à poursuivre :

— J’ai apprécié votre invitation, mais j’aimerais désormais que notre relation demeure strictement professionnelle…

— Je vous laisse trois semaines et l’ensemble de mes efforts est réduit à néant. Je n’aurais pas dû partir, ajouta-t-il avec un léger sourire.

— Monsieur Blake, je peux vous assurer que…

— Faites-moi plaisir et abandonnez le « monsieur Blake », proposa-t-il.

— Je suis en service, monsieur Blake.

Il soupira et secoua la tête. Quand il leva les yeux vers moi, il sembla amusé par la situation. Je me tordis les doigts, m’encourageant à tenir. Il n’était qu’un client. Juste un client.

— Votre entêtement est louable, mais inutile, railla-t-il en se penchant vers moi.

— Je vous souhaite une bonne soirée, monsieur Blake.

— Aurais-je le plaisir de partager un moment avec vous ? En privé, ajouta-t-il alors que je prenais une teinte coquelicot.

— Je reste à votre disposition, lâchai-je automatiquement avant de réaliser la portée de mes mots.

— Je suis heureux de l’apprendre.

Son assistante revint vers nous et il se recula, comme si nous n’avions jamais eu cette conversation étrange et gênante.

— J’ai contacté FedEx. Ils livreront demain matin, avant 7 heures.

— Parfait. Kathleen, ayez l’obligeance de signer le bon de livraison et de me l’amener avec mon petit déjeuner.

— Bien, monsieur.

— J’ai réservé une chambre pour mon assistante, ajouta-t-il. Lauren, vous retournerez à San Francisco demain.

Elle acquiesça mais, même moi qui ne la connaissais

pas, je pus lire la déception sur son visage. Blake ne s'embarrassait pas des humeurs de ses proches. Il imposait ce qu'il voulait, hermétique à ce que les autres pouvaient ressentir.

— Bonne nuit, Kathleen.

— Bonne nuit, monsieur Blake.

Son assistante fit un bref mouvement de tête et le suivit, à distance, en direction des ascenseurs. Quelques minutes plus tard, Meghan Stanton se présenta à mon pupitre, un sourire victorieux sur les lèvres :

— Etes-vous bien concierge ce soir ou dois-je faire demander quelqu'un ? maugréa-t-elle.

— Que désirez-vous, mademoiselle Stanton ?

— Mon arrivée ce soir n'était pas prévue. Je doute que Lauren ait eu le temps de me réserver une chambre.

— Nous avons encore des suites disponibles.

Je lui réservai une chambre de catégorie supérieure et elle s'éclipsa à son tour en direction des ascenseurs. Environ une heure plus tard, Andrew Blake réapparut et se dirigea vers la piscine. Le souvenir des serviettes manquantes me revint à la mémoire et je fonçai jusqu'à la laverie avant d'en monter à sa chambre.

Des costumes étaient déjà suspendus, en attente de nettoyage. Je les pris et les confiai à une femme de chambre en lui indiquant que c'était prioritaire sur tout le reste. Finalement, presque à contrecœur, j'allai à la piscine déposer des serviettes-éponges épaisses et moelleuses.

Il nageait un crawl énergique et élégant. Une fois encore, je m'attardai à le regarder pendant que son corps luttait contre la résistance de l'eau. Il jetait ses bras en avant avec force tandis que les muscles de son dos s'étiraient sous sa peau. Je posai les serviettes mais, malheureusement, heurtai un des bains de soleil en teck qui entouraient la piscine.

Arrivé à l'autre extrémité du bassin, Andrew Blake se redressa et me lança un regard glacial. Je m'excusai dans un murmure et il reprit sa nage. Je détournai les yeux et, avec un pincement au cœur, m'éloignai pour sortir de cet endroit.

Je regagnai mon poste, encore bouleversée par le regard froid et dénué de toute émotion d'Andrew Blake. Malgré ma volonté de placer une certaine distance entre lui et moi — il était un client et j'avais Dan —, son indifférence me blessait. Je secouai la tête. J'avais voulu cette situation. Je voulais une relation professionnelle, je ne pouvais pas le blâmer d'être si distant. Comme tous les autres clients.

Près de deux heures plus tard, Andrew Blake regagna sa chambre, passant dans le hall sans me regarder.

Mon cœur se serra de nouveau et j'eus la sensation que toute ma cage thoracique se comprimait douloureusement. Je chassai ce ressenti désagréable en m'occupant des réservations à valider et du placement des invités d'un congrès médical. Vers 2 heures du matin, j'allai au bar discuter avec Angela :

— Il est là, soufflai-je avec gêne.

— Je sais, répondit-elle avec un sourire entendu.

Elle me prépara mon thé habituel et se planta devant moi, attendant que je parle.

— Je lui ai dit que je voulais une relation professionnelle.

— Oh… Et quelle a été sa réaction ?

— Aucune idée… Ça l'amuse, mais j'ai l'impression qu'il m'ignore maintenant.

Angela me tourna le dos et se concentra sur le rangement des verres. Je soupirai lourdement, ressentant de nouveau ce picotement désagréable dans ma poitrine.

— C'est une bonne chose, non ? C'était bien ce que tu voulais ? demanda mon amie en redirigeant son attention sur moi.

Je levai les yeux de ma tasse, réfléchissant à ce que je voulais vraiment. La douleur gagna mon ventre et je retins un gémissement.

— Kat ? C'était bien ce que tu voulais, non ?

— Je… Je ne sais pas. Il… Je… C'est compliqué, conclus-je finalement.

— Compliqué ? Kat, laisse-moi résumer la situation : tu as embrassé Andrew Blake…

— Il m'a embrassée, rectifiai-je.

— OK… Il t'a embrassée. Tu lui demandes une relation strictement professionnelle et il t'ignore. Je ne vois pas la complication. Il agit comme tu le lui demandes.

Je soupirai de nouveau avant de m'apercevoir que c'était exactement ce qui me gênait. Il agissait en fonction de ce que je lui disais, et ce comportement était exceptionnel, au sens premier du terme, pour un type comme lui.

— Je ne sais plus où est la ligne jaune, murmurai-je.

— Cette ligne n'existe pas, Kat. Et si elle existe, tu ne peux pas la franchir comme bon te semble. Soit il se passe effectivement quelque chose avec Andrew Blake, soit tu restes la concierge du Peninsula. Tu ne peux pas jouer sur les deux tableaux.

— Angela, je sors avec Dan. Il n'est pas question qu'il se passe quelque chose avec Blake.

— Bien. Dans ce cas, tu sais ce que tu dois faire.

Dans un état second, je rejoignis mon pupitre. Angela, mon amie pleine de bon sens, avait raison. Je savais où j'en étais. J'avais Dan… Et dans mon autre monde, j'avais Blake.

Peu après 7 heures, le livreur de FedEx se présenta et me fit signer un bordereau de livraison. Je récupérai une grande enveloppe épaisse et lourde. Je filai aux cuisines, déposai sur une desserte l'enveloppe et le petit déjeuner de Blake, et grimpai au dix-neuvième étage.

Je toquai à la porte et, avant que je n'aie le temps de glisser mon passe-partout, Andrew Blake m'ouvrit, un téléphone vissé à l'oreille et une cravate dénouée autour du col de sa chemise. D'un mouvement de tête, il me désigna le salon et mit fin à son entretien.

— Bonjour, monsieur Blake.

— Bonjour, Kathleen. Toujours aussi professionnelle, sourit-il en me voyant lui servir une tasse de café fumant.

— Je vous en prie.

Il noua sa cravate dans un geste expert et avala son café d'un trait. Je reculai un peu, ne sachant pas si je devais vraiment rester ou partir.

— Je ne vous retiens pas ! lança-t-il en saisissant un dossier devant lui.

— Bonne journée, monsieur, murmurai-je au comble de la gêne.

Je quittai la pièce, mais me figeai en l'entendant me suivre. Je décidai de l'ignorer et d'agir en concierge discrète et détachée.

— Kathleen, si vous avez trouvé mon attitude inconvenante le soir de la réception…

— Non, le coupai-je vivement. Ce n'était pas… inconvenant.

— J'ai passé un bon moment moi aussi, avoua-t-il en souriant largement.

Je lui souris à mon tour, baissant légèrement le regard. Un silence gêné s'installa et Andrew Blake se racla la gorge pour le briser :

— Aurai-je donc la chance de passer une soirée avec vous ?

— Non, souris-je en rosissant.

— Je reformule : aurai-je la chance de passer une soirée avec la concierge de cet hôtel ?

— Je…

— Notez que je reste dans un cadre strictement professionnel. Déontologiquement parlant, vous ne pouvez pas refuser.

Je ris doucement, heureuse de retrouver l'homme de pouvoir que je connaissais maintenant.

— Je vous souhaite une bonne journée, monsieur Blake, éludai-je en sortant de sa suite.

— Vous aussi, Kathleen. Oh ! Kathleen ? m'interpella-t-il alors que je refermais la porte.

— Oui ?

— M. Perkins m'a autorisé à vous réquisitionner ce soir. Je vous attends dans ma suite à 20 heures.

Je me pétrifiai sur place. Il retourna dans le salon et je l'entendis rire.

— Cette relation professionnelle me plaît déjà ! lança-t-il.

*
* *

Le soir même, après avoir passé la journée à me ronger les sangs, je gagnai le Peninsula avec une boule au ventre. Je me sentais nauséeuse, nerveuse et sans aucun contrôle. Je ne pris même pas la peine de rejoindre Sam, Lynne était chargée de prendre le relais en mon absence.

En tremblant, j'enfilai ma veste, réajustai inutilement mon badge et finis par abandonner tout espoir de rassembler mes cheveux. Je les laissai retomber sur mes épaules, me fustigeant d'être aussi faible. Je ne savais même pas ce qu'il me voulait, et j'étais en train d'angoisser comme une idiote.

Il avait encore gagné. Je me cachais derrière ma relation professionnelle et lui s'en servait pour me contrer.

Je traversai le hall en ignorant sciemment le regard de Lynne sur moi. Je grimpai dans la cabine d'ascenseur et appuyai sur le bouton du dix-neuvième étage.

Les mains moites et le cœur battant, je toquai doucement à la porte de la suite d'Andrew Blake. Comme ce matin, il m'ouvrit, raccrochant sèchement son téléphone alors que je franchissais le seuil d'entrée.

— Monsieur Blake, le saluai-je poliment.

— Kathleen. Vous êtes en avance, constata-t-il en regardant sa montre.

— Je… Toutes mes excuses, je ne voulais pas être en retard, marmonnai-je.

— Avancez, je vous en prie, m'intima-t-il en me désignant un des fauteuils du salon.

Je m'assis, prenant soin de ne pas m'installer confortablement. Je voulais rester alerte face à lui, et me détendre n'allait pas m'aider à me préserver. Je restai donc au bord du siège, crispée et scrutant le moindre mouvement d'Andrew Blake. Il se dirigea vers le bar et nous servit deux verres. Il m'en tendit un que je regardai avec suspicion.

— Du jus de pomme. Je crois me souvenir que vous aimez ça.

— Merci, murmurai-je en prenant le verre.

Il but une gorgée, son regard rivé au mien, avant d'ôter sa veste et de défaire sa cravate. Il ouvrit les deux premiers boutons de sa chemise, et la boule de nervosité que je ressentais depuis son annonce du matin doubla instantanément de volume. Il jeta veste et cravate sur le canapé face à lui et s'installa près de moi. Je frissonnai légèrement avant de cacher mon trouble dans mon verre de jus de fruits.

— J'ai besoin de vos services pour faire un choix.

— Quel genre de choix ? l'interrogeai-je.

— Un choix… féminin. Un cadeau pour tout vous dire.

Je me figeai, serrant mes doigts autour de mon verre. Le souffle court, je fixai ses prunelles étincelantes. Mon cœur s'emballa anormalement pendant que je réfléchissais à toute allure.

— Bien. Comment puis-je vous aider ? articulai-je péniblement. Je peux vous conseiller certaines boutiques et…

— La boutique vient à nous ce soir. Mais j'avais besoin d'un modèle et je sais déjà que vous serez à la hauteur, sourit-il.

— Oh… Très bien, acquiesçai-je, perdue.

— Ceci dit, après notre dernière soirée ensemble, je ne pensais pas devoir négocier votre présence.

— Je vous l'ai dit. Je souhaite m'en tenir à une relation strictement…

— Professionnelle… Oui, j'ai compris. De toute évidence,

j'ai été trop... présomptueux, dit-il en accentuant le dernier mot.

Le souvenir de son mot accompagnant les roses me revint en tête. Etre son « exception » de nouveau, sans condition cette fois. Je me cachai de nouveau dans mon verre, m'autorisant une seconde de réflexion.

— J'ai apprécié votre geste, murmurai-je.

— J'ai apprécié votre compagnie. J'aimerais juste... renouveler l'expérience.

— Pourquoi faites-vous ça ? Je... Je ne fais pas partie de votre monde...

— Mon monde était triste, Kathleen. Et puis, il y a eu vous.

Il me fit un faible sourire, presque contrit, et j'y répondis aussi doucement que possible. Ma nervosité s'estompa un peu, laissant place à autre chose. Peut-être une forme de compassion ou de tendresse. Je m'enfonçai un peu dans le fauteuil sans toutefois me laisser complètement aller.

— Vous êtes si... différente. Vous n'agissez pas comme je m'y attends.

— Parce que je vous demande une relation professionnelle ?

— Peut-être. C'est juste que... j'ai la sensation de vous connaître.

— Je... euh... Monsieur...

Il me jeta un regard froid, m'interrompant aussitôt.

— Andrew, repris-je plus doucement, je suis flattée, mais...

— J'aime quand vous m'appelez par mon prénom. Le « monsieur Blake » est tellement... impersonnel, sourit-il.

— Je n'ai pas changé d'avis, soulignai-je.

— Je sais. Vous êtes tellement têtue, s'amusa-t-il. Mais j'aime que vous campiez sur vos positions.

— Pourquoi ?

— Parce que je vais devoir tout faire pour vous rallier à ma cause.

— Votre cause ? répétai-je en contenant un rire tandis qu'il se levait.

— Une bonne cause, ajouta-t-il en se plaçant derrière mon fauteuil. Moi, précisa-t-il en se penchant pour chuchoter à mon oreille.

Je me tournai pour tenter de lui répondre mais il avait déjà disparu dans sa chambre. Un coup fut donné contre la porte et Andrew Blake retraversa le salon pour aller ouvrir. Je finis mon verre d'un trait, encore sous le choc de ma conversation avec lui.

Sa cause… Son mot… Son sourire. Il me semblait que tout tourbillonnait, m'entraînant sur le chemin que je ne voulais pas prendre. Je devais tenir. Pour Dan, pour l'hôtel et surtout pour moi-même. Il n'y avait rien entre Blake et moi. Encore une fois, il prenait plaisir à se jouer de ma personne. Les forces me revenaient progressivement et je secouai la tête. Je devais me reprendre.

Je me levai du fauteuil, lissai ma veste et redressai la tête. Andrew Blake revint dans la pièce et me fit un léger sourire. J'y répondis avec encore une trace de gêne avant de sentir mon ventre se tordre. Soudain, il y eut cette sensation inédite. Je me coupai du monde, perdue dans son étincelant regard. Mon corps se liquéfia, mes jambes se mirent à trembler et mon cœur s'affola.

Je fermai furtivement les yeux, tentant de refouler ce malaise, en vain. Quand Blake posa sa main sur le bas de mon dos pour me guider dans la pièce principale de la suite, le brouillard se dissipa légèrement et mon corps reprit vie.

Je marchais sans vraiment m'en rendre compte. L'intégralité de mes connexions nerveuses coïncidait vers l'endroit où la main de Blake traînait.

— Dois-je vous présenter Kathleen ? lança-t-il à l'homme face à lui.

— Kat et moi nous connaissons déjà.

Toujours prise dans mon marasme, je levai les yeux vers la voix profonde et rauque de l'homme. En le reconnaissant, je me figeai totalement et la sensation douce-amère d'être dans une brume cotonneuse reflua dans l'instant pour laisser place à la panique.

— Bonsoir, Kat, me salua Nelson en tendant sa main vers moi.

Je le saluai poliment, regardant alternativement le visage de Blake — plutôt satisfait de sa mise en scène — puis celui de Nelson, qui tentait de réprimer un sourire.

Au sein de l'hôtel, nous appelions Nelson « l'homme qui valait trois milliards ». Il avait un accès plutôt libre au Peninsula, allant et venant au gré des demandes des clients. Demandes qui, généralement, se révélaient onéreuses et extravagantes.

Nelson était le représentant de la maison Cartier, s'occupant exclusivement des clients VIP.

— Je vous en prie, installez-vous, proposa Blake en lui désignant un fauteuil près du piano.

Nelson s'exécuta, son sourire moqueur ne quittant pas ses lèvres. Mes mains étaient moites et j'avais envie de fuir cet endroit. J'avais déjà refusé un cadeau de la part de Blake, et il n'avait franchement pas apprécié. Puis j'avais accepté sa robe et craignais d'avoir ouvert la boîte de Pandore. Maintenant, il ne connaissait plus aucune limite.

Le vendeur ouvrit sa petite valise noire, révélant un échantillon de la dernière collection. Un ensemble de colliers, bracelets et boucles d'oreilles trônaient sur un tissu rouge vif. Avec délicatesse, il les écarta et, juste après avoir déballé un miroir ovale et un tapis de velours noir, nous les présenta.

Blake me guida vers le deuxième fauteuil, qui faisait face au premier. Après avoir jeté un œil aux bijoux, il s'installa nonchalamment sur l'accoudoir de mon siège, conservant une stressante proximité. Je me frottai les mains sur ma jupe, cherchant une solution.

— Voyez-vous quelque chose qui vous plaît ? me demanda-t-il doucement.

— Je... euh... Tout est... superbe, bégayai-je en rougissant.

— Je trouve aussi.

— Il faut les essayer, proposa Nelson avec un sourire. Cela vous donnera un point de vue plus intéressant.

La nervosité me gagna totalement et je croisai les bras sur ma poitrine dans une vaine stratégie de défense. Blake se saisit de l'un des bracelets, magnifique et brillant, pendant que Nelson commentait : « Diamants et or blanc. » J'inspirai profondément, pendant que les doigts de Blake saisissaient doucement mon poignet, me forçant à déplier mes bras.

— N'oubliez pas que vous devez me donner votre avis.

— Pour qui est-ce ? demandai-je naïvement.

— A votre avis ? A qui puis-je offrir ce genre de cadeau ? sourit-il tout en glissant le bracelet autour de mon bras.

Ses doigts effleurèrent ma peau, bougeant doucement le cercle de diamants autour de mon poignet. Objectivement, je ne pouvais nier qu'il était superbe, mais mon attention était focalisée sur le mouvement précis et caressant des doigts d'Andrew Blake sur moi. Je frissonnai légèrement.

— Il vous va très bien, murmura Blake en levant les yeux sur moi.

— Il irait à n'importe qui, souris-je.

— Je ne pense pas. L'élégance ne s'improvise pas, et je sais que vous êtes élégante dans tout ce que vous faites.

Il retira le bracelet de mon bras et le reposa sur la table. Ma peau me picota un peu et je frottai mon poignet dans un excès de stress. Toujours assis près de moi, Blake tendit la main et attrapa une paire de boucles d'oreilles.

— Notre nouvelle collection : les orchidées. La partie supérieure en onyx, la partie inférieure en diamant, indiqua Nelson.

— Elles sont très discrètes, renchérit Blake en fronçant les sourcils.

— Vouliez-vous quelque chose de plus imposant ?

— Je ne sais pas… Qu'en pensez-vous, Kathleen ?

— Je pense que le bijou doit refléter la personnalité de la femme à qui vous l'offrez, murmurai-je la gorge nouée.

Un sourire se dessina sur les lèvres de Blake. Il observa les boucles nichées dans sa paume avant d'étouffer un rire.

— Discrète, en effet. Et élégante, ajouta-t-il en plantant ses yeux dans les miens. Toujours très élégante.

Je rougis violemment, quittant ses yeux pour ne pas perdre pied. La façon dont Andrew Blake me regardait n'était ni dérangeante ni désagréable. Juste perturbante et étrangement familière. Il bougea légèrement et je m'ajustai à sa position. Tourné vers moi, il prit une des boucles et repoussa mes cheveux dans mon dos.

Il passa le bijou et mit le fermoir avant de placer sa main sur ma nuque, maintenant mes cheveux écartés.

— Très joli, murmura-t-il.

Sa main se serra autour de mon cou. Il remonta lentement vers ma chevelure, perdant l'extrémité de ses doigts dans mes racines. Ma respiration s'accéléra et je haletai presque quand il se pencha à hauteur de mon cou. Son souffle caressa ma peau, me tirant un nouveau frisson. Sa main glissa, longeant l'encolure de ma veste. Son pouce effleura le lobe de mon oreille avant de se placer juste devant, tenant mon visage fermement.

— Qu'en pensez-vous ? me demanda-t-il en saisissant le miroir.

Je le pris doucement, l'ajustant à hauteur du bijou. Mais je ne le regardais pas. Je me doutais que cette boucle d'oreille devait être magnifique, que le mélange de diamant et d'onyx devait la rendre unique, mais tout ce que je voyais, c'était la main de Blake sur moi.

— Alors ?

— C'est… très… joli, soufflai-je, le cœur battant.

— Je suis d'accord. Je trouve ça assez prometteur, ajouta-t-il pendant que la pulpe de son pouce caressait ma peau.

— En effet, murmurai-je, écarlate.

— De toute évidence, vous êtes faite pour porter des bijoux. Et le noir ressort superbement sur votre peau.

— Nous avons le collier assorti, si vous le souhaitez, lança Nelson.

Au son de sa voix, je sursautai, me souvenant de sa présence. Depuis qu'Andrew s'était installé près de moi, j'étais presque hermétique au reste. Je n'existais que dans l'espace restreint de ce fauteuil, connectée à lui. Les bijoux étaient étalés devant moi, scintillants sous la lumière vive, et pourtant, la seule chose qui attirait mon regard, c'était lui.

— J'aime le contraste entre le diamant et l'onyx, apprécia Blake. L'alliance de quelque chose de pur avec quelque chose de sombre.

— C'est vrai que cela peut sembler hasardeux, reprit Nelson, mais…

— Trouvez-vous ça hasardeux, Kathleen ? m'interrogea-t-il en ignorant Nelson.

— Non… Je trouve ça… original.

Je regardai la boucle dans le miroir. C'était beau. Vraiment beau. Andrew Blake retira sa main et mes cheveux retombèrent, cachant le bijou. Je l'ôtai rapidement, le reposant sur la table, parmi les autres.

— Original… Non, je ne crois pas que cela convienne.

— Votre amie fait dans le conformisme ? demandai-je, piquée de curiosité.

— Non. Elle est vraiment… unique, murmura-t-il en prenant ma main.

Il me fit lever. Je constatai que mon corps obéissait au doigt et à l'œil à cet homme. Il me relâcha et passa derrière moi. Je le suivis du regard, inquiète de ce qui allait encore se passer. Plus la soirée avançait, plus je craignais la fin de cette rencontre. Je jetai un regard à Nelson, qui rangeait les boucles dans leur écrin.

Je sentis les mains fraîches de Blake sur ma nuque et il empoigna ma veste. De nouveau, mon corps fut extrêmement docile. Pendant que je me demandais ce qui lui prenait, le tissu glissait sur mes bras, me laissant en chemisier réglementaire.

— Andrew, murmurai-je, tétanisée.

— Pour les colliers, expliqua-t-il. Vous serez plus à l'aise.

Quelques secondes plus tard, je sentis le contact froid d'un bijou autour de mon cou. Le pendentif, succession de boucles de diamants et d'or rose, tomba devant moi. Je penchai la tête, admirant le collier. Les doigts d'Andrew Blake travaillèrent derrière moi, caressant ma peau. Il se pencha au-dessus de mon épaule, évitant cette fois tout contact, et me demanda de me tourner :

— Vous permettez ?

Je hochai la tête, l'esprit complètement embrumé. Ses mains se posèrent sur mon chemisier et il en défit le premier bouton.

— Nous sommes toujours dans le cadre d'un entretien strictement professionnel, Kathleen, me rappela-t-il avec un petit sourire.

— C'est évident… Sinon, je ne vous aurais pas laissé faire.

— Le « sans condition » était vraiment trop présomptueux. Comment ai-je pu croire que des fleurs vous suffiraient ?

— Elles étaient superbes.

— Mais pas aussi belles que ce collier, n'est-ce pas ?

Il défit un second bouton et écarta doucement les pans de mon chemisier. Le pendentif tomba sur ma peau, se nichant à la naissance de mon décolleté.

— N'est-il pas magnifique ? nous interpella Nelson.

— Le modèle est en effet superbe, répondit Blake en me fixant. Votre teint est parfait.

Son index longea la chaîne à petits maillons, traçant un chemin brûlant sur ma peau, avant d'atteindre le pendentif. Il le suivit à son tour, entraînant mon cœur dans une cadence infernale. Je me mordis les joues, espérant calmer la chaleur qui s'emparait de mon ventre. Haletante, je fermai les yeux, priant pour survivre. Mais il ne s'arrêta pas.

Après le pendentif, il suivit le creux de mes seins et le caressa furtivement. Je me sentais faible, molle, soudainement fatiguée d'avoir tant lutté pour lui résister et faire bonne figure. Je serrai les poings, me maintenant à une corde invisible.

Brutalement, la caresse cessa. Il retira son doigt et je rouvris les yeux.

Il était toujours devant moi.

Les joues rouges, le souffle court et la bouche sèche, je titubai légèrement avant de me retenir au fauteuil.

— Je crois que j'ai fait mon choix, murmura-t-il. Elégance, discrétion…

— … unique, ajoutai-je en m'humectant les lèvres.

— Evidemment. Que choisiriez-vous pour vous-même ?

— Je… Je n'ai pas les moyens, marmonnai-je en essayant de reprendre mes esprits.

— C'est un cadeau. Dites-moi… Qu'est-ce qui vous ferait plaisir ? Je ne voudrais pas commettre d'impair avec cette femme.

De l'index, je désignai les boucles d'oreilles devant moi.

— Choix judicieux, déclara Nelson dans un sourire en prenant les boucles pour les emballer.

— Oui. Ceci dit, je crois que je vais plutôt prendre le bracelet.

— Oh… Comme vous désirez.

Il reposa les boucles et prit le bracelet pour le glisser dans un écrin en velours noir, rehaussé du nom de la marque.

— Mais…, murmurai-je, presque hagarde.

— Merci d'avoir fait le modèle. Ma mère sera ravie de savoir que vous avez œuvré à son cadeau d'anniversaire.

— Son… cadeau ? Votre… mère ? bégayai-je, stupéfaite.

— Ma mère, oui. Qu'aviez-vous imaginé ?

Je fronçai les sourcils et tentai de me composer un masque de parfaite indifférence. J'avais la sensation d'avoir été propulsée du haut d'une montagne russe et me trouvais maintenant en pleine perdition, oscillant entre la détestation et l'envie de le féliciter pour son jeu d'acteur.

Machinalement, je posai mes doigts sur le collier, toujours autour de mon cou. Je me sentais incroyablement ridicule. Comment avais-je pu me laisser embarquer dans cette histoire ? Il agissait en homme prévenant et, la seconde suivante, il était juste l'homme puissant et arrogant. Je passai la main sur ma nuque, tentant de trouver le fermoir.

— Laissez-moi faire, proposa-t-il.

Sans me laisser le temps de répondre, il se pencha sur moi et ses mains entourèrent mon cou. Son visage était à quelques centimètres du mien. Mon cœur reprit son rythme effréné pendant que ma respiration devenait laborieuse. De nouveau, je titubai et, instinctivement, posai mes mains sur son torse pour éviter de tomber.

Je sentis ses muscles se tendre puis, tout de suite après, il étouffa un rire. J'enchaînais visiblement les gaffes ce soir. Je baissai la tête, fixant mes doigts crispés sur sa chemise.

— Voilà qui n'est pas très professionnel, Kathleen, murmura-t-il tout en effleurant mon cou.

— Retirez-moi ce collier, grondai-je.

— Un peu de patience, murmura-t-il. Je veux faire les choses correctement.

Il se recula et reposa le bijou sur la table. Du coin de

l'œil, je vis Nelson ranger son matériel. Blake se dirigea vers lui et confirma son choix du bracelet. Je me réinstallai dans le fauteuil, attendant la fin de cette soirée. Je jetai un regard à ma montre avant de soupirer.

— Nous avons encore un peu de temps, si cela vous inquiète, se moqua Blake.

— De toute évidence, même si les deux heures étaient écoulées, ça ne serait pas un problème pour vous !

— Certes. Mais je suis un peu déçu de constater une telle impatience. La soirée me semblait plutôt agréable.

Il raccompagna Nelson à la porte, le remerciant de son déplacement. Il glissa l'écrin du bracelet dans sa poche avant de revenir à ma hauteur. Je fixai son visage et, effectivement, notai une pointe de tristesse dans ses yeux.

— Je suis certaine que le bracelet lui plaira, lançai-je pour détendre l'atmosphère en me relevant.

— Je pense aussi. Je dîne avec elle demain soir.

Le dîner pour deux… Avec sa mère. Le soulagement me parcourut, mais une pointe d'amertume me piqua l'estomac.

J'étais déçue.

Il y eut un silence pendant lequel il me fixa avec intensité. Je rougis légèrement, me tordant les mains dans un ultime supplice.

— Je vais retourner à mon poste, monsieur.

— Andrew, rectifia-t-il d'une voix sèche.

— Andrew, répétai-je dans un murmure.

Soudain, je sentis sa main se poser sur ma joue, et il me fit lever le visage vers le sien.

— De toutes les fois où vous avez prononcé mon prénom, je crois que c'est celle-ci que je préfère.

Je souris, mi-surprise mi-heureuse. Il avait retrouvé cet

éclat de joie dans le regard. Il me sourit à son tour et, après avoir effleuré ma joue de son pouce, me libéra.

— Merci pour cette soirée, dit-il doucement. Je vous raccompagne.

De nouveau, comme si tout était normal et réglé entre lui et moi, il posa sa main dans mon dos et me guida jusqu'à la porte de sa suite.

— Je vous souhaite une bonne nuit, murmura-t-il en prenant ma main pour la porter à ses lèvres.

— Je... Merci..., balbutiai-je en fixant sa bouche juste au-dessus de ma peau. Bonne nuit à vous aussi, Andrew, ajoutai-je en passant le seuil.

Il referma la porte derrière moi et je marchai difficilement en direction des ascenseurs. Je rejoignis mon poste, encore dans le coton, et retrouvai Lynne.

— Dieu du ciel, tu aurais pu au moins te rhabiller après ta séance réglementaire de sexe avec lui !

Je baissai les yeux sur ma tenue, constatant que mon chemisier était toujours ouvert et que j'avais laissé ma veste dans la suite. Je pestai contre mon oubli et retournai en direction des ascenseurs, sous le regard pétillant de ma collègue.

Devant sa porte, je soupirai un grand coup avant de toquer. Andrew Blake vint m'ouvrir et ma respiration s'arrêta instantanément. Si j'avais pu survivre à Andrew Blake en chemise et pantalon de travail, la vision d'Andrew Blake en T-shirt et maillot de bain risquait de me hanter longtemps.

De nouveau, il avait son téléphone à l'oreille, et ses sourcils se soulevèrent en me voyant revenir.

— Je... J'ai... Ma veste, expliquai-je, rouge coquelicot, tout en me dirigeant vers le fauteuil où elle reposait.

— Parfait, Janet… Tiens-moi au courant.

Je sentis le regard de Blake sur moi, un demi-sourire accroché à ses lèvres, pendant que je renfilais maladroitement ma veste.

— Votre col, murmura-t-il en désignant mon chemisier tout en décalant son téléphone.

Les doigts tremblants, je fermai les deux boutons qu'il avait ouverts et me ruai en direction de la porte.

— Je t'embrasse aussi. Embrasse David pour moi, reprit-il, les yeux toujours rivés sur moi.

— Toutes mes excuses, marmottai-je.

— Je dois te laisser. Une urgence… professionnelle, sourit-il avant de raccrocher.

Je l'entendis poser son téléphone alors que je sortais de la suite. Je courus pratiquement jusqu'à l'ascenseur, espérant m'y cacher au plus vite. J'appuyai frénétiquement sur le bouton d'appel, priant tous les dieux que je connaissais pour qu'il arrive au plus vite. Maudissant l'ascenseur de ne pas être à l'étage, je tapai nerveusement du pied.

Derrière moi, j'entendis la porte de la Peninsula se refermer, puis des pas étouffés par la moquette épaisse venir vers moi.

— Cela vous dérange-t-il si nous partageons l'ascenseur ? demanda Blake en se postant près de moi.

— Euh… non.

J'appuyai de nouveau comme une folle sur le bouton d'appel, cherchant à canaliser ma nervosité. Malgré tous mes efforts pour résister, mon regard était appelé par l'homme près de moi. Je louchai discrètement vers lui, constatant qu'il avait revêtu un bas de jogging et qu'il fixait les portes de l'ascenseur. Quand enfin le « ding » résonna, je me précipitai à l'intérieur, oubliant toute forme de politesse envers mon client.

— Etes-vous si pressée de retrouver votre poste ? s'amusa-t-il en me regardant.

— Oui. J'ai… du travail, mentis-je.

Je tapai de nouveau du pied, levant les yeux vers le décompte des étages. Cet ascenseur n'avait jamais été aussi lent.

— Comment va votre petit ami ? demanda-t-il brutalement.

— Bien. Il est… en visite… chez un ami.

— Oh… Vous êtes donc, comment dire, libre ?

— Il revient après-demain, intervins-je. Nous allons au théâtre.

— Y a-t-il un moyen de vous en empêcher ?

— Nos places sont réservées, soufflai-je, atterrée par sa demande.

— Je ne parlais pas du théâtre.

Je me tournai vers lui, scrutant son visage. Il était sérieux. Vraiment sérieux. Le souffle coupé, je secouai la tête, ne sachant pas quoi répondre.

— Alors ? demanda-t-il de nouveau. Est-ce possible de vous en empêcher ?

— Il y a des façons plus courtoises de demander à une femme de sortir avec vous !

— Kathleen, ne me faites pas croire que vous accepteriez de sortir avec moi si je vous le demandais.

— Donc vous préférez l'idée que j'écarte Dan pour… vous.

— Ça serait tellement flatteur.

J'éclatai de rire, de plus en plus stupéfaite par sa façon d'agir. Il pencha la tête, visiblement surpris lui aussi par ma réaction. Nous arrivions au rez-de-chaussée et j'en étais soulagée. Les portes s'ouvrirent et je sortis de la cabine, toujours amusée par son point de vue. Il me suivit et agrippa ma main pour me retenir.

— Vous n'avez pas répondu, sourit-il en me fixant.

— Et je ne le ferai pas. C'était incroyablement déplacé et mal venu. Même pour vous.

— C'est un non alors ?

— Complètement, ris-je de nouveau. Vous devriez revoir vos méthodes pour inviter une femme à sortir.

Il me relâcha et ses yeux s'assombrirent. Je reculai légèrement, me rappelant soudain qu'il était aussi un client de l'hôtel.

— Je vais y penser, murmura-t-il. Par quoi devrais-je commencer selon vous ? me questionna-t-il sérieusement.

— Par éviter les moyens détournés.

— Oh… Donc vous le demander directement pourrait fonctionner ?

— J'ose espérer qu'il ne s'agit que d'une question rhétorique, m'étonnai-je.

— Pas vraiment. Répondez-moi.

— Je sors avec quelqu'un.

— Et ça vous empêche de répondre à ma question ? Quel genre de relation entretenez-vous avec lui au juste ?

De nouveau, il pencha la tête, se parant d'un sourire ironique.

Je n'aimais pas sa manière d'agir, sa façon de juger le moindre de mes agissements, de parasiter ma vie et d'en faire un enfer permanent dès qu'il venait ici.

— Oui, ça peut fonctionner ! assénai-je en ignorant volontairement sa dernière remarque. Et pas qu'avec moi, ajoutai-je en espérant être claire.

— Pour l'instant, il n'y a que vous qui m'importez.

Et sur un dernier sourire, il me contourna et partit sur la gauche pour rejoindre la piscine. Estomaquée, je restai figée dans le hall, fixant stupidement le mur blanc face à moi.

Après quelques secondes, je retrouvai Lynne, passablement agacée d'être encore au travail à cette heure.

— Je suis trop épuisée pour te soumettre à un interrogatoire, mais il faudra que tu me rendes des comptes un jour.

— Franchement, il n'y a rien à dire.

— Kat, je suis peut-être fiancée, mais je ne suis pas aveugle. Andrew Blake est l'homme le plus sexy de la ville, peut-être même de l'Etat, et il ne sourit qu'à toi !

— Beaucoup de mes clients me sourient, Lynne.

— Et combien te convoquent dans leur chambre ?

— C'est juste de l'arrogance. Il a du mal à caser son ego dans cette monstrueuse suite.

— Il se passe un truc, Kat. Tu peux le nier tant que tu veux, j'ai raison !

— Parfait ! Je l'admettrai quand tu admettras que j'ai raison au sujet de Philip.

Prête à riposter, elle plissa les yeux.

— C'est un coup bas !

— Je sais… Mais je sors de deux heures de lutte avec Blake, et il faut croire qu'il déteint sur moi !

— C'est une manière détournée de me dire que vous vous êtes frottés l'un à l'autre ?

— Rentre chez toi, Lynne ! lui ordonnai-je en lui calant son sac contre sa poitrine.

— Tu ne veux pas répondre ?

— Tu sais quoi ? Tu t'entendrais à merveille avec Blake ! Vous êtes aussi tordus l'un que l'autre !

Elle rit doucement et m'embrassa sur la joue avant de quitter l'hôtel. Malgré tous mes efforts, j'eus toutes les difficultés du monde à me concentrer sur mon travail. Aussi, quand Angela m'apporta un thé, je lui fus reconnaissante qu'elle ne me pose pas de questions. D'une part, je me sentais épuisée par toute cette soirée, et d'autre part, je n'aurais sûrement aucune réponse à lui offrir.

Chapitre 12

A 6 h 30 tapantes, j'entrai dans la suite de Blake avec son café matinal. Je fus surprise qu'il ne m'ouvre pas mais, en entendant le bruit de la douche, je compris pourquoi. J'en profitai pour déposer le plateau sur la table en vitesse, mais trébuchai et tombai dans ma précipitation. Alors que je détestais les objets de s'être ligués contre moi, je me redressai péniblement sur mes mains.

— Etes-vous blessée ? s'inquiéta une voix près de moi.

— Juste dans ma fierté, grommelai-je.

Il me prit le coude et m'aida à me relever. Calée contre son corps, encore humide de sa douche, je soupirai doucement.

— Tout va bien ? Vous êtes sûre ? demanda-t-il de nouveau en scrutant mon visage.

— Oui… Je… J'ai juste… trébuché bêtement.

Il me relâcha et je m'écartai de lui. Son corps chaud me manqua presque instantanément et je baissai les yeux pour ne pas me laisser distraire.

— Je vous souhaite…

— Kathleen, je voulais m'excuser d'avoir été si grossier hier soir. Ma remarque était déplacée et…

— Je vous en prie, balayai-je rapidement. Ce n'était rien.

— Non, ce n'était pas rien, me coupa-t-il doucement

pendant qu'il relevait mon menton du bout de son index. Je vous l'ai déjà dit, je ne cherche pas à vous manipuler.

Il y eut un court silence pendant lequel il me fixa avec une intensité nouvelle. Lentement, je vis son visage se rapprocher du mien. Ma conscience m'ordonnait de fuir cet endroit, de m'écarter au plus vite, mais mon corps était attiré par le sien, aimanté par du désir et de la rage.

Je retrouvai son regard brillant. Avec émotion, je m'aperçus que le masque d'arrogance avait disparu. Il était sincère, vrai et juste devant moi.

— Je… Je dois… partir, balbutiai-je en me reculant pour fuir vers la porte.

— Kathleen, attendez, je dois vous…

— Bonne journée, monsieur Blake ! lançai-je automatiquement.

Je retournai à mon poste, une boule d'angoisse nichée au creux de l'estomac. Je ne savais plus quoi faire, quoi dire, ni comment réagir. Hier soir, je le détestais. Et voilà que maintenant… je n'y arrivais plus. Je secouai la tête et commandai un expresso serré pour me remettre les idées en place.

A 7 heures du matin, Dan me surprit en entrant dans l'hôtel. Mais mon sourire s'effaça très vite. Ses yeux sombres et son visage fermé annonçaient qu'il était dans un mauvais jour. Il avança vers moi à grandes enjambées et, à peine arrivé à ma hauteur, lança un journal sur mon bureau.

— C'est quoi ça ? me demanda-t-il fermement.

Je pris le quotidien, découvrant l'exemplaire du *New York Times* où je figurais. J'avais cru échapper à sa colère en lui cachant la vérité, mais maintenant elle semblait décuplée.

— Dan, ce n'est pas ce que tu crois, débitai-je avec le peu de calme qui me restait.

— Vraiment ? Je trouve une photo de ma petite amie dans le journal, je lis qu'elle est « une amie d'Andrew Blake », mais ce n'est pas ce que je crois !

— Je suis allée à cette réception, mais…

Je me mordis la langue. Est-ce que je pouvais encore lui mentir et lui dire qu'il ne s'était rien passé ? Au-delà du baiser chaste que j'avais échangé avec lui, il s'était visiblement passé quelque chose ce soir-là. Une sensation indéfinissable, un lien presque invisible qui me connectait désormais à lui.

— C'était pour le travail, dis-je, honteuse.

— Kat, s'il se passe quelque chose avec lui, je veux savoir. Je veux…

— Rien… Blake n'est rien pour moi. Je t'en prie, il faut que tu me croies. C'est juste un client, ajoutai-je en contournant le bureau pour le rejoindre.

Ses mâchoires se décrispèrent légèrement, mais je n'arrivais pas à capter son regard.

— Dan, s'il te plaît.

Je pris ses mains dans les miennes, m'approchant autant que possible de lui. La colère semblait irradier de son corps et je ne savais pas si j'arriverais à l'apaiser cette fois. Je me calai dans ses bras, espérant que mon étreinte suffirait à le convaincre totalement.

— Je… Je t'aime beaucoup, Kat, murmura-t-il en m'entourant de ses bras musclés.

— Moi aussi. Mais il faut que tu aies confiance.

— C'est en lui que je n'ai aucune confiance ! riposta-t-il aussitôt.

— Il sera parti dans quelques jours. D'ici là, laisse-moi agir au mieux. Et tu te rappelles notre week-end ? le questionnai-je avec joie.

— Je ne veux pas être un second choix, Kat.

— Tu n'as aucune raison de t'inquiéter. Alors, ce week-end ?

— Cette histoire de peau de bête et de cheminée ?

— Exactement. Cette peau de bête me séduit finalement, soulignai-je avec un sourire.

Je posai mes lèvres sur les siennes dans un baiser furtif et il me serra contre lui. Le hall de l'hôtel n'était pas l'endroit idéal pour des effusions. Je m'écartai donc, indiquant à Dan que mon service finissait dans une heure et que j'allais le rejoindre chez lui.

— Je vais plutôt t'attendre… et te faire la conversation ! plaisanta-t-il en s'installant devant moi.

— Comme tu veux. Ton père est arrivé ?

— Je le récupère à l'aéroport vers midi et ensuite je le jette au Yankee Stadium.

— Y a un match ce soir ?

— Demain.

Alors que j'allais demander plus de détails, Andrew Blake, un sourire parfait mais forcé sur les lèvres, apparut devant mon pupitre. Dan recula légèrement, se perdant dans la lecture du *New York Times* dans lequel j'apparaissais.

— Monsieur Blake, que puis-je pour vous ?

— Tout un tas de choses, j'en suis certain, sourit-il en me fixant droit dans les yeux.

Je réprimai un gémissement et mes muscles se tendirent. Je n'étais pas encore remise de ma visite dans sa suite, et encore moins de ma conversation avec Dan.

— Mais pour le moment, je vais me contenter de choses abordables. Un taxi, je vous prie, demanda-t-il en appuyant ses avant-bras sur mon pupitre.

Je fis un geste rapide en direction du groom pour qu'il fasse arrêter un taxi. Blake dégaina son téléphone portable devant moi et il me sembla qu'il consultait son planning.

— Ma mère arrive ce soir. Mais je pense que vous aurez déjà pris votre service. Pourriez-vous l'accompagner à la table que j'ai réservée ?

— Sans problème, monsieur.

— J'espère que son cadeau lui plaira, ajouta-t-il en me faisant un clin d'œil.

Je coulai un regard vers Dan. Ce dernier avait lâché son journal et observait Blake avec une lueur de colère dans les yeux. Je priai pour qu'il se tienne et évite un scandale. Il serra les mâchoires et donna un coup violent sur mon pupitre.

— Il faut que j'y aille ! asséna mon petit ami.

— Mais je croyais que…

— Je vais te laisser finir ton service, me coupa-t-il sèchement. On se retrouve au même endroit que d'habitude ?

— Je… euh… Oui, balbutiai-je. Mais tu vas au stade avec ton père ensuite ?

— Je ne sais pas. Les places vont être chères… A tout point de vue, ajouta-t-il en riant. Mais mon père est un homme plein d'espoir, persuadé qu'il peut nous dégoter des places.

— Comment ça « nous » ? m'étonnai-je. Mais enfin, Dan, nous devions aller au théâtre, râlai-je, pas heureuse de passer après les Yankees.

— Et nous irons, me rassura-t-il. Franchement, il n'y a

aucune chance que mon père nous trouve des tickets. Garde notre réservation, et après la pièce je t'amène au restaurant.

J'opinai, rassurée par son sourire éblouissant. Il recula, puis quitta l'hôtel sans un mot de plus. Mal à l'aise, je retournai mon attention sur Blake. Je n'avais jamais apprécié de me donner en spectacle, et devant un client — ce client — c'était encore pire.

— Il a raison, gardez vos places pour le théâtre, celles pour les Yankees vont s'arracher à prix d'or, lança-t-il tout en pianotant sur son téléphone.

— Même s'il avait des places, je sais que Dan viendrait avec moi au théâtre, dis-je, confiante.

— J'ai comme la sensation que vos centres d'intérêt sont légèrement divergents, ironisa-t-il.

— Absolument pas. Puis-je faire autre chose pour vous ?

— Sortir avec moi est toujours exclu ? s'enquit-il très sérieusement.

— Plus que jamais !

— Dans ce cas, non. Vous ne pouvez plus rien.

Le groom me signala l'arrivée du taxi et je donnai l'information à Blake.

— Parfait. A ce soir, Kathleen.

— A ce soir, monsieur Blake.

Il composa un numéro sur son portable et entama une vive conversation. Je devinai tout de même qu'il appelait son collaborateur le plus proche, Nathan, se moquant éperdument qu'il soit victime du décalage horaire.

Il se dirigea doucement vers la porte tambour.

— Il faut que tu m'aides, lâcha-t-il dans un rire. Oui, maintenant. Et non, cela ne peut décemment pas attendre ! ajouta-t-il en se tournant vers moi.

*
* *

Près d'une heure après mon arrivée, Annah Blake se présenta devant moi, splendide dans une robe noire lui arrivant juste en dessous du genou.

— Kathleen, je suis ravie de faire enfin votre connaissance ! se réjouit-elle.

Interdite, je la fixai tandis qu'elle tendait vers moi une main aux ongles parfaitement manucurés. Décidément, j'avais pris pour habitude de snober les Blake.

— Madame Blake, la saluai-je poliment en saisissant finalement sa main.

— J'ai vu votre photo dans le *New York Times*, expliqua-t-elle.

— Oh ! Cette photo ! dis-je avec un sourire.

— Cette photo, oui. Enfin une femme qui soutire un vrai sourire à mon fils. Je suis très impressionnée. Par ailleurs, Andrew ne tarit pas d'éloges à votre sujet.

— Il doit très certainement exagérer, soufflai-je, mortifiée.

— Faites-moi plaisir et laissez-le faire. Cela fait des mois que je n'ai pas vu mon fils aussi… heureux. Avez-vous des enfants ?

— Non, madame.

— C'est généralement le vœu des mères : que leur enfant soit heureux. Je suis ravie que vous partagiez sa vie.

Son regard pétillant et sa liberté de ton me figèrent. Elle pensait réellement que j'entretenais une relation avec son fils.

— Madame Blake, je crains qu'il y ait un malentendu. J'accompagnais votre fils à cette réception, mais n'y voyez rien de personnel. Il reste avant tout un client.

Il y eut un court silence pendant lequel elle me fixa,

incrédule. Je n'aurais su dire si elle se sentait plus gênée que stupéfaite. Visiblement, il y avait vraiment un malentendu.

— Je pensais que… Enfin, sur cette photo, vous alliez si bien ensemble !

— Non, madame. Je vous accompagne à votre table ? ajoutai-je pour disperser le moment de malaise entre nous.

— Kathleen…

— Kat, la coupai-je rapidement en contournant mon pupitre.

— Je ne voulais pas vous mettre mal à l'aise.

— Ne vous inquiétez pas. C'est plutôt la spécialité de votre fils.

Elle rit doucement et secoua la tête, sûrement au rappel d'un vieux souvenir. Puis, soudain, elle me fixa et me sourit avec satisfaction.

— Kat, je ne veux pas vous effrayer, mais je crains qu'il ne s'agisse que d'un comportement habituel pour mon fils. Il aime tourmenter les gens.

— Oh… Je l'ai compris, rassurez-vous. Je fais désormais de mon mieux pour contrer ses attaques.

— Ne faites pas ça ! s'amusa-t-elle.

— Et pourquoi ?

— J'ai l'impression que vous lui plaisez beaucoup. Kat, la seule chose à craindre d'Andrew, c'est son indifférence. Plus vous le provoquerez, plus vous susciterez son attention.

— Je ne le provoque pas, me défendis-je.

— Vous lui plaisez et vous le considérez comme un simple client. Dans le monde d'Andrew, c'est de la provocation. Mon fils s'entoure de peu de personnes, sa confiance est… difficile à gagner. Il est particulièrement buté et il sait ce qu'il veut.

Elle orienta son regard vers moi, me faisant instantanément rougir.

— Si vous espérez vous débarrasser de mon fils en « contrant ses attaques », vous vous trompez lourdement. Bientôt, il refusera de quitter votre vie.

Elle me fit un sourire compatissant, presque coupable, et nous gagnâmes le restaurant dans le silence le plus complet. Un de nos serveurs la conduisit à sa table et, après un dernier sourire, je regagnai mon poste dans le hall.

J'eus à peine le temps de valider les réservations à venir que Blake apparut devant moi, un sac Cartier à la main. Le souvenir de la soirée d'essayage me revint en tête et je souris malgré moi. Je m'étais vraiment fait avoir comme une idiote.

— J'ai accueilli votre mère et l'ai fait installer, il y a environ vingt minutes, annonçai-je.

— Vingt minutes ? Dites-moi qu'elle était en avance ! Je déteste quand elle me sermonne sur mon impolitesse.

— Elle était en avance, en effet, le rassurai-je.

— Bien. Comment suis-je ? me demanda-t-il en relevant la tête pour que je puisse voir son col.

— Parfait. Comme d'habitude, ajoutai-je avant de m'apercevoir que j'avais parlé plus vite que mon cerveau ne me l'ordonnait.

— Méfiez-vous, je prends rapidement goût aux compliments.

— C'est en effet ce que votre mère m'a dit.

Il fronça les sourcils et un silence complice s'installa entre nous.

— Dois-je m'inquiéter d'autres confidences de ma mère ?

— Non. Ici, c'est un peu comme chez le médecin, le secret professionnel prime.

— Oh… Donc ce qui se passe au Peninsula reste au Peninsula ? s'enquit-il en penchant la tête avec amusement.

— En effet, soufflai-je dans un nouveau rougissement.

— Je crois que je suis définitivement sous le charme… de cet hôtel, compléta-t-il alors que je pâlissais à une vitesse hallucinante. Bonne soirée, Kathleen ! lança-t-il en s'éloignant en direction de l'ascenseur.

Sous le choc, je fixai sa silhouette. Sa mère avait raison. Plus j'entrais dans son jeu, plus il entrait dans ma vie. Mais c'était ma dernière nuit de travail. Mes plans pour le lendemain tenaient en un mot : Dan.

Dan et moi devions nous retrouver au Peninsula environ une heure avant la pièce. Pour l'occasion, j'avais revêtu une petite robe noire, maintenue autour de mon cou par un nœud de satin. La moitié de mon dos était donc nue. Par expérience, je savais que Dan aimait cette robe, que je trouvais à la fois sexy et habillée. Je voulais que cette soirée n'appartienne qu'à nous. J'avais besoin de sa chaleur et de sa prévenance.

Je m'installai au bar, discutant avec Angela. Je scrutais la porte d'entrée, assez nerveuse, espérant ne pas tomber nez à nez avec Blake. Son planning indiquait un dîner à l'hôtel et je craignais de le voir débarquer ici.

Après dix minutes d'attente, je m'impatientai sérieusement. Dan avait précisé qu'il serait à l'heure, quittant son service suffisamment tôt pour notre rendez-vous. Je tirai mon téléphone de mon sac à main mais constatai avec tristesse qu'il n'avait pas appelé.

— Kathleen ! Quelle bonne surprise de vous trouver ici ! Ne m'aviez-vous pas dit que vous alliez au théâtre ce soir ?

— En effet, marmonnai-je, déjà agacée.

Je regardai de nouveau mon téléphone, puis tournai la tête vers la porte. Il fallait qu'il arrive maintenant.

— Un verre de cabernet, je vous prie, commanda Blake près de moi.

— Tout de suite, monsieur.

— Puis-je m'installer près de vous ?

J'opinai, de plus en plus nerveuse et agacée par la situation qui se profilait. Si Dan me trouvait en pleine conversation avec Blake, la soirée serait ruinée.

— Qu'allez-vous voir ? demanda-t-il pendant qu'Angela lui ramenait son verre.

— Une pièce de Wilde sur Broadway.

— Vous allez finir par être en retard, dit-il en jetant un œil à sa montre.

— Nous prendrons un taxi, éludai-je rapidement. N'aviez-vous pas un dîner de prévu ?

— Si… Dans vingt minutes. Mais mes plans sont ajustables.

— Voilà qui n'est pas très sympathique pour votre invité.

— Je suis ponctuel. C'est ma meilleure arme.

— Il va arriver, marmonnai-je en me tournant de nouveau vers la porte.

— Peut-être a-t-il eu un empêchement ? proposa Blake en sirotant son verre.

Je pris une gorgée du vin blanc que m'avait servi Angela. Cette dernière avait eu la discrétion de nous laisser seuls.

— Vous êtes très élégante, murmura Blake en se penchant vers moi.

— Je… euh… Merci.

Je vérifiai mon téléphone, espérant y voir un message rassurant de la part de mon petit ami. J'envisageai un bref instant d'aller directement au théâtre et lui demander de m'y rejoindre.

— Ma mère a beaucoup aimé son cadeau.

— Ah… Je… Je suis ravie pour elle. Le bracelet était superbe en effet.

— Et il aurait été encore plus beau sur vous, chuchota-t-il en posant sa main sur la mienne.

Je plantai mes yeux vibrants de colère contenue dans les siens, espérant qu'il comprendrait que ce n'était pas le moment. La nervosité fit place à la panique et mon cœur partit dans son désormais habituel marathon. Andrew Blake me fit un demi-sourire et, les yeux rivés sur les miens, porta ma main à ses lèvres et l'embrassa doucement.

— Nettement plus beau, déclara-t-il en la reposant doucement sur le bar.

— Dan ne va pas tarder, soufflai-je sans vraiment y croire.

— Laissez-moi profiter de cet instant avec vous. Qui sait quand un tel moment se reproduira ?

— Vous n'avez pas planifié votre prochain séjour ?

— Pas encore. J'attends d'avoir plus d'éléments en main pour m'organiser. Je ne voudrais pas faire un aller-retour pour… rien, ajouta-t-il en quittant mon regard.

Mon ventre se tordit douloureusement. J'avais pris l'habitude de sa présence ici. Et même s'il m'horripilait, même s'il était d'une arrogance sans nom, j'aimais le savoir ici.

J'aimais être à son service. J'aimais lui apporter son café le matin, juste pour apprécier son sourire.

— Le Peninsula sera ravi de vous accueillir de nouveau, tentai-je.

— Le Peninsula, je sais. Mais vous ?

— Je travaille ici, donc…

— C'est à vous que je le demande, pas à la concierge.

Je baissai les yeux sur mes mains qui entouraient mon verre à pied. Le retard de Daniel passa au second plan. Ce qui m'importait pour le moment, c'était de savoir s'il allait revenir.

— J'en serais ravie aussi, Andrew, avouai-je en rougissant.

— Sans condition ? s'enquit-il avec un sourire heureux.

Je lui fis un faible sourire, hésitante sur la réponse à lui donner. J'avais vraiment envie de lui donner raison. Mais d'une part, je n'approuvais pas ses méthodes à mi-chemin entre le mensonge et la manipulation, et d'autre part, j'avais Dan.

— Je vais prendre ça pour un oui. Vous aurez ma réservation ferme demain matin pour dans quinze jours.

— Vous n'avez jamais envisagé d'aller ailleurs, n'est-ce pas ?

— Où pourrais-je aller quand vous êtes là ? D'autant plus quand vous êtes là, sans condition.

— Vais-je encore recevoir des fleurs ? plaisantai-je.

— Je vous offre la boutique si vous le désirez.

— Y a-t-il, en ce bas monde, quelque chose qui vous arrête ?

— A ma connaissance, rien… Mais j'attends une dernière confirmation pour être vraiment confiant.

Je fronçai les sourcils, cherchant à comprendre. Blake

reprit de son vin et je sursautai presque quand mon téléphone sonna enfin.

— C'est Dan, dis-je à Blake en prenant l'appel.

— Le retardataire, ironisa-t-il.

Je levai les yeux au ciel et posai mon index sur mes lèvres pour lui intimer de se taire. Blake se concentra sur son verre pendant que je lui tournais le dos pour répondre à Dan :

— Où es-tu ? lui demandai-je, de nouveau énervée.

— Kat, mon père a eu des places pour le match.

— Quel match ? m'agaçai-je.

— Celui des Yankees. Je t'en ai parlé hier.

— Mais je croyais qu'il avait attendu pour rien ! criai-je.

— Moi aussi… Mais il a participé à un concours à la billetterie et il a gagné ! m'annonça-t-il, très enthousiaste.

— Et donc tu me plantes pour aller au stade ? râlai-je.

— Kat !

— Dan, je suis à l'hôtel, je t'attends depuis presque vingt minutes et tu viens de m'apprendre que tu vas voir un match avec ton père !

— Kat, il s'agit juste du hasard… Papa a eu de la chance, ça serait dommage de ne pas en profiter.

Derrière moi, j'entendis Blake nous commander un second verre. Je pivotai sur mon siège et le regardai. Il semblait perdu dans ses pensées, fixant son verre, presque statufié sur son tabouret.

— Je suis désolé, ma beauté… Mais c'est promis, je serai à toi tout le week-end.

— Dan, soupirai-je. Je… Je suis déçue, c'est tout.

— Tu ne m'en veux pas ? demanda-t-il avec une trace de remords dans la voix.

— Non… Va voir ton match. Tu passes demain matin ?

— Sans faute.

Je raccrochai après l'avoir embrassé. J'étais déçue, mais je savais qu'il voulait passer du temps avec son père. Nous aurions tout notre temps pendant notre week-end en amoureux.

Je pris une gorgée de mon verre de vin, tentant d'oublier ma déception.

— Plantée pour un match ? On peut dire que votre petit ami est d'une rare élégance ! railla-t-il.

— Ce n'est rien. Nous passons le week-end ensemble de toute façon.

— A sa place, je n'oserais pas vous laisser non accompagnée. D'autant plus dans cette tenue, ajouta-t-il en jetant un œil sur ma robe.

— Je sais me défendre seule. Et ce n'était pas franchement prévu… Son père a eu de la chance et a gagné des places.

— Je vois, souffla-t-il pendant qu'un sourire se dessinait sur ses lèvres.

Je l'observai un instant. Quelque chose avait changé. Il s'était redressé et m'examinait, le regard pétillant.

— Décidément, cet homme a beaucoup de chance, lâcha-t-il dans un sourire.

— Son père, corrigeai-je. Et ça ne m'empêchera pas d'aller au théâtre.

— Oh… Je vais donc profiter de cette… soirée de chance. Puis-je vous accompagner ?

— Andrew, je ne crois pas que…

Son petit sourire en coin m'interrompit instantanément. Ce n'était pas la chance, c'était lui… Les billets, l'absence de Dan… Il avait encore joué de son pouvoir.

— Vous avez osé ? m'écriai-je avec rage.

— Je vous demande pardon ?

— Vous saviez que je tenais à cette soirée, vous étiez là quand Dan a parlé de ce match.

— Kathleen, je ne vois pas du tout de quoi vous parlez ! sourit-il.

— Ravalez votre sourire, Blake. Je n'arrive pas à croire que vous ayez gâché cette soirée !

Ivre de rage, je descendis de mon tabouret et filai en direction du hall. Derrière moi, j'entendis ses pas rapides tandis qu'il m'interpellait, criant mon prénom pour que je m'arrête. Il finit par me rattraper, me saisissant par le poignet, et m'entraîna dans un recoin. Acculée contre le mur, mue par la rage, le souffle court, je plantai mon regard dans le sien alors qu'il appuyait ses mains contre le mur, de part et d'autre de mon visage.

— Pourquoi faites-vous ça ? grondai-je.

— Parce que vous ne me laissez pas le choix !

— Il y a quantité de femmes, rien que dans cette ville, qui seraient prêtes à embrasser le sol que vous foulez… Fichez-moi la paix !

— Sortez avec moi.

— Hors de question !

— Sortez avec moi, répéta-t-il, sûr de lui. Sortez avec moi et je promets de vous laisser tranquille si vous ne souhaitez plus me revoir ensuite.

J'éclatai de rire. J'étais dans une colère noire et cet homme me proposait enfin une solution pour me débarrasser de lui. Ses yeux vert jade me fixaient avec intensité. Son souffle était court et, malgré moi, je notai la chaleur et la pression de son corps contre le mien.

— Je ne peux pas croire que vous me fassiez une proposition honnête ! lâchai-je dans un rictus.

— Mes propositions ont toujours été honnêtes. Mais vous êtes sûrement la fille la plus têtue que je…

— D'accord, murmurai-je.

— D'accord ? répéta-t-il, abasourdi.

— D'accord. Une soirée et ensuite vous me laissez tranquille.

— Si vous êtes déçue, me prévint-il.

— Vous ne doutez jamais de vous ? demandai-je pendant qu'il reculait et me libérait de son emprise.

— Ça serait mal me connaître, sourit-il.

La tension de son corps sembla se dissiper peu à peu. Ses épaules se détendirent et les traits de son visage se relâchèrent dans un sourire heureux.

— Où exactement a lieu la représentation ?

— Je n'ai jamais dit que cette soirée aurait lieu ce soir ! rétorquai-je.

Il planta son regard dans le mien et je me décidai à ne pas lâcher la première. Il avait gagné une manche, mais je ne lui donnerais pas le plaisir de savourer sa récompense immédiatement. Je réajustai le petit gilet qui couvrait mes bras, ignorant l'étincelle d'amusement dans ses yeux.

— Vous êtes une fine négociatrice.

— Je ne fais qu'exploiter les failles de votre accord.

— Bien. Je vous l'accorde. Je vous souhaite donc une bonne soirée.

Il hocha la tête, me saluant rapidement, et se dirigea vers les ascenseurs. Surprise, j'observai sa longue silhouette s'éloigner. J'avais gagné… contre lui ! Je me retins de lever les poings au ciel et attendis de voir les portes de l'ascenseur se refermer sur lui. Je récupérai mon étole au bar, saluai Angela et filai au théâtre.

L'absence de Daniel me revint à la mémoire en voyant le siège vide sur ma gauche. Ma colère contre Blake avait tout surpassé, même ma déception qui reprenait maintenant le dessus. Je regardai mon portable, y trouvant un message de Dan disant qu'il était désolé et qu'il me réservait une surprise pour le week-end. Mon sourire revint à l'instant où le rideau se leva. Après quelques minutes, une ouvreuse vint me demander si la place à côté de moi était libre. Je répondis positivement et retournai à la pièce.

A la fin de la troisième scène, je perçus du mouvement près de moi. Je regardai sur ma gauche, pestant contre le retardataire, avant de me figer. Même au milieu de l'obscurité, même au milieu de la foule, je reconnaissais son regard vert étincelant. Son parfum boisé flottait autour de moi et il cala ses longues jambes sous le siège devant lui.

— Kathleen, quelle bonne surprise !

— Mais… Mais qu'est-ce que vous fichez ici ? m'écriai-je à voix basse.

— Mais la même chose que vous, je viens profiter d'une pièce de théâtre.

Il reporta son attention sur la scène, arborant un sourire satisfait. Furieuse, je ruminai dans ma barbe, hésitante sur la conduite à tenir. J'aurais pu quitter la salle, mais la fuite n'était pas la solution devant lui. Je croisai les bras sur ma poitrine et me concentrai sur la scène. Je ne le laisserais pas me gâcher encore plus cette soirée.

Aussi refusai-je de bouger, entraînant une légère crispation douloureuse dans ma nuque. J'observais la scène, les acteurs, riais mécaniquement en entendant la foule rire et applaudissais mollement à la fin des actes.

— Allez-vous m'ignorer toute la soirée ? m'interrogea Blake au milieu du troisième acte.

— Je le crains, murmurai-je sans prendre la peine de bouger.

— Je ne voulais pas vous laisser sortir seule.

— J'y suis habituée, rétorquai-je en haussant les épaules.

— La jolie femme que vous êtes mérite d'être escortée. Dieu seul sait quel genre d'homme détraqué vous pourriez rencontrer !

— Votre genre peut-être ? sifflai-je en me tournant finalement vers lui, au bord de la rupture. Je vous avais pourtant dit « pas ce soir ».

Une femme devant nous se tourna et nous lança un regard mauvais. Je m'aperçus que j'avais haussé la voix.

— J'avais bien compris. Ce moment délicieux que je passe avec vous n'est en aucun cas le reflet de la soirée que je vous réserve.

— Vous êtes impossible, conclus-je avec lassitude. Quand je pense que vous avez fait en sorte que Dan aille au match !

— Kathleen, dites-moi si je me trompe, mais il avait le choix, non ?

— Je…

— Le match ou vous, me coupa-t-il. J'avoue que j'ai du mal à croire qu'il ait préféré une soirée avec son père à une soirée avec vous. Personnellement, je ne me serais pas posé la question, ajouta-t-il vivement en prenant ma main dans la sienne.

Interdite, je le laissai faire, perdue dans le brouhaha des applaudissements autour de moi. Dans l'obscurité ambiante, je ne vis que son regard brillant tandis qu'il portait ma main à ses lèvres.

— Ce serait vous, sans hésitation, chuchota-t-il sur ma peau.

Il m'embrassa doucement, presque à hauteur du poignet, et me jeta un regard. La même sensation de paralysie qui m'avait saisie dans sa chambre me parcourut. Je ne sentais plus mes muscles et mon cœur se mit à battre la chamade, prêt à exploser dans ma poitrine. Devant mon absence de réaction, il poursuivit sa caresse, laissant ses lèvres chaudes traîner sur ma peau jusqu'à la naissance de mes doigts. De nouveau, il leva les yeux vers moi, attendant une réaction de rejet. Mais rien… Ma main me picotait, mais ce que je ressentais dans le creux de l'estomac était mille fois meilleur. Je serrai les lèvres, étouffant un gémissement indécent, et Andrew Blake embrassa mon index, sa bouche restant sur ma peau plus longtemps que le nécessitait un baiser.

Je fermai les yeux, me coupant du monde extérieur, et il embrassa mon majeur. La douce sensation dans mon estomac se propagea vers ma poitrine et une chaleur intense me gagna. Les joues en feu, je bougeai sur mon fauteuil. J'aimais ça. J'aimais le sentir sur moi, j'aimais le contact de ses lèvres.

Au troisième effleurement, je tremblai un peu. Je rouvris les yeux, trouvant le regard sombre d'Andrew. Il m'observait avec envie et désir tandis que mon corps, qui ne m'appartenait plus vraiment, se liquéfiait. Je compris brutalement que cela m'avait manqué. Depuis notre baiser, mon corps n'avait plus ressenti une telle violence. Même quand Dan me touchait, ce n'était rien face au raz-de-marée que je subissais.

Je poussai ma main contre sa bouche, faisant durer un peu plus longtemps ce contact. Ses lèvres ne quittèrent pas ma peau et rejoignirent mon petit doigt. Le souvenir de son index glissant sur mon décolleté, de sa main sur ma nuque, de son souffle sur ma peau, me percuta et je m'affaissai dans mon fauteuil, ravagée et à bout de forces.

— Vous, sans aucun doute, souffla-t-il avant de reculer ma main de ses lèvres.

Complètement ramollie par sa caresse, je ne luttais plus. Le bourdonnement autour de moi s'estompa et je regardai de nouveau la scène. La foule rit brutalement — sûrement à une bonne réplique que je n'avais pas entendue — et les acclamations résonnèrent.

Anesthésiée, je n'applaudissais pas. J'avais trop besoin de sentir sa main dans la mienne et je ne voulais pas prendre le risque de la lâcher pour ne pas la retrouver.

La fin de la représentation se déroula dans un brouillard complet. Mon corps ressemblait à de la guimauve. Je me sentais désarmée et presque dépossédée. Mon cerveau avait cessé de fonctionner à l'instant où ses doigts avaient touché ma peau, et ma bouche était complètement desséchée. Alors que le rideau tombait devant moi, je jetai un œil à nos deux mains liées.

Je fronçai les sourcils, cherchant à comprendre comment je pouvais me laisser faire. Très vite, je sus qu'il ne s'agissait nullement de ma volonté, mais que ce comportement était dicté par mon corps. Toute cette rage que j'entretenais contre ses mensonges, contre ses abus de pouvoir à répétition, tout ce ressentiment disparaissaient dès qu'il me touchait.

— Allons-y, murmura-t-il en me libérant.

Il se leva de son fauteuil et, d'un geste du bras, m'intima

de le devancer. Avec un sourire, j'avançai maladroitement, heurtant mon genou contre le fauteuil, et m'engageai dans l'allée. Blake me fixait avec intensité et, alors que je passais près de lui, il posa sa main dans le creux, désormais familier, de mon dos.

Nous gagnâmes la sortie et, en moins d'une minute, une berline noire se gara juste devant nous. Toujours perdue dans le coton, je grimpai à l'arrière du véhicule, oublieuse de toutes mes résolutions. Blake y monta à son tour et, après m'avoir jeté un bref coup d'œil, indiqua au chauffeur de nous conduire au Peninsula.

— A moins que vous ne préfériez que je vous raccompagne chez vous ? proposa-t-il en effleurant doucement ma main.

Brutalement, je sortis de ma transe. Je retirai vivement ma main et me reculai le plus loin possible de lui. Calée contre la portière, je vis son sourire s'effacer pendant que la voiture zigzaguait à travers la circulation.

— Kathleen, dit-il avec lassitude.

— A l'hôtel, ça sera parfait, lâchai-je en songeant que nous arriverions plus vite là-bas que chez moi.

— Pourquoi êtes-vous si en colère contre moi ?

— Parce que vous passez votre temps à manipuler les gens !

— Vous m'en voulez encore pour cette histoire de billet pour le match ? s'amusa-t-il.

— Non. Pour votre femme.

Un silence de plomb s'abattit dans la berline et je me sentis soudain en position de force face à lui. Je tentai un regard en biais, mais il avait la tête tournée vers la vitre, observant sans les voir les voitures en sens inverse. Son visage était éclairé de manière aléatoire par les phares des autres véhicules et les lumières de la ville.

— Pourquoi ne m'avez-vous rien dit ? demandai-je, au bord de l'implosion.

— Parce que c'est sans importance.

— Sans importance ? Vous ne m'avez jamais détrompée quand je vous parlais d'elle. Vous saviez que je vous pensais marié.

— Votre passé de journaliste vous dessert. Vous sautez aux conclusions.

— Vous portez votre alliance, vous m'avez dit que vous l'aimez… Je ne saute pas aux conclusions, m'énervai-je, je ne fais que penser ce que vous voulez que je pense.

— Kathleen, la mort de ma femme n'est plus vraiment un secret. Je ne veux juste pas en parler. Voir les regards emplis de pitié de tout le monde m'est insupportable. Penser à elle m'est insupportable. Parler d'elle m'est insupportable, avoua-t-il alors que la fureur le gagnait.

— Alors pourquoi n'avoir rien dit ?

— Parce que parler avec vous sans avoir à gérer ça était, « est », rectifia-t-il automatiquement en tournant son visage vers moi, vraiment agréable.

Sa voix se radoucit et je me détendis. Je repris ma position initiale, quittant le creux de la vitre pour m'adosser complètement à la banquette. Je tentai de reprendre une respiration normale, mais la lourdeur de l'atmosphère et la fureur contenue de Blake m'en empêchaient.

— Vous auriez dû m'en parler, murmurai-je dans une tentative d'apaisement.

— Au nom de quoi ? asséna-t-il avec méchanceté.

— Par honnêteté.

Il ricana doucement et passa une main nerveuse dans sa chevelure sauvage. Puis il desserra sa cravate et défit le premier bouton de sa chemise.

— J'oubliais votre attrait pour les valeurs éculées.

— Elles vous plaisent aussi, il me semble.

— Je ne veux pas parler d'elle.

— Parce qu'elle vous manque ? tentai-je.

— Parce que je veux l'oublier. Et parce que nos moments ensemble sont trop… précieux pour être gâchés par tout ça. Elle a déjà causé assez de dégâts dans ma vie, je ne voulais pas qu'elle détruise une des rares choses qui comptent aujourd'hui pour moi.

Il planta ses yeux dans les miens et la franchise que j'y lus me stupéfia. Toute la colère que j'avais contre lui s'effaça pour laisser place à de la mélancolie mâtinée de tendresse. Il voulait me protéger et protéger notre… relation.

— J'ai longtemps vécu dans le regret, Kathleen. Le regret de ma femme, de notre mariage et de ma vie d'avant.

— C'était juste un accident, murmurai-je avec douceur.

— Vous avez fait vos recherches, constata-t-il avec un sourire triste.

— Elles n'ont pas été très… fructueuses, soulignai-je en songeant au peu d'informations que j'avais récolté.

— Un simple accident. Ça fait deux ans que je vis avec ça.

— Andrew, vous ne devriez pas culpabiliser ainsi.

— Peut-être… Mais dernièrement, on m'a dit de profiter de la vie. Un jour, je suis rentré au Peninsula, triste et sombre. Coupable toujours.

— Je…

— Kathleen, ce que je veux vous dire, c'est que vous comptez pour moi. Vous êtes rare, précieuse et unique, ajouta-t-il dans un sourire heureux. Quand j'ai compris que vous ne connaissiez rien de ma vie, je n'ai pas voulu briser ça.

Il désigna l'espace vide entre lui et moi. Ça. Nous. Notre relation. Ses manipulations diverses et mes vaines tentatives pour y échapper.

— Mais… pourquoi ? Pourquoi ne m'avoir rien dit… Je… Je ne comprends pas.

— Kathleen, pour la première fois en deux ans, je n'ai pas vu de la pitié dans un regard. Je n'étais plus Andrew Blake, millionnaire éploré, juste Andrew Blake tentant d'attirer l'attention d'une femme.

— Personne n'est au courant, assurai-je en posant ma main sur la sienne.

— Même pas Mlle Hoffman ? s'étonna-t-il.

— Non. Votre travail pour limiter les fuites a formidablement fonctionné ! le félicitai-je avec chaleur.

Il tourna de nouveau le visage vers la vitre et ses mâchoires se crispèrent. Le silence refit son apparition, apaisant à la fois sa colère et la mienne. Je comprenais ce besoin d'être un autre. La fuite, la solitude, l'envie de hurler faisaient partie de mon quotidien depuis trois longues années. Et j'avais réussi. J'étais la concierge de ce grand hôtel, travaillant de nuit, aspirant à suivre une forme de destin, faisant tout pour mettre de côté son passé.

Ma main toujours sur la sienne, je me risquai à la presser un peu, y accrochant mes doigts. Il regarda de nouveau mon visage, puis ma main, et la pressa en retour. Je le fixai avec un petit sourire, espérant qu'il n'y verrait pas la fameuse pitié qu'il ne supportait plus.

Quand il me sourit en retour, je me sentis fondre. Mon

cœur fit un bond dans ma poitrine et un frisson agréable me parcourut, longeant ma colonne vertébrale.

— Puis-je vous demander une faveur ? m'interrogea-t-il.

— Je vous en prie.

— Cela va vous paraître inconvenant, mais j'aimerais vous inviter dans ma suite.

— Ce n'est pas inconvenant... Juste présomptueux, ris-je en secouant la tête.

— Je sais que vous avez un petit ami. Et même si j'ai du mal à croire qu'il ait préféré un match à une soirée avec vous, j'ai compris qu'il comptait pour vous. J'ai juste envie de discuter.

J'acceptai sa proposition après une petite seconde d'hésitation. Je hochai la tête et il pressa de nouveau ma main. Son visage se barra d'un sourire heureux et soulagé. Je souris aussi, constatant à quel point être heureux le rendait encore plus beau.

Nous arrivâmes enfin à l'hôtel et un des voituriers ouvrit ma portière. Andrew se précipita à l'extérieur du véhicule et me rejoignit, m'offrant sa main pour sortir et marcher jusqu'à la porte. Nous passâmes devant la réception, et entrâmes dans l'ascenseur.

— J'ai moi aussi une faveur à vous demander, lâchai-je.

— Tout ce que vous voulez !

— Laissez-moi organiser notre soirée. J'ai déjà une idée sur...

— Non.

— Non ?

— Vous ne vouliez pas de cette soirée et maintenant vous voulez avoir la mainmise dessus ?

— Andrew, vous devriez apprendre à avoir confiance.

— Et si c'est… indécent ? sourit-il.

Je lui jetai un regard noir et il étouffa un rire.

— Ah oui… Le petit ami annule de fait cette possibilité. A moins que vous ne jouiez sur les deux tableaux ?

— Les valeurs éculées, vous vous souvenez ? râlai-je pour la forme.

— Ah oui. Parfait. Faveur accordée. Je vous écoute.

— Pardon ?

— Dites-moi ce qui est prévu !

— Pour une fois, je pense qu'un peu de surprise ne vous fera pas de mal. L'imprévu manque dans votre vie, me moquai-je alors que nous atteignions le dix-neuvième étage.

— Je ne peux qu'être d'accord avec vous ! acquiesça-t-il à ma grande surprise.

Je sortis de l'ascenseur, Blake juste derrière moi.

— Vraiment ?

Je sentis son souffle chaud dans mon cou et sa main entoura ma taille.

— Vous êtes mon dernier imprévu et, de toute évidence, vous manquiez à ma vie, chuchota-t-il.

Je tournai mon regard vers lui, notant le sourire quasiment invisible qui ornait ses lèvres. Il glissa son passe dans la serrure de la suite et y entra, m'invitant à le suivre. Je gagnai le salon, pas certaine de pouvoir gérer une conversation seule avec lui. Qui plus est, une vraie conversation, sans prétexte fallacieux pour m'attirer ici.

Perdue dans mes pensées, j'avançai vers l'immense baie vitrée qui donnait sur la ville. Les lumières scintillaient devant moi. J'eus une pensée furtive pour Dan. S'il apprenait que j'avais passé la soirée avec Andrew Blake, dans sa suite, jamais il ne me le pardonnerait. La culpabilité me tirailla l'estomac et eut gain de cause. Il fallait que je rentre chez moi.

Je me tournai et mon regard fut happé par la silhouette d'Andrew raccrochant le téléphone de la suite. Nos yeux se croisèrent, et il comprit.

— S'il vous plaît, Kathleen…

— Je ne devrais pas être là. Ce n'est pas… honnête. Si Dan l'apprend…

— Comment l'apprendrait-il ?

— Peu importe. Je ne veux pas avoir à lui cacher ça.

… *Encore*, ajoutai-je pour moi. Un nouveau mensonge, même par omission, serait de trop. Je n'arrivais plus à jongler entre lui, Blake et moi. J'avançai vers la porte, mais il se plaça devant moi, me barrant l'accès.

— Andrew…

— Vous n'avez rien à craindre, murmura-t-il. Et je viens de commander du champagne.

Je soupirai, tentant d'oublier à quel point il m'attirait. Il avait raison, je n'avais rien à craindre de lui. Ce que je redoutais, c'étaient les réactions imprévisibles et violentes de mon corps. J'avais eu besoin de garder sa main dans la mienne au théâtre, maintenant que nous étions seuls, je redoutais d'en vouloir plus.

— Je ne vous demande pas deux heures, sourit-il… Juste un peu de temps.

Il s'approcha de moi et je sentis mon cœur s'emballer frénétiquement. L'odeur de son parfum flottait autour de nous, m'étourdissant légèrement. Mon ventre se tordit avant de se calmer, tandis qu'une douce chaleur remontait dans mon dos. Je fixai son regard brillant, couleur émeraude. Toujours figée, j'opinai sans argumenter. Je détachai mon regard du sien, me concentrant sur le triangle de peau que révélait l'ouverture de sa chemise.

Mes yeux naviguèrent légèrement et, quand il bougea de nouveau pour me contourner, je le suivis du regard, devinant sous sa chemise immaculée le mouvement de ses muscles dorsaux. Des années de natation lui avaient sûrement permis de dessiner parfaitement son corps. C'était beau, harmonieux, et très agréable à regarder.

Il posa ses doigts sur le haut de mon gilet et le tira doucement pour m'en débarrasser. Le tissu glissa le long de mes bras et il jeta mon vêtement sur le siège près de lui. Ses mains retrouvèrent mes épaules nues et il caressa ma peau avec lenteur, passant le bout de ses doigts sur mes bras. Je frissonnai, mais ne fuis pas. Il atteignit mes avant-bras, mes poignets, puis mes mains. Nos doigts s'entremêlèrent et je fermai les yeux, ravagée par la culpabilité et le désir.

Je reculai d'un pas, heurtant son torse ferme. Il s'adapta à ma position, le tissu frais de sa chemise frottant contre mon dos nu. Après quelques secondes d'oubli, il se détacha de moi et m'attira de nouveau dans le salon.

— Ne bougez pas, murmura-t-il avant de retourner à la porte pour réceptionner sa commande du *room service.*

Il ne prit pas la peine de laisser entrer le groom et poussa lui-même la desserte devant la cheminée. Dans un silence angoissant, il nous servit du champagne et m'en tendit une coupe.

— A cette soirée, souffla-t-il en faisant tinter son verre contre le mien.

La respiration courte et le corps en feu, je pris une gorgée. Pendant que je buvais, ses yeux trouvèrent les miens et je manquai de m'étouffer. C'était trop. Je ne contrôlais plus rien : ni mon corps ni mes pensées, et surtout pas lui. Chaque fois que j'osais le regarder, j'étais hypnotisée, ramollie et presque agonisante.

— A cette soirée, répétai-je.

Ma voix n'était plus qu'un chuintement. Mon cœur frappait dans ma poitrine comme si j'étais en plein marathon. La chaleur dans mon dos se propagea dans ma nuque, puis à mon décolleté. J'osai un pas vers lui et il posa sa main fraîche sur ma joue brûlante. Je m'accrochai au tissu de sa chemise, m'y agrippant de toutes mes forces. J'étais certaine de tomber si je ne me retenais pas à lui.

Je levai les yeux dans sa direction. Il luttait. Je lui faisais face, je me tenais à lui, je tremblais contre lui, mais son corps était tendu. Il résistait à ses envies alors que, moi-même, j'étais écrasée par les miennes. J'imitai son geste et posai ma main sur sa joue, le rassurant d'une caresse. Il baissa les yeux vers moi, perdu dans sa lutte. Ses sourcils se froncèrent et j'attirai ses lèvres contre les miennes.

Je pris la coupe de champagne d'entre ses mains et la posai près de la mienne, sur la table. Je jetai un regard vers son visage et, toujours pantelante, réitérai mon baiser. Je pressai ma bouche contre la sienne pendant que je maintenais toujours son visage au plus près du mien. Quand je reculai de nouveau, son regard avait changé. Ma main retomba et je sentis son corps se détendre contre le mien. Un sourire enjoué se dessina sur ses lèvres et son visage se voila d'incrédulité.

— Pourquoi ? demanda-t-il dans un souffle.

— Renouveler l'expérience, répondis-je en rougissant.

L'incrédulité s'effaça et une joie pure et intense s'empara de ses traits. Ses yeux brillaient et je me mis à sourire.

Soudain, je sentis ses mains prendre mon visage en coupe et ses lèvres s'écrasèrent sur les miennes. Nos deux sourires se perdirent dans la bouche de l'autre et je posai mes mains sur sa taille. Ses lèvres chaudes bougèrent lentement sur les miennes, puis je sentis sa langue longer ma lèvre inférieure. Je gémis contre lui et me laissai emporter par la vague de désir qui s'abattait sur moi. Ma lèvre se retrouva prisonnière des siennes et, la seconde suivante, il investit ma bouche avec prudence. Il se retenait encore, prenant doucement ses marques.

Notre baiser était tendre, mais intense. J'entendis un petit grognement se coincer dans sa gorge alors que mes mains bougeaient dans le bas de son dos. Je calai mon corps contre le sien, me hissant sur la pointe des pieds pour multiplier les zones de contact. Ses mains quittèrent mon visage pour retrouver mes hanches. Sa langue s'enhardit légèrement, prenant un rythme plus soutenu, jouant contre la mienne, possédant ma bouche. Je le laissai faire, appréciant qu'il se laisse aller avec moi.

Trop vite, il rompit notre étreinte et souda son front au mien.

— Je… Je n'ai pas fait ça… depuis elle, chuchota-t-il contre ma bouche. Je veux dire… embrasser quelqu'un, précisa-t-il alors que les rouages de mon cerveau se remettaient à fonctionner.

Je fermai les yeux, rejetant la honte et la culpabilité. Je l'avais embrassé. J'avais embrassé Andrew Blake, un client. Un autre homme que mon petit ami. Mais ce n'était pas le plus effrayant. Le plus effrayant, c'est que j'avais aimé ça.

Je me détachai de lui et lui tournai le dos, faisant face au panorama de la ville. Alors que je reprenais une respiration normale, je sentis le souffle d'Andrew Blake sur ma nuque. Toutes mes barrières volèrent quand son corps se pressa contre le mien. Il embrassa doucement le creux de mon épaule, me tenant contre lui en plaquant ses mains sur mes hanches. Mon corps s'embrasa lentement et je basculai la tête en arrière pour le sentir au plus près. Il m'embrassa de nouveau au même endroit avant de laisser sa bouche parcourir la peau de mon épaule.

J'oubliai l'endroit où j'étais et l'environnement autour de moi. Rien n'existait plus que le silence et le picotement de ma peau à l'endroit où il m'embrassait. Il remonta le long de mon cou. Je gémis lourdement, enroulant finalement mon bras autour de sa nuque dans un accès de possessivité.

— Andrew, murmurai-je en sentant mon cœur tressaillir.

Je me tournai vers lui, retrouvant ses lèvres dans un baiser dévastateur. Il m'attira au plus près de lui, me serrant dans ses bras à m'en faire presque mal. Il m'embrassa à son tour avec la même passion. Quand il s'éloigna de moi pour reprendre son souffle, ses yeux étaient d'un vert profond, presque noir. Il repoussa mes cheveux derrière mon épaule, mais toujours avide de le sentir, j'attrapai sa main et embrassai sa paume.

Après un dernier regard, où il guetta mon accord pendant que j'attendais le sien, je retirai mes chaussures à talons, les jetant loin derrière moi. Andrew me sourit largement et attrapa ma main pour m'entraîner vers le canapé. Mes genoux heurtèrent le meuble et je m'effondrai dans le moelleux des coussins dans un éclat de rire. Andrew s'installa près de moi et passa son pouce sur mes lèvres.

— J'aime ça, murmura-t-il. Ton rire, précisa-t-il.

Je ris de nouveau, de nervosité et d'angoisse. Mais très

vite, Andrew me fit taire, reposant ses lèvres sur les miennes. Sa langue pénétra aussitôt ma bouche et il grogna d'une façon que je trouvais incroyablement sexy. Et je trouvais encore mieux de savoir que j'étais celle qui lui faisait cet effet. Mes mains s'enfouirent dans ses cheveux pendant que je m'allongeais. Il suivit mon mouvement et, son corps appuyé contre le mien, embrassa mon cou et le haut de mon décolleté.

Le corps en feu, je relâchai sa chevelure, parcourant son dos. Ses muscles se tendaient au contact de mes mains, mais le tissu m'empêchait de le sentir complètement. A hauteur de sa taille, je tirai doucement sur sa chemise pour sentir sa peau contre la mienne. Sa tête nichée dans le creux de mon épaule, il me mordilla légèrement et je ravalai un couinement presque indécent.

Mais je n'abandonnai pas ma tâche et parvins à ôter sa chemise de son pantalon. Il souleva les hanches, m'aidant un peu, et je plaquai mes paumes contre ses reins. Au même moment, ses mains longèrent mes flancs, me tirant un frisson monumental, et atteignirent le creux de mon genou. Dans un geste vif, il cala ma jambe autour de sa taille et son bassin se retrouva au plus près du mien. Sa main resta sur ma cuisse, à une distance respectable de mon intimité, et il m'embrassa de nouveau.

— Reste ce soir, murmura-t-il.

Sa voix était si faible et si haletante que je me demandais si je n'avais pas rêvé.

— S'il te plaît, ajouta-t-il en redressant son visage pour me faire face.

Mes mains toujours dans son dos, je les pressai un peu plus en risquant un sourire complice. J'ajoutai un petit mouvement de tête et son visage se détendit enfin complètement. Mon cœur explosa dans ma poitrine, dispersant des ondes de joie dans tout mon corps. Je posai mes mains sur le col de sa chemise et en ouvris le premier bouton. Il baissa les yeux sur mes doigts, semblant méditer le bien-fondé de la chose. J'ignorai son regard et ouvris les deux boutons suivants avant de passer mes mains sur le haut de son torse.

Brutalement, il s'écarta de moi et se rassit sur le canapé. Je me redressai sur mes coudes, les joues en feu et ma robe remontée quasiment jusqu'au haut de mes cuisses.

— Qu'... est-ce que... ?

— Je ne veux pas... faire ça.

— Oh.

Je m'installai convenablement sur le canapé, remettant en place mes cheveux dans un geste nerveux. Ma respiration devint difficile, affolée.

— Mais tu viens de...

— Je veux que tu restes, m'assura-t-il. Mais je ne veux pas... plus.

— Pourquoi ? soufflai-je, presque désespérée.

— Je te l'ai déjà dit : tu es ma seule exception.

— J'aime ça, murmurai-je en reprenant ses propres mots.

— Je ne veux pas que tu aies des regrets demain matin. Et je veux que tu me connaisses, ajouta-t-il en se penchant vers moi, un air sérieux sur le visage.

Il y eut un petit silence, ni tendu ni angoissant. Il attendait juste mon accord. Mais ce qu'il me demandait dépassait le cadre de cette nuit au Peninsula. Il voulait plus, il voulait cette nuit, les autres et surtout les miennes.

— Est-ce que ça te semble acceptable ? m'interrogea-t-il avec un voile d'inquiétude dans la voix.

— Très, assurai-je.

Il sourit largement, heureux de ma réponse. Mon cœur repartit de plus belle, tressautant dans ma cage thoracique, si fort qu'il me semblait l'entendre. Puis, sans que je m'y attende, il me tira brutalement sur ses genoux. Je criai de surprise, plaquant mes mains sur ses épaules carrées pendant que je calais mes jambes autour des siennes.

— Pas de négociation ? s'enquit-il avec humour.

— Non. Cela me va.

Il posa ses mains sur mes cuisses, les remontant lentement pour repousser ma robe.

— On peut reprendre alors.

Il captura mes lèvres et je repris ma tâche, défaisant consciencieusement les boutons de sa chemise. Il s'écarta vite, regardant mes doigts courir sur le tissu, puis caresser sa peau. Dès que sa chemise fut complètement ouverte, je la lui retirai et la repoussai sur le canapé. Je me mis sur mes genoux et, alors que je m'apprêtais à l'embrasser de nouveau, il m'attrapa par les cuisses et se leva. Automatiquement, je crochetai mes chevilles dans son dos et m'accrochai à ses épaules.

Nos bouches reprirent possession l'une de l'autre et nous gagnâmes la chambre. Avec précaution, il me posa sur le lit et avança sur moi, me surplombant avec un regard de prédateur. Quand il s'allongea complètement sur mon corps, je repris ma position fétiche, une jambe enroulée autour de lui. Il remonta ma robe jusqu'à la taille et agrippa le collant noir qui faisait barrière entre sa peau et la mienne. Je hoquetai en le sentant tirer sur le Nylon de toutes ses forces. Le sous-vêtement craqua dans sa main et il s'en débarrassa très vite.

Sa tête s'enfonça dans mon cou, suçotant ma peau pendant que je soupirais, prise dans mon plaisir. Je bougeai les hanches, me frottant à lui pour obtenir l'illusion d'un soulagement quelconque. Il grogna un peu et, d'une voix rauque, prononça mon prénom. Je m'arquai contre lui, réitérant mon mouvement de bassin tout en malmenant ses épaules.

— Est-ce que… je peux ? demanda-t-il dans un murmure en désignant le nœud de ma robe.

— Tu demandes ma permission maintenant ?

— Kathleen, je ne veux pas te forcer à faire…

Je posai mon index sur ses lèvres pour le faire taire. Il fronça les sourcils et, dans un sourire, je défis moi-même le nœud autour de mon cou. Andrew fixait le mouvement de mes mains, mais malgré mon geste, le tissu me couvrait toujours. De toute évidence, il hésitait.

— Fais-le ! le suppliai-je presque.

Lentement, il dévoila ma poitrine, fit glisser la robe le long de mes hanches, puis de mes jambes.

Il s'écarta, juste le temps de me découvrir totalement, créant un vide intense et frais. Il passa son doigt entre mes seins, remontant vers ma gorge, à l'endroit où pulsait ma carotide. Aussi, quand il me recouvrit de nouveau de son corps, frottant sa peau contre la mienne, je perdis le peu de conscience qui me restait. Mon corps n'était que dans le ressenti de ses lèvres sur les miennes, de ses mains sur ma peau, de son souffle dans mon cou.

— Tu es superbe, chuchota-t-il sur ma peau.

Ses mains s'égarèrent sur mes seins, les caressant avec douceur, tout en évitant de toucher la partie la plus sensible.

— As-tu simplement idée de ce que tu provoques ? demanda-t-il.

— Alors pourquoi attendre ?

— Pour que tout soit parfait. Et quand nous le ferons, il ne s'agira pas de sexe.

— Je sais, admis-je avec lucidité.

Il se figea et me fixa. Il semblait à la fois heureux et stupéfait par mon aveu. Ses mains remontèrent vers mon visage qu'il encadra.

— As-tu conscience de ce qu'il se passe ?

— Oui, soufflai-je.

— As-tu conscience de qui je suis ? poursuivit-il alors que ses mains quittaient mon visage pour mes flancs.

— Oui. Andrew, je me fiche de…

— Pas moi. Un jour, je te retirerai ce dernier morceau de tissu, promit-il en passant sa main sur mon sous-vêtement. Et ce jour-là, tu comprendras pourquoi je veux attendre.

— Pourquoi ? couinai-je, au supplice.

— Pour toi… Pour te faire oublier qui je suis, et même l'endroit où tu es. Je veux… Tu es précieuse pour moi et je ne veux pas gâcher ça.

Après plusieurs minutes, et alors que nous étions tous les deux quasiment nus l'un sur l'autre, il s'écarta et repoussa les draps. Je me glissai dans l'immense lit *king size* et il s'installa à côté de moi. Il me contempla quelques minutes tandis que je fixais le dessin de ses pectoraux et son ventre musclé. Sous son boxer, je devinais son sexe, dur, tendu, prêt à me posséder dans l'instant. Mais je savais qu'il n'en ferait rien. Andrew Blake, l'un des hommes les plus puissants et les plus riches du pays, était excité par moi.

Et j'avais envie de lui. Envie de le sentir en moi, sur moi. Envie de le sentir me posséder comme si ma vie en dépendait. Je le voulais et, pour la première fois depuis notre rencontre, je ne luttai plus contre lui. Il était beau, mais son assurance — voire son arrogance — le rendait encore plus irrésistible. J'approchai doucement, me recroquevillant presque contre lui. Mes paumes, toujours avides et en manque de lui, naviguèrent sur sa peau avant d'atteindre son boxer.

Sans que je puisse agir, il me fit tourner, et je me retrouvai dos à lui. Il m'entoura de ses bras.

— Pas ce soir, murmura-t-il avant d'embrasser ma tempe.

Je remuai des fesses, sentant son désir évident contre moi.

— Bonne nuit, Kathleen, ajouta-t-il en m'immobilisant complètement.

Je me tortillai pour parvenir à tourner la tête vers lui. Je devinais son sourire, mais décidai d'avoir le dernier mot. Comme je l'avais fait un peu plus tôt dans la soirée, j'enroulai mon bras autour de sa nuque et l'attirai contre moi pour un dernier baiser. L'ensemble de mon organisme s'apaisa dans l'instant. J'étais rassurée par son étreinte et ne me souvenais pas m'être sentie aussi bien, aussi en sécurité, aussi… moi depuis une éternité.

— Bonne nuit, chuchotai-je sur ses lèvres.

Son regard pétillant m'éblouit et, dans un dernier soupir, je me calai dans le creux de ses bras pour finir la nuit avec lui.

Chapitre 13

Je clignai les yeux et mis une seconde à resituer l'endroit où je me trouvais : la Peninsula Suite. Je bougeai doucement en me frottant les yeux. Le jour n'était pas levé, et je n'avais aucune idée de l'heure qu'il pouvait être. Je me tournai vers Andrew, mais ne trouvai que le vide. Je me redressai, le cherchant au milieu de la semi-obscurité.

— Andrew ? tentai-je à voix basse.

Sans réponse, je me levai et, après avoir enroulé le drap autour de ma poitrine, me dirigeai vers le salon. Sa silhouette se dessinait devant la baie vitrée. Je distinguai la partie gauche de son visage, illuminée par l'éclairage de la ville. La tête baissée, il fixait un point qui m'était invisible. Je m'approchai doucement de lui, presque gênée de le déranger.

— Andrew ?

Il se tourna vers moi et son visage passa en une seconde de la tristesse la plus profonde à la joie la plus évidente. Je risquai un petit sourire, pas certaine de savoir quoi faire.

— Est-ce que tout va bien ? demandai-je.

— Je réfléchissais.

Il leva la main et effleura ma joue. Je tremblai légèrement et mon cœur prit un rythme frénétique. Je m'approchai encore, me tenant à quelques centimètres de son corps. Il avait pris la peine d'enfiler un T-shirt et je regrettai de ne pas pouvoir toucher sa peau.

— Pas de regrets ? m'interrogea-t-il avec sérieux.

— Non… Enfin, je ne crois pas. Et toi ?

— Je repars pour San Francisco dans quelques heures, répondit-il doucement. Et je n'aime pas l'idée de te laisser ici.

Ma respiration s'arrêta et il prit ma main dans la sienne. Comme au théâtre, il la porta à ses lèvres et l'embrassa doucement. J'en profitai pour me coller à lui. Il me prit dans ses bras et déposa un baiser sur le haut de ma tête.

— Vous me devez toujours une soirée, Kathleen, sourit-il.

— Je sais, monsieur Blake.

— Tu vas me manquer, ajouta-t-il dans un murmure.

— Je n'ai passé qu'une nuit avec toi, plaisantai-je. J'espère que tes réunions de travail sont moins… affectives, me moquai-je dans un sourire.

— Il faudrait demander à Nathan ou à Meghan, riposta-t-il. Mais je les aime bien et parfois, je dois l'avouer, leur petite guéguerre me manque.

Je retrouvai son sourire et il me serra de nouveau contre lui. Il y eut un silence apaisant pendant lequel il me berçait. Ma bonne humeur ne me quittait plus. J'étais bien. Au calme, protégée du reste du monde. J'étais moi, et j'avais la sensation de ne pas l'avoir été depuis des semaines.

— Je crois que Nathan a un faible pour Lynne, souris-je en repensant à leur rencontre.

— Mlle Hoffman ? Oh… Je comprends mieux maintenant pourquoi il a fait l'impossible pour être avec moi, ici, à mon prochain séjour.

— Elle est sur le point de se marier.

— Nathan n'a jamais aimé les relations simples. Il faut toujours qu'il s'amourache de femmes totalement inaccessibles.

— Techniquement, j'ai toujours un petit ami, m'amusai-je pour lui faire noter l'ironie de sa remarque.

— Je ne m'embarrasse pas de la technique, je suis plutôt dans le pragmatisme.

L'instant suivant, ses lèvres étaient sur les miennes. Son baiser, au départ doux et léger, se transforma très vite. Il était ferme, invasif, presque possessif. Ses mains plaquées sur mon dos, il me pressa contre lui. J'étouffai un gémissement dans sa bouche, puis il me relâcha doucement.

— Je pense qu'on peut retourner au lit, murmura-t-il.

— A quelle heure est ton vol ?

— Vers midi. Mais je veux encore dormir.

Il me poussa vers la chambre et je repris ma place. Il retira son T-shirt, gardant son boxer noir. Il se glissa près de moi et me prit dans ses bras.

— Tu as le corps encore chaud, constata-t-il alors que le sien était gelé.

— Aurais-tu besoin d'une bouillotte ? ris-je en m'installant contre lui, ma tête sur son torse.

— Non. Juste de toi.

Ma main navigua sur son ventre, évitant soigneusement de m'aventurer au niveau de son boxer. Sa respiration s'alourdit et sa prise dans mon dos se raffermit. J'osai un baiser sur son torse, puis un deuxième, et levai les yeux vers lui. Il avait les yeux clos, le visage apaisé.

— Kathleen, siffla-t-il quand ma cuisse se frotta contre son entrejambe.

— Je ne franchirai pas la limite, promis-je.

Il ne voulait pas passer à l'acte pour le moment, et je respectais ses choix. Même si mon corps me brûlait, même si j'avais envie de le sentir contre moi, je comprenais. Tout cela était arrivé très vite et précipiter encore plus les choses ne nous amènerait qu'à les regretter.

Après plusieurs caresses sur son torse, je reposai ma tête contre sa poitrine et y plaquai un dernier baiser. La respiration d'Andrew était calme depuis plusieurs minutes. Il s'était rendormi. Trois heures plus tard, je me levai sans avoir retrouvé le sommeil. J'avais passé une bonne partie de mon temps à réfléchir à ce que je devais faire. La priorité, c'était ma relation avec Daniel.

Je laissai Andrew à son sommeil, souriant en l'entendant grogner tout en s'installant sur le ventre. Je trottinai jusqu'à la salle de bains, ma robe sous le bras. En observant mon reflet dans le miroir, je ne pus m'empêcher de sourire en voyant mes cheveux emmêlés et mes joues rouges. Je me rinçai le visage à l'eau fraîche et me brossai les dents avec le matériel fourni par l'hôtel. Les affaires de toilette d'Andrew étaient parsemées dans la pièce.

Je renfilai ma robe, espérant ne pas mourir de froid dès que j'aurais mis un pied dehors, les jambes dénudées. La montre d'Andrew reposait sur le lavabo. Je jetai un œil à l'heure et poussai un cri de surprise en sentant deux bras puissants m'enserrer la taille. Andrew m'embrassa l'épaule et m'observa, les yeux encore ensommeillés, à travers le miroir.

— B'jour, murmura-t-il d'une voix rauque.

— Bonjour, dis-je en passant une main sur sa joue râpeuse.

— Ma mère m'a offert cette montre, indiqua-t-il en la prenant d'entre mes mains. Un peu avant que j'entre à l'université.

— Mon père m'a offert une voiture, dis-je en me souvenant de l'antiquité qui m'avait permis de gagner en autonomie.

Il reposa la montre et s'écarta de moi. Il retourna dans la chambre, puis revint quelques secondes plus tard, le téléphone de la suite à son oreille.

— Petit déjeuner ? demanda-t-il en posant sa main sur le micro.

— Seulement un café.

Un sourire flotta sur ses lèvres et il commanda deux cafés. Il posa le téléphone sur le meuble près de lui et revint derrière moi. Il saisit les deux morceaux du ruban maintenant ma robe autour de ma nuque et le noua.

— Merci d'être restée, dit-il avant de poser son menton sur mon épaule.

— Merci d'avoir demandé, souris-je. Quand reviens-tu exactement ?

— Pressée de me voir ?

— Oh non… Je veux juste savoir quelle date je dois bloquer dans mon agenda.

Il éclata de rire et je l'accompagnai, plutôt fière de moi. Après s'être calmé, il secoua la tête et me fit tourner pour que je sois face à lui.

— Tu veux dire que je ne vais pas devoir trouver un nouveau prétexte pour t'attirer dans mes filets ?

— Normalement, non. A ce sujet…

Il posa son index sur mes lèvres et rapprocha son corps du mien.

— Si j'entends sortir de cette bouche les mots « relation professionnelle », je jure de céder aux avances de ta collègue dévergondée.

— Quelle collègue ? demandai-je en écartant sa main.

— Blonde, sourire artificiel… Elle m'amenait le café avant que je reprenne la situation en main et t'impose… te demande, corrigea-t-il dans un sourire, de venir.

— Oh… Kim. Elle a été virée. Elle t'a fait des avances ?

— Je considère que oui. Elle a tenté de me faire croire qu'elle savait masser. Démonstration à l'appui, ajouta-t-il alors que mes yeux s'arrondissaient.

— Petite garce, sifflai-je, mauvaise et jalouse. Peu importe, ce n'est pas ce dont je voulais parler.

Je baissai les yeux, cherchant le meilleur angle pour attaquer cette conversation. Je me doutais déjà de son point de vue sur le sujet, mais j'avais besoin d'être certaine d'agir dans le bon sens.

— Qu'y a-t-il ? s'enquit Andrew après un trop long silence.

— Nous… Enfin, je veux dire… moi. Tu… Ta vie privée est…

— Privée… Et elle le restera, affirma-t-il. Je refuse qu'un bataillon de photographes te harcèle.

— Bien. Je… Je comprends, murmurai-je, presque déçue.

— Je ne tiens pas à afficher notre histoire, Kathleen. D'une part, parce que c'est ma vie privée et que je ne permets à personne d'y entrer, d'autre part, parce que ma vie, de manière générale, est compliquée et je ne veux pas t'entraîner là-dedans.

— Tu as peur que je prenne la fuite ? demandai-je, presque abasourdie.

— Crois-moi, je ne pourrais même pas t'en vouloir si tu le faisais. En attendant, tu restes ma douce et rare Kathleen.

Il prit mon visage entre ses mains et posa ses lèvres sur les miennes. Il m'embrassa avec tendresse et cela me rassura sur sa volonté de garder notre relation privée. Ses doigts glissèrent sur ma peau, caressant mon cou et mes épaules avant de trouver mes mains. Un soupir s'échappa de mes lèvres et l'air se raréfia dans ma poitrine. Mais Andrew continuait de m'embrasser, me coinçant entre le lavabo et son corps musclé.

Mes jambes commençaient à vaciller quand Andrew s'écarta. Le souffle court, les yeux brillants, il plaqua ses lèvres sur mon front dans un dernier baiser.

— Ma précieuse Kathleen, murmura-t-il sur ma peau. Je vais aller prendre une douche, annonça-t-il en se reculant.

— D'accord.

Je retournai dans la chambre, cherchant mon gilet et mes chaussures. J'entendis l'eau couler dans la salle de bains et l'odeur de son gel douche me parvint. Je retrouvai mes affaires et les enfilai prestement. Je gagnai le salon, puis le coin bureau. Une multitude de feuilles étaient étalées près de son ordinateur. Son téléphone vibra et le nom de Nathan y apparut.

Sur ma gauche, sa sacoche ouverte attira mon attention. Deux livres traînaient, ainsi qu'un lecteur MP3 et un agenda d'où glissait une photo. Je tirai doucement dessus, curieuse d'en savoir plus. Je découvris le visage d'un petit garçon brun, parsemé de taches de rousseur et au sourire édenté. Je repoussai la photo, me morigénant pour mon indiscrétion.

C'était étrange. J'aurais aimé en savoir plus sur lui, voir où il vivait pour apprendre à le connaître, mais l'anonymat de cette suite ne m'aidait pas. Ici, il était juste un client de passage, sans histoire, sans attaches. Son téléphone vibra de nouveau. Encore Nathan.

— Tu visites ? m'interrompit Andrew alors que je tenais dans mes mains un stylo de toute évidence personnalisé.

— Pardon... Je ne voulais pas être indiscrète, m'excusai-je en reposant le stylo.

— Cadeau de Janet pour Noël.

— Oh...

— Janet est ma belle-sœur. C'est la sœur de ma femme, nous sommes restés proches malgré... l'accident.

Son regard s'assombrit et je regrettai d'avoir été si curieuse. Il semblait triste, sûrement à cause du souvenir de sa femme. J'avançai vers lui et posai ma main sur son bras dans un geste apaisant.

— Ton téléphone a vibré. Nathan, je crois.

Andrew le saisit et le consulta. Un sourire se dessina sur son visage. Il prit quelques notes rapidement sur un coin de feuille avant de reposer l'appareil. Le *room service* se manifesta et je me crispai automatiquement. Je n'avais pas songé qu'il fallait que j'affronte mes collègues en sortant de cet endroit. Si hier soir nous étions parvenus ici sans croiser personne, hormis le concierge, ce matin je doutais que nous puissions réitérer cet exploit.

— Ne bouge pas, je m'en occupe.

A tâtons, je regagnai le salon, m'installant sur un des fauteuils, pendant que j'entendais la voix d'Andrew derrière moi remercier la personne qui assurait le service. Il réapparut quelques secondes plus tard, me tendant ma tasse de café avec un sourire.

Nous bûmes en silence. Je le fixais, presque amusée d'être face à lui à cet instant de la journée.

— Il faut que j'y aille, lâchai-je finalement en reposant ma tasse. Je vais tenter d'être discrète, ajoutai-je, dubitative.

— Prends un taxi. Je réglerai.

— Andrew ! pestai-je. Je prendrai le métro, comme toujours.

Il soupira lourdement, mais ne lutta pas. Andrew était riche, très riche même, mais je refusais de profiter de cet argent. J'avais ma vie, mon travail, mes amis, et je refusais que cela change. Même pour lui.

— Prends au moins ça, m'ordonna-t-il en me tendant sa carte de visite.

— J'ai déjà ton numéro, souris-je. Je vais te donner le mien.

Je retournai au bureau et annotai mon numéro au dos de la carte de visite avant de la lui rendre.

— J'ai déjà ton numéro, s'esclaffa-t-il.

— Ne peux-tu pas faire comme si tu étais un homme normal ? Juste pour me faire plaisir ?

— Ça m'arrive parfois. Surtout avec toi, murmura-t-il en prenant ma carte pour la glisser dans sa poche.

Il me prit dans ses bras et je calai ma tête sous son menton. Après cette dernière étreinte, il me relâcha, prit ma main et, comme à son habitude, l'embrassa avec tendresse. Je le regardai faire, heureuse comme je l'avais rarement été. Il m'ouvrit la porte de la suite et, après s'être assuré qu'aucun membre du personnel n'était à l'étage, fit un geste du menton m'intimant de sortir.

J'entendis la porte se fermer derrière moi et courus presque jusqu'à l'ascenseur. Par chance, il arriva dans l'instant et descendit à l'étage des cuisines. J'espérais passer inaperçue en utilisant la sortie de service des vestiaires.

Alors que je franchissais la porte menant à l'extérieur, je me heurtai à Gregory qui, lui, entrait.

— Kat ? s'étonna-t-il en détaillant ma tenue.

— Salut, Gregory, soufflai-je en rougissant violemment.

— Qu'est-ce que tu fais ici ?

— Je… euh… Je… En fait… j'allais rentrer chez moi.

— Tu as dormi ici ?

— Non, m'écriai-je trop vivement. J'ai… J'ai oublié un truc dans mon vestiaire et je suis passée le reprendre.

— En escarpins ? Je ne te connaissais pas si… sexy, s'amusa-t-il en louchant vers mon décolleté.

— Gregory ! râlai-je en croisant les bras sur ma poitrine. Ecoute, je suis pressée, est-ce que tu pourrais…

— Et je présume que cette petite marque rouge dans ton cou est l'œuvre d'un vilain moustique qui a miraculeusement survécu à l'hiver new-yorkais.

Je plaquai une main sur mon cou, maudissant Andrew de m'avoir marquée. Si cela avait été plus qu'agréable sur le coup, c'était maintenant vraiment gênant.

— C'est tellement facile avec toi, Kat !

— Tu n'as rien de mieux à faire ? sifflai-je, vexée de m'être fait avoir.

— Pour l'instant, je joue mon rôle. Une personne, toi en l'occurrence, cherche à quitter l'hôtel en toute discrétion.

— Je travaille dans cet hôtel, Greg !

— Tu n'étais pas de service, riposta-t-il en croisant ses bras puissants sur sa poitrine.

— Greg, je ne dirai rien.

— Donc, il y a quelque chose ! triompha-t-il.

— Fiche-moi la paix ! Je dois rentrer chez moi.

Je tentai de l'esquiver, mais il fut plus rapide et me barra l'accès. Un sourire géant éclairait son visage et je compris que je n'aurais pas gain de cause. Je soupirai, agacée par son obstination.

— S'il te plaît, Greg.

— Tu ne veux rien me dire ?

— Non ! criai-je presque. C'est… privé, articulai-je péniblement en fuyant son regard inquisiteur.

Il ne répondit pas et je levai les yeux vers lui. La lueur d'amusement dans son regard avait disparu et son front se plissait de réflexion. Son sourire s'effaça en un instant et il décroisa les bras.

— C'est Blake ? demanda-t-il avec une voix ferme.

— Gregory !

— Réponds ! Est-ce que c'est Blake ?

— Je t'ai dit que c'était privé !

— Kat, je me fous de savoir combien de positions du Kama-sutra tu as testées cette nuit. Je veux juste savoir s'il les a testées avec toi ! gronda-t-il.

Le ton de sa voix était loin de la taquinerie. Depuis que je connaissais Gregory, je n'avais eu que très peu de conversations sérieuses avec lui. En dehors des réunions des employés, nous discutions surtout en prenant un café, et cela tournait invariablement autour de sa capacité à me rendre chèvre avec son humour de bas étage.

— Kat ? Dis-moi !

— Greg, ce n'est pas ce que tu crois, murmurai-je d'une toute petite voix.

— Putain, Kat, mais qu'est-ce qui te prend ? s'énerva-t-il.

Je baissai les yeux, surprise d'être la cible de sa colère. Je n'arrivais juste pas à comprendre pourquoi il explosait ainsi. Gregory était plutôt serein et calme, même dans les situations les plus ardues. Sa respiration était presque sifflante et il passa une main sur son visage, soudain las. Ma stupéfaction ne fit que croître quand il posa ses mains géantes sur le haut de mes bras et abaissa son visage à hauteur du mien :

— Promets-moi de faire attention à toi, Kat.

— Gregory, soupirai-je, fatiguée de toute cette tension.

— Promets-moi, répéta-t-il. Kat, tu ne sais rien de cet homme.

— Qu'est-ce que tu sais ? ripostai-je en me débattant. Qu'est-ce que tu sais de lui ?

— L'hôtel a reçu des menaces. Assez violentes, ajouta-t-il. Et tu ignores tout de son passé.

— Parce que tu t'es renseigné ? m'étonnai-je.

— J'ai encore quelques amis dans la police. Les collègues m'ont donné des infos.

— Greg, j'apprécie ta sollicitude, mais je suis une grande fille. Je sais me protéger.

— Même de lui ?

— Je serai prudente. Ne t'inquiète pas.

Je l'esquivai de nouveau, mais cette fois il ne chercha pas à me bloquer le passage. Quand je retrouvai l'air frais à l'extérieur, je m'aperçus que j'avais retenu mon souffle pendant toute notre conversation. Dans le métro qui me ramenait chez moi, je ressassai les informations de Gregory et celles que j'avais récoltées pendant mes précédentes recherches.

Une seule conclusion me vint à l'esprit : j'avais loupé quelque chose. Quelque chose d'assez énorme pour que, deux ans après, Andrew soit toujours dans la tourmente et menacé. Les quelques minutes de marche jusqu'à chez moi furent une torture. J'étais transie de froid et c'est en tremblant que j'entrai dans le hall de mon immeuble. Je cavalai jusqu'à l'ascenseur, me frottant les bras pour me donner une illusion de chaleur.

Je trouvai mes clés au fond de mon sac et ouvris la porte, constatant avec surprise que j'avais visiblement oublié de la verrouiller en partant la veille au soir. Je la refermai derrière moi et, alors que je posais mon sac sur le guéridon, découvris une silhouette assise sur le canapé, dans la pénombre. Je poussai un cri de terreur avant que la lumière inonde la pièce.

Dan était chez moi.

A suivre…

Table des personnages

Kathleen — Kat — Dillon : Après avoir abandonné sa carrière de journaliste, Kathleen, jeune femme de 25 ans, est devenue concierge de nuit dans un palace new-yorkais, le Peninsula. Romantique et profondément attachée à l'importance du destin dans sa vie, elle espère, un jour, se reconnaître dans une des petites annonces du *New Yorker.* Prenant conscience de la monotonie de son existence et hantée par une annonce qui l'a bouleversée, elle finit par y répondre. C'est également au Peninsula qu'elle rencontre Andrew Blake, puissant magnat de la presse, client de son hôtel, un homme séduisant qui trouble la routine professionnelle de Kat.

Andrew Blake : Client du Peninsula et chef d'entreprise puissant. Magnat de la presse sur la côte Ouest, Andrew Blake est aussi arrogant que riche. Il alimente les rumeurs, attise les convoitises, mais peut se montrer particulièrement fragile quand on s'attaque à ceux qu'il aime.

Lynne Hoffman : Collègue de Kat, en charge de l'événementiel, Lynne est très terre à terre et raisonnable. Trop pour Kat qui lui reproche une vie terne et sans passion. Fiancée à Philip Kingston, elle prépare assidûment son mariage.

Nathan Evans : Bras droit dévoué d'Andrew Blake, Nathan est un charmeur, bourré d'humour. C'est au Peninsula, à l'occasion d'une rencontre fortuite et brutale, qu'il s'éprend de Lynne, collègue de Kat.

Daniel Cooper : Engagé comme barman intérimaire au sein du Peninsula, Daniel se rapproche très vite de Kathleen.

Gregory : Ancien policier, Greg a connu Kathleen quand elle était encore journaliste. Désormais responsable de la sécurité du Peninsula, il agit comme un grand frère avec elle.

Meghan Stanton : Belle, brillante et tout à fait consciente de l'être, Meghan peut sembler, de prime abord, glaciale, voire pédante. Elle se révèle chaleureuse et sensible au charme de Gregory au fur et à mesure de l'évolution de la relation d'Andrew avec Kathleen.

Sam : Collègue de jour de Kathleen, c'est lui qui l'a formée à son poste. Ils sont très amis.

Jim Cooper : Père de Dan.

Jodie : Meilleure amie de Daniel depuis l'enfance. Elle est ravie de la relation qu'entretiennent Kathleen et Daniel, quitte à être intrusive.

Matt et Abby : Collègues d'Andrew. Matt se montre particulièrement désagréable et dubitatif sur la relation d'Andrew avec Kathleen.

Walt Dillon : Père de Kathleen, policier. Eloigné géographiquement, il demeure pourtant très protecteur envers sa fille. Il espère la faire revenir à son métier de journaliste.

Eleanor Blake : Décrite comme étant enthousiaste et pétillante par son mari, Eleanor est décédée dans un accident de voiture, laissant Andrew dans l'incompréhension et le chagrin.

Emily : Assistante d'Andrew Blake.

Nelson : Vendeur de bijoux, représentant de la maison Cartier. Il a ses habitudes au sein de l'hôtel et est surnommé « l'homme qui valait trois milliards ».

Bradley : Ancien amant et collègue de Kat, quand cette dernière était encore journaliste. Mis au courant du sujet sur lequel elle enquête, il est finalement retrouvé mort. C'est son décès qui poussera Kat à changer de métier.

Janet : Belle-sœur d'Andrew, sœur d'Eleanor. Elle a un fils, **David**. Malgré l'accident qui a coûté la vie à Eleanor, Andrew et elle sont restés proches.

Grant : En charge de l'enquête sur les menaces que reçoit Andrew et sur l'hypothèse émise par Kathleen.

Remerciements

Le plus simple aurait été d'écrire « merci à vous toutes ». Mais, évidemment, au grand désespoir de mon éditrice, je ne suis pas une adepte de la simplicité ! Je vais donc tâcher d'être efficace !

A mes relectrices, Aline, Gaelle, Garance, Loubna et Valérie, mes chipoteuses du détail, mes traqueuses d'incohérence, mes pourvoyeuses d'idées, mes râleuses invétérées « mais-tu-ne-peux-pas-couper-là ! ». Si, je peux !

A mon mari, homme de l'ombre, soutien indéfectible, assistant marketing, supporter de la première heure, motivateur de l'extrême « va écrire, va écrire ! ».

A mon éditrice, coupeuse de phalanges à ses heures perdues, dévoreuse de pizza, reine du bordel organisé, voix de la conscience et récemment propriétaire d'une armure en titane « mais non, personne ne va vouloir ma mort ». Maintenant, si !

Aux équipes d'HQN, pour avoir donné une chance à Andrew et Kate d'avoir un « destin », pour leur disponibilité, pour leurs réponses à toutes mes questions (y compris les plus tordues !), pour m'avoir laissée libre d'écrire… autant ! « Vous ne respectez pas la norme. » Oui, je sais, ça fait mon charme !

Au fan club twitterien : Anaïs, Barbara et toutes celles que j'oublie et qui vont me maudire jusqu'à la fin des temps. J'avais dit que je le ferais… Voilà, c'est fait ! Ne manque plus que le Post-it rose !

A vous toutes, à toutes les Kathleen du monde, à toutes les rêveuses, à toutes les passionnées, à toutes celles à qui j'ai pris des heures de sommeil, à toutes les belles rencontres que j'ai pu faire grâce à *Dear You*. Merci pour votre soutien continu, pour vos remarques, pour avoir partagé vos émotions.

Quelque part, et pour paraphraser Andrew : vous êtes mes exceptions. Merci et à bientôt !

DÈS LE 1ER OCTOBRE

La danse hésitante des flocons de neige - Sarah Morgan

Noël. Kayla Green redoute cette date et, comme chaque année, elle prévoit de s'enfermer dans son bureau de Manhattan avec une surdose de travail. Mais un gros budget de relations publiques l'envoie en fait dans le Vermont : celui de Snow Crystal, apporté par Jackson O'Neil, qui dirige un groupe de stations de sports d'hiver de luxe. Pour Kayla, ce petit miracle de Noël ne va pas sans inconvénients : primo, la neige, le ski, les snow-boots, tituber sur la glace en talons hauts…, ce n'est vraiment pas son idéal ; secundo, Jackson O'Neil a une famille, une de ces familles aussi unies que les mailles d'un tricot bien serré qui rappellent douloureusement à Kayla qu'elle a toujours dû se débrouiller seule. Mais il y a pire encore pour elle que Noël, la famille et autres calamités : c'est Jackson. Jackson, qui a tous les atouts en main pour faire fondre le cœur de glace qu'elle s'est si difficilement façonné …

Nuits enchantées à Manhattan - Jo Leigh

Yes, she can ! Fraîchement débarquée de son Ohio natal, Bree n'en revient pas de réaliser enfin son rêve : vivre à Manhattan. Elle n'a pas un dollar, n'a trouvé qu'un petit job d'assistante, mais pour une fille que Big Apple et la mode ont toujours fascinée, c'est une promesse de conquête ! Là où Bree décroche vraiment le jackpot, c'est quand un drôle de tirage au sort la propulse bloggeuse de la « Fashion Week » au côté de… Charlie Winslow en personne. CW, la plus célèbre signature du Tout-New York ! Et un irrésistible spécimen du genre masculin… A elle le tapis rouge au bras du magnifique Charlie ! Le tapis rouge… et les draps de satin où Charlie excelle aussi. De nuits torrides en soirées branchées, c'est le rêve absolu ! Bree n'a qu'une limite : ne pas tomber amoureuse. Car, dans le monde de Charlie et avec lui, il semble bien que tout zappe et tout lasse.

Contrat surprise - Susan Mallery

Lui appartient à la catégorie d'hommes désormais bien identifiée des salauds magnifiques. Un businessman surdoué et sexy à tomber, mais qui a oublié son cœur au vestiaire.

Elle est plutôt du genre *girl next door* qui aime les choses essentielles et simples, les gens sympas et chaleureux. En somme, la vie réelle et les êtres humains…

Rien n'aurait dû les rapprocher…

Pourtant, ils ont un point commun. Un seul. Une (très) grosse source d'ennuis.

Surprise ! Ce point commun va les ligoter pour quatre semaines par un contrat. Quatre semaines, pendant lesquelles elle devra jouer la fiancée follement amoureuse d'un type imbuvable et irrésistible…

ROMAN GRAND FORMAT - 9,50€ LE ROMAN

Composé et édité par HARLEQUIN

Achevé d'imprimer en Allemagne
par GGP Media GmbH, Pößneck
en septembre 2014

Dépôt légal en octobre 2014